為什麼印尼語非學不可？

　　根據 BBC 的報導，在西元 2030 年，印尼將成為全球第六大經濟體。同時，印尼近年來已經崛起成為東協十國中最大的經濟體。在台灣新南向政策下，印尼也被財經專家預測為最有發展潛力的國家，其中最主要的原因就是印尼 2.7 億的人口紅利所創造出來的巨大內需市場。您在這個趨勢之下，是否想要增加自己前進東協的實力呢？這就是您非學不可的原因。

　　另外，從更宏觀的視野來看，印尼、馬來西亞、汶萊和新加坡都是早期的被譽為「nusantara（群島）」的地區。不僅在語言上相近，在族群上也有許多共通之處。印尼語作為印尼的國語，實際上源自馬來語，與馬來西亞、新加坡和汶萊的國語或官方語言有高度相似之處，僅在部分用詞上有著些許不同之處而已。因此，學會印尼語可以暢通東南亞四小龍，絕對不誇張！

　　除了東協國家的經濟發展值得期待之外，在台灣國內也逐漸產生對印尼語的需求。台灣長照一直高度仰賴印尼籍的家庭看護，許多傳統製造業也聘請大量印尼籍移工，使得未來在台灣的工作和生活環境也日趨多元化。除了外交官、移民官和導遊的國家考試增設印尼語之外，從西元 2020 年起，政府也在國際經濟商務人員特考中增設印尼文組等東南亞語考試項目，突顯國內對於印尼語的需求也日漸提升。這也再次證明，多學一個外語對自己的未來絕對是無往不利。列舉這麼多好處，您還在猶豫嗎？

　　或許很多人擔心印尼語很困難，在忙碌的生活中，很難抽出時間來學習。作為在台灣有十年教學經驗的老師，我從眾多學生的學習經驗和回饋中得出一個結論：「印尼語，絕對是全世界最好學的語言之一！」，主要的原因是其文字就是ABC（拉丁文字），不用額外再重新學習新的字母。再來就是印尼語的發音自然直觀，沒有語調和重音，是一個相當自由的語言。印尼語的口語和中文的邏輯很像，許多用法還能借用閩南語、客家話、原住民族語言的語法，實在讓人覺得不學印尼語，簡直太浪費身為台灣人獨特的母語優勢了！

　　無論是因為單純對外語的學習興趣、或是想要到印尼去旅遊、又或是投資自己的未來，我相信這本印尼語教材書將能夠提供您從入門到進階的印尼語知識。讓麗蘭老師帶著您一起徜徉在印尼的語言和文化的世界裡吧！

筆者　王麗蘭

課程 Pelajaran	會話 Percakapan	會話重點
1 基本寒暄	❶ 基本問候	Apa kabar? , Kabar baik , Baik-baik saja.
	❷ 閒聊 I	Mau ke mana?
	❸ 閒聊 II	Lagi apa?, Lagi ngapain?
	❹ 時段問候	selamat pagi (siang, sore, malam)
	❺ 睡前祝福	selamat tidur
	•**TIPS** 各時段的問候語整理	
	❻ 談論天氣	cuaca, bagaimana, gimana
	•**TIPS** 更多與天氣相關的對話及表現	
	❼ 詢問近況	-nya 的應用 , belakangan ini, baru-baru ini, akhir-akhir ini
	❽ 請託客套	repot, merepotkan
	❾ 久別重逢	sudah lama, bertemu, ketemu
	•**TIPS** 否用詞的應用	
	❿ 道別 I	Permisi dulu, Pamit dulu
	⓫ 道別 II	dadah
2 初次見面	❶ 自我介紹	nama, siapa
	•**TIPS** 人稱代名詞	
	❷ 表示榮幸	senang, juga
	❸ 國籍自我介紹	orang
	•**TIPS** 所有格的應用	
	❹ 介紹他人	memperkenalkan
	•**TIPS** 介紹親友時的形容句	
	❺ 詢問出身	datang, berasal, dari
3 請、謝謝、對不起	❶ 請	silakan
	❷ 謝謝、不客氣	terima kasih, sama-sama
	❸ 抱歉	maaf
	❹ 贈禮	atas, untuk
4 搭話與求助	❶ 發問	permisi
	•**TIPS** 基本的稱呼	
	❷ 詢問地點	tanya, di mana, ya
	•**TIPS** 重要的地點	
	❸ 認知確認	betul, salah
	❹ 狀況確認	Ya bukan?
	❺ 許可確認	Bisa tidak?
	❻ 借用物品	boleh, pinjam
	❼ 尋求協助	butuh, dibantu
	❽ 緊急求助	tolong
	❾ 通報警察	panggil
	•**TIPS** 求助的地點	
5 餐桌用語	❶ 要水	minta, tunggu sebentar, sebentar ya
	❷ 點餐	pesan
	❸ 不要辣	tidak pedas, tidak pakai cabai
	❹ 不要放糖	gula

課程 Pelajaran	會話 Percakapan	會話重點
5 餐桌用語	❺ 結帳	minta bon
	•**TIPS** 印尼主要的食物和飲料	
6 決定表現	❶ 絕對肯定	tentu saja
	❷ 比較表現	lebih
	❸ 可能性表現	mungkin, kemungkinan
	❹ 表達喜好	suka
	❺ 明確拒絕	mau, tidak mau
	❻ 表達禁止	jangan, siap
	❼ 給予建議	menurut, menurut saya
	•**TIPS** 名詞和形容詞的語順與介系詞「yang」的使用	
	❽ 接受建議	ide yang bagus
	•**TIPS** 主要的助動詞和副詞	
7 慰問表現	❶ 關心慰問	baik-baik
	❷ 感謝心意	kerja keras
	❸ 表達保重	sakit, jaga kesehatan
	❹ 叮嚀提醒	hati-hati
	•**TIPS** 印尼語的疊詞	
	❺ 表達悲痛	berduka cita, semoga
8 更多常用表現	❶ 表達愛意	cinta
	❷ 表達想念	rindu, kangen
	❸ 表達能力	bicara, omong, bisa
	•**TIPS** 各種語言的説法	
	❹ 詢問外語説法	bagaimana cara, dalam
	❺ 請求重複	ulangi, sekali, sekali lagi
	❻ 請求説慢	pelan, pelan-pelan
	❼ 請求書寫記下	ditulis, tuliskan
	❽ 表示理解	mengerti, paham
	❾ 知情確認	tahu, tidak tahu, kurang tahu
9 祝福表現	❶ 生日祝福	Selamat ulang tahun!
	❷ 升遷祝福	promosi
	❸ 結婚祝福	Selamat menempuh hidup baru!
	❹ 成功祝福	sukses, semangat
	❺ 稱讚他人	keren
	❻ 健康祝福	sembuh
	❼ 開齋節祝福	Idulfitri, mohon maaf, Lebaran
	•**TIPS** 其他祝福語	
10 電話表現	❶ 詢問電話號碼	nomor telepon, berapa
	❷ 表明自我身分	sendiri
	❸ 聽不清楚	kurang jelas
	❹ 收訊不良	keras, lagi
	❺ 對方不在	beritahu, di sini
	❻ 打錯電話	salah, sambung
	❼ 電話留言	tinggalkan, pesan
	•**TIPS** 指示詞 ini 和 itu	

課別	場景	會話重點
1	在機場－買機票	❶ berikutnya ❷ namun
2	在機場	❶ Harus naik apa? ❷ berapa
3	在公車站	❶ apa, apakah ❷ betul
4	在火車站	❶ ganti ❷ sebenarnya ❸ Saya sudah mengerti.
5	在出入境管理局辦公室	❶ jadi ❷ mantap
6	在大街上	❶ sekitar ❷ kira-kira
7	在房屋仲介處	❶ sewa ❷ biaya
8	在銀行	❶ Apa yang dibutuhkan? ❷ saja
9	在學校	❶ karena ❷ sudah berapa lama
10	在書店	❶ cari, mencari ❷ penasaran
11	在辦公室	❶ baru ❷ rapat
12	在電話中	❶ kelihatan ❷ Masa? ❸ siap
13	在約會地點	❶ waktu luang ❷ kenapa
14	在電影院	❶ habis ❷ tidak masalah
15	在咖啡店	❶ pakai ❷ mas, mbak

文法焦點	補充表達	圖解單字	印尼文化專欄
動詞前綴 meng- 的用法	與飛機、移動相關的表現	訂購機票相關的單字表現	印尼的國際機場
❶ silakan 的用法 ❷ tolong、minta 的用法	與空間相關的表現	機場相關的單字表現	雅加達機場的交通資訊
❶ pergi ke mana 的用法 ❷ pulang 的用法	一定要會的指示代名詞	公車站相關的單字表現	印尼的巴士
❶ setelah 的用法 ❷ kemudian 的用法	與方位相關的表現	火車站相關的單字表現	印尼的國家火車系統
❶ kapan 的用法 ❷ sewaktu 的用法	與語言表達力相關的表現	身分等證件相關的單字表現	印尼居留證的申請
bagaimana 的用法	與溫度、方向相關的表現	街道上相關的單字表現	❶ 特殊的印尼街頭行業 ❷ 過馬路的技巧 ❸ 印尼的橡膠時間
名詞後綴 -an 的用法	與距離、長度相關的表現	租屋相關的單字表現	印尼的租房資訊
Angka 數字的應用	關於印尼的貨幣	銀行相關的單字表現	印尼的銀行
前綴 se- 的用法	學習語文的相關表達及接受表現	國籍、地區及族群的單字表現	印尼的學校體系
後綴 -nya 的用法	與厚度、內容魅力相關的表現	書店相關的單字表現	印尼的書店
前綴 ter- 的用法	與時間、速度相關的表現	辦公室相關的單字表現	印尼的職場文化
程度副詞 sangat、kurang 的用法	與性質優劣相關的表現	電話相關的單字表現、印尼台灣的電話撥打法	關於印尼人使用手機
印尼語時間表達的用法	一定要會的約會地點	約會、情感及婚姻等相關的單字表現	印尼人的約會行程
環綴詞 se-nya 的用法	與多寡、早晚相關的表現	電影院相關的單字表現	印尼的電影院及印尼人的電影文化
印尼語年、月、日的說法	印尼的零食小吃	咖啡廳相關的單字表現	印尼的咖啡文化

課別	場景	會話重點
16	在電話中－訂餐廳	❶ beritahu ❷ Atas nama siapa?
17	在餐廳	❶ reservasi ❷ meja
18	在通訊行	❶ berikut ❷ memiliki
19	在商場	❶ Ada … lain? ❷ pas
20	在傳統市場	❶ ngomong-ngomong ❷ Bisa kurang sedikit?
21	在家裡	❶ rusak ❷ diperbaiki
22	在美髮沙龍	❶ potong ❷ menghadiri
23	在 3C 用品店	❶ paling ❷ agak
24	在健身房	❶ bergabung ❷ ayo ❸ tanggal merah
25	在租車中心	❶ menyewa ❷ tentu saja
26	在旅遊中心	❶ selama ❷ tersebut
27	在飯店	❶ tentang ❷ lain
28	在醫院	❶ yang lalu ❷ akhir-akhir ini ❸ sakit
29	在郵局	❶ harus, butuh ❷ pernah
30	在警察局	❶ bahwa ❷ mungkin

文法焦點	補充表達	圖解單字	印尼文化專欄
印尼語日期的說法	與口感相關的表現	餐廳、食材及印尼料理相關的單字表現	印尼的餐廳及特色料理
terlalu, sedikit 的用法	與味覺相關的表現	餐具、料理法相關的單字表現	印尼飲食小常識及餐桌禮儀
yang mana, yang 的用法	不同的喜好程度副詞；與難易度、花俏感相關的表現	通訊行裡的相關單字表現	印尼的電信業現況
被動詞前綴 di- 的用法	與顏色相關的表現	服裝及商店的單字表現	印尼的商場與超市
印尼語的祈使句的用法	上菜市場所需要的相關表現	蔬果及雜貨相關的單字表現	必須去一趟的印尼傳統市場
動詞前綴 menge- 的用法	與技術、新舊相關的表現	修繕相關的單字表現	印尼居家相關的事務
動詞前綴 mem- 的用法	與外觀相關的表現	美髮沙龍相關的單字表現	印尼的理髮廳
環綴 ke-an 的用法	操作電腦時相關的表現	3C 用品及家電相關的單字表現	印尼人對 3C 產品的使用習性
動詞前綴 men- 的用法	與強度、耐力相關的表現	健身房相關的單字表現	印尼人最風靡的國家運動
動詞前綴 meny- 的用法	違反交通規則的表現	行車相關的單字表現	在印尼租車時的注意事項
動詞前綴 me- 的用法	旅遊所需要的相關表現	各種印尼語的禁止標語、各種在印尼觀光區常進行的觀光模式	印尼景點的知識及旅遊
動詞前綴 ber- 的用法	與潔淨程度相關的表現	飯店相關的單字表現	印尼的飯店類型及特色
dengan 的用法	與疼痛相關的表現	與醫院相關的單字及各種症狀表現	印尼的醫療體系
被動詞前綴 ter- 的用法	與物體外觀相關的表現	郵局相關的單字表現	印尼的郵局及宅配服務
被動詞前綴 ter- 的用法	一定要會的安危等狀況表現	警察局相關的單字表現	當在印尼發生緊急事故時

專為華人設計的印尼語學習書
全方位收錄生活中真正用得到的會話

■ Bab 1 | 簡易基本會話

本書為會話教學書。本書中所有會話之印尼語－中文的內容皆採兩種語言最自然且意義相同的語句相互對照，並非逐字對譯。10 個主題，歸納出 80 多個基本對話。

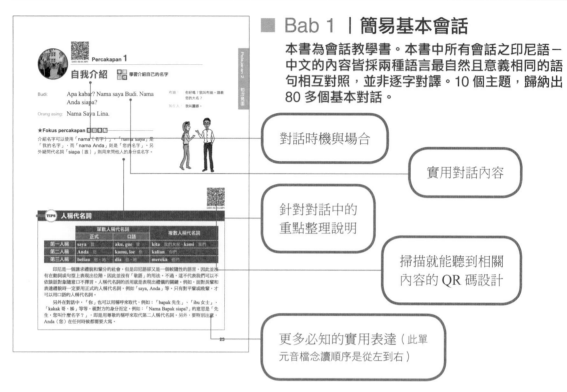

對話時機與場合

實用對話內容

針對對話中的重點整理說明

掃描就能聽到相關內容的 QR 碼設計

更多必知的實用表達（此單元音檔念讀順序是從左到右）

■ Bab 2 | 到印尼當地一定要會的場景會話

適合用來「教學」與「自學」，有系統的 30 個會話課程

★跟著特定人物設定與精心規畫的場景會話，讓你體驗在印尼的每一天。

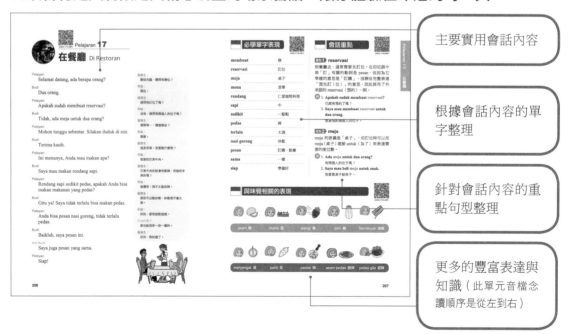

主要實用會話內容

根據會話內容的單字整理

針對會話內容的重點句型整理

更多的豐富表達與知識（此單元音檔念讀順序是從左到右）

★針對會話課程所整理的重要文法解說，用簡單的方式了解印尼語的規則。

★收錄在印尼最需要知道的大量短對話，讓你學到其他場合的相關表達。

單字的音檔念讀順序是從左到右

★配合會話主題的「聽」「說」「寫」練習，藉由如填空題、重組題、口說練習等題目，來加強印尼語能力。

在做應答練習時，須配合錄音檔，請依以下步驟做練習：

1. 你會先聽到題號「1、2…」，接著會聽到一句印尼語。

2. 印尼語唸完後，請依題目裡的中文提示，利用空檔時間開口將中文翻譯成印尼語，做發問或回答的練習。練習結束後，會聽到一個聲響，後面則由印尼人正式發音示範。

★收錄在印尼最需要知道的大量單字與表達。（音檔念讀按編號順序進行）

練習題部分圖示：

練習題

1. 請聽音檔，並依下列的提示完成所有的句子。

dua orang　　reservasi　　pesan　　sama　　pedas

❶ Apakah sudah membuat _____?　　請問有訂位了嗎？
❷ Ada meja untuk _____?　　有兩個人的位子嗎？
❸ Rendang sapi sedikit _____.　　巴東牛肉有點辣。
❹ Anda bisa _____ nasi goreng.　　您可以點炒飯。
❺ Saya juga pesan yang _____.　　我也點一樣的。

2. 請聽音檔，並依下列的中文用印尼語做發問練習。

❶ 請問在這裡什麼菜最好吃？
❷ 請問有什麼不辣的料理？
❸ 請問有其他的菜餚嗎？
❹ 請問洗手間在哪裡？
❺ 請問您要點菜了嗎？

3. 請將下列中文翻譯成印尼文。

❶ 要吃什麼？
➡
❷ 這雞湯太鹹。
➡
❸ 這炒飯有一點辣。
➡
❹ 請問洗手間在哪裡？
➡
❺ 請直走，在右手邊。
➡

211

聽力填充題，藉由聽音檔，找出提示中正確的單字。

翻譯題，將所有的中文翻譯成印尼文，藉以培養優秀的印尼語能力。

★收錄在印尼最需要知道的大量單字與表達。（音檔念讀按編號順序進行）

餐具、料理法相關的單字表現

❶ mangkuk 碗、湯碗
❷ piring 盤子
❸ pisau makan 餐刀
❹ garpu 叉子
❺ sendok 湯匙
　➞ sendok sup 勺子
❻ cangkir 杯子
　➞ gelas kaca 玻璃杯
　➞ mug 馬克杯
　➞ air dingin 冷水
　➞ air panas 熱水

❼ cangkir kopi 咖啡杯　　【調理方式】
❽ gelas wine 高腳杯　　❶ goreng 煎

★ 30 篇實用又豐富的印尼文化與生活大小事解說。

（各章節的印尼文化皆為 2021 年之現勢）

文化專欄：印尼飲食小常識及餐桌禮儀

若生活在印尼，我們可能常會碰到需要和印尼朋友在餐廳裡會面的場合。因此，以食會友地了解一些飲食小常識能增進與印尼人之間的關係；而了解餐桌禮儀及相關禁忌可說是非常重要的一項功課，不然稍不留意，說不定還會誤踩地雷呢！

首先，在上一課有大致提到的，一般印尼人解決午晚餐，類似台灣的自助餐的地方，叫做 warung tegal，簡稱 warteg，而這個名稱中的「Tegal」指的是印尼爪哇島上中爪哇地區的一座小鎮，相傳是因為該地的地方料理相當美味，因此久而久之大家也就把自助餐店名叫做 warung tegal（tegal 小店），但料理就並不一定是源自於該地了。

印尼社會是以米飯為主、麵食為輔。一般上很多餐廳會提供白飯或炒飯。在自助餐店裡，一樣可以自由

▲Tegal市的一隅

★關於本書 MP3 音檔

QR 碼可隨刷隨聽，QR 碼圖的下方文字該音檔檔名。全書音檔請依下方 QR 碼一次下載，完整學習：

全書 MP3 一次下載

9789864541546.ZIP

「※ iOS 系統請升級至 iOS13 後再行下載」

此為 ZIP 壓縮檔，請先安裝解壓縮程式或 APP，此為大型檔案（約 453M），建議使用 WIFI 連線下載，以免占用流量，並確認連線狀況，以利下載順暢。

主要人物介紹

Budi 布迪

印尼人，29 歲。已婚，在故鄉是顧家的好丈夫。
對工作積極主動，平時喜好運動、看電影及中文
的學習。

Chi-Wei 志偉

台灣人，30 歲。對東南亞抱有高度熱枕，被服務
的公司轉派赴印尼工作。生活上對凡事主動積極，
喜好學習新知。

Siti 西蒂

印尼人，26 歲。在印尼本地的公司就職的 Office
lady，喜好語言學習及彈奏樂器。平時喜歡在咖
啡廳靜靜地看書及聽音樂。

Ya-Ting 雅婷

台灣人，27 歲。在一次的機會下接觸到印尼語後甚
感喜好，於是前往印尼增廣見面。到訪後開始透過
部落格的文字撰寫，將印尼的優點讓眾人知曉。

目 錄

前言 *1*

課程大綱 *2*

使用說明 *8*

主要人物介紹 *11*

在開始學習會話之前 *14*

Bab 1｜簡易基本對話

Pelajaran 1　基本寒暄 *16*

Pelajaran 2　初次見面 *23*

Pelajaran 3　請、謝謝、對不起 *27*

Pelajaran 4　搭話與求助 *29*

Pelajaran 5　餐桌用語 *35*

Pelajaran 6　決定表現 *38*

Pelajaran 7　慰問 *43*

Pelajaran 8　更多常用表現 *46*

Pelajaran 9　祝福表現 *51*

Pelajaran 10　電話表現 *55*

Bab 2｜到當地一定要會的場景會話

Pelajaran 1　在機場─買機票 *60*

Pelajaran 2　在機場 *68*

Pelajaran 3　在公車站 *78*

Pelajaran 4　在火車站 *86*

Pelajaran 5　在出入境管理局辦公室 ... *96*

Pelajaran 6　在大街上 *104*

Pelajaran 7　在房屋仲介處 *116*

Pelajaran 8　在銀行 *124*

Pelajaran 9　在學校 *134*

Pelajaran 10　在書店 *144*

Pelajaran 11　在辦公室 *154*

Pelajaran 12　在電話中 *162*

Pelajaran 13　在約會地點 *170*

Pelajaran 14　在電影院 *180*

Pelajaran 15　在咖啡店 *188*

Pelajaran 16　在電話中─訂餐廳 *196*

Pelajaran 17	在餐廳	206
Pelajaran 18	在通訊行	214
Pelajaran 19	在商場	224
Pelajaran 20	在傳統市場	234
Pelajaran 21	在家裡	242
Pelajaran 22	在美髮沙龍	250
Pelajaran 23	在3C用品店	260
Pelajaran 24	在健身房	268
Pelajaran 25	在租車中心	276
Pelajaran 26	在旅遊中心	284
Pelajaran 27	在飯店	298
Pelajaran 28	在醫院	308
Pelajaran 29	在郵局	318
Pelajaran 30	在警察局	328

Lampiran | 附錄文化專欄

文化專欄 印尼的國家象徵	338
文化專欄 代表印尼的植物與動物	339
文化專欄 穆斯林的祈禱時間	340
文化專欄 神聖肅穆的齋戒月	341
文化專欄 印尼最盛大的節日:開齋節	342
文化專欄 在印尼社會的稱呼	343
文化專欄 印尼社會的閒聊與客套話	344
文化專欄 印尼的消費文化	345
練習解答篇	346

▲ 快跟著本書學習印尼語,並一同揭開印尼這個全球擁有最多穆斯林人口的國度,其神祕又美麗的面紗吧!

在開始學習會話之前

　　印尼語中有所謂的綴詞，在應用上相當重要，其中關於動詞的綴詞在初學時較為不易，故在此先做出扼要的說明。動詞前綴 meN- 的功能，最主要就是形成主動動詞，包括及物動詞，以及少數不及物動詞。原則上名詞、動詞、形容詞都可以並可能加上前綴 meN-，並改變詞性成為動詞。當然若原本即為動詞的字根（指字的基本結構，本身具有基本的語意），加上 meN- 之後，儘管詞意改變不大，但是卻是較正式和書面用語。例如：beli（買），加上前綴 meN- 之後，變成 membeli，但 beli 和 membeli 都是買的意思，差別僅在口語和書面語之別。

　　一般上，單字在加上 meN- 之後，主要的功能就是「形成動詞」，同時也可能會產生或衍生出新的意思，若字根本身為動詞，則將該單字形成書面語，若字根為形容詞或名詞，則將之變成動詞，並產生新的意思。筆者將前綴 meN- 的功能歸類為以下四種，即「（1）進行語意中的動作」、「（2）以字根語意的器具來進行的動作」、「（3）與字根的語意相關的動作過程」以及「（4）成為或轉變成字根語意中的狀態」。

（1）進行語意中的動作

例　**tonton**（動詞，口語）觀看 ➡ **menonton**（動詞，書面語）觀看
Saya suka menonton film.　　我喜歡看電影。

（2）以字根語意中的器具來進行的動作

例　**cat**（名詞）油漆 ➡ **mengecat**（動詞）油漆、上漆
Dia ingin mengecat rumah.　　他想要油漆家裡。

（3）與字根的語意相關的動作過程

例　**potret**（名詞）照片、肖像 ➡ **memotret**（動詞）拍照
Saya suka memotret.　　我喜歡攝影。

（4）成為或轉變成字根語意中的狀態

例　**panas**（形容詞）熱 ➡ **memanas**（動詞）升溫
Situasi pandemi COVID-19 di seluruh dunia semakin memanas.
全球的新冠肺炎疫情日漸升溫。

Bab 1｜簡易基本對話

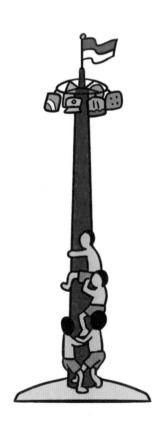
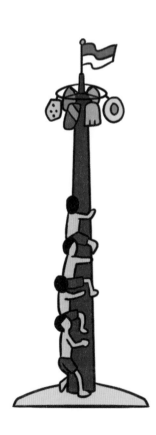

Percakapan 1

IA031-01-01.MP3

基本問候

 學習目標 學習在各類場合都通用的問候語。

Chi-Wei:	Apa kabar?
Siti:	Kabar baik. Kalau Anda?
Chi-Wei:	Saya baik juga.

志偉：	你好嗎？
西蒂：	很好。您呢？
志偉：	我也好。

★Fokus percakapan 會話重點

不論任何時候，我們見到人都可以問候「Apa kabar?」回答的方式基本上是「Kabar baik.」，另外也可以回答：「Baik-baik saja.（蠻好的。）」不過，對印尼人來說，「Apa kabar?」通常是認識的人之間彼此的問候。不過，隨著越來越多外國人在學習印尼語，這句話也變成了印尼語的第一句問候語。

Percakapan 2

IA031-01-02.MP3

閒聊 I

 學習目標 學習在各類場合都通用的問候語。

Budi:	Mau ke mana?
Ya-Ting:	Jalan-jalan.

布迪：	要去哪？
雅婷：	逛逛。

★Fokus percakapan 會話重點

跟熟人問候，通常是問「Mau ke mana?」。雖然是問「要去哪裡？」，但是通常可以隨意回答，例如：「makan（吃）」、「kantor（辦公室）」等。

IA031-01-03.MP3

Percakapan **3**

閒聊 II

 學習目標 學習與熟悉的人閒聊。

Budi: Lagi apa?

Ya-Ting: Lagi ngopi sama teman.

布迪：　　（妳）在幹嘛？

雅婷：　　（我）在和朋友喝咖啡。

★Fokus percakapan 會話重點

「lagi」有兩個意思，通常接在名詞或動詞後，此時是「再」的意思，而接在動詞前面時為「正在」的意思，如同本課對話中的用法。因此，「Lagi apa?」是詢問「正在幹嘛？」的意思。更口語的説法是「Lagi ngapain?」不過這句只能對熟人説。回應時就可説「lagi ＋動作」，例如：「Lagi makan.（正在吃東西）」。

IA031-01-04.MP3

Percakapan **4**

時段問候

學習目標 學習各個時段的問候語。

Budi: Selamat pagi, Ibu Lin.

Ya-Ting: Selamat pagi, Bapak Budi.

布迪：　　早安，林小姐（女士）。

麗娜：　　早安，布迪先生。

★Fokus percakapan 會話重點

各個時段的問候在印尼社會是很普遍的。也可以直接將「pagi（早）」、「siang（中午）」、「sore（下午）」或「malam（晚上）」來做各個時段的簡單問候。印尼語中的尊稱會依「年齡、社會地位、彼此間的熟悉度」而定。一般稱呼華人時，在稱謂後面接的是姓。當然，由於印尼的各族群不一定有姓氏，所以在稱謂後接名字的情況也算常見。

Percakapan 5

IA031-01-05.MP3

睡前祝福

 學習目標 學習睡前的問候語。

Ya-Ting: Selamat tidur, Ibu Siti.

Siti: Selamat tidur, mimpi indah.

雅婷： 祝睡得安穩，西蒂小姐。

西蒂： 祝睡得安穩，祝美夢。

★Fokus percakapan 會話重點

「tidur」是「睡覺」的意思，在印尼社會比較少用到，一般上用「selamat malam（晚安）」來表達。不過如果真的遇到睡前要祝福的情況，當然也可以使用這一句。

IA031-01-05A.MP3

TIPS 各時段的問候語整理

印尼語中各時段的問候語如下：

Salamat pagi.	早安。
Selamat siang.	午安。
Selamat sore.	下午好。
Selamat malam.	晚安。
Selamat tidur.	（睡前）晚安。
Mimpi indah.	祝你好夢。

　　印尼語中在午後的問候分類比中文還要的細微，「selamat siang」的問候約是在「中午 12 點到下午 3 點之間」，而「selamat sore」的問候約是用於「下午 3 點到傍晚 6 至 7 點左右」。

Percakapan 6

IA031-01-06.MP3

談論天氣

學習目標 學習與人聊天氣話題。

Chi-Wei: Bagaimana cuaca hari ini?

Siti: Cuaca hari ini bagus, cerah dan panas.

志偉： 今天的天氣怎麼樣？

西蒂： 今天的天氣很好，晴朗又熱。

★Fokus percakapan 會話重點

詢問天氣時會使用「bagaimana（怎麼樣）」一詞，而該口語的説法是「gimana」。由於印尼位處赤道附近，因此常年天氣都處於「panas（熱）」或「hujan（下雨）」的天候狀況。因此在雨季時，往往容易發生「banjir（水災）」。

IA031-01-06A.MP3

TIPS 更多與天氣相關的對話及表現

Bergemuruh! 打雷了！

Di Indonesia hanya ada musim hujan dan musim kemarau.
印尼只有雨季和旱季。

Besok hari mendung, akan jadi sejuk.
明天是陰天，會很涼爽。

Berkendara sepeda motor saat hujan memang cukup menyebalkan.
下雨時騎車真的很煩。

Rencananya besok akan bersalju di Jepang.
預計明天日本會下雪。

Kalau pergi ke Jakarta bulan ini, cuacanya panas sekali, tidak usah bawa jaket.
這個月到雅加達去會很熱，不用帶外套啦！

基本天候		
cerah 晴朗	**mendung** 陰天	**hujan** 下雨

IA031-01-07.MP3 **Percakapan 7**

詢問近況

學習目標 學習與很久沒見的人問候。

Budi: Bagaimana kabarnya belakangan ini?

Chi-Wei: Seperti biasa saja.

布迪： 最近好嗎？

志偉： 還是老樣子（如同往常一樣）。

★**Fokus percakapan** 會話重點

「kabarnya」中的「-nya」是印尼語中常見的後綴，一般上是口語上的語助詞，有時候帶有強調的意思。「最近」有好幾個詞可以使用，例如「belakangan ini」、「baru-baru ini」或「akhir-akhir ini」。

IA031-01-08.MP3 **Percakapan 8**

請託客套

學習目標 學習表達感謝別人的招待或幫忙。

Ya-Ting: Banyak merepotkan Anda.

Budi: Tidak, jangan sungkan.

雅婷： 太麻煩您了。

布迪： 不會，不要客氣。

★**Fokus percakapan** 會話重點

「repot」是「麻煩」的意思，「merepotkan」的意思是「麻煩到（人）了」的意思。如果要說「別麻煩了」，也可以說「gak usah repot-repot.」。

IA031-01-09.MP3

Percakapan 9

久別重逢

 學習目標　學習問候很久沒見的人。

Siti:	Sudah lama tidak bertemu.
Chi-Wei:	Ya, kita memang sudah lama enggak ketemu.

西蒂：	已經很久沒見了。
志偉：	是的，我們真的已經很久沒見。

★Fokus percakapan 會話重點

要表達「已經很久」時可以説「sudah lama」。「見面」的説法有兩個，分別是「bertemu」跟「ketemu」，前者比較正式而後者比較口語。因此口語説法是「Udah lama gak ketemu.」。

IA031-01-09A.MP3

TIPS 　**否定詞的應用**

★ **tidak (tak)** 　（正式用語）不、沒（有）
➡ Saya tidak pergi ke sekolah hari ini. 　今天我沒去學校。
➡ Aku tak suka tikus. 　我不喜歡老鼠。

★ **enggak (gak)** 　（口語）不、沒（有）
➡ Aku enggak mau pergi ke bioskop. 　我不想去看電影。
➡ Mau gak mau, terserah. 　要不要，隨便你。

★ **belum** 　還沒
➡ Dia belum tidur. 　她還沒睡。
➡ Wawancara belum selesai. 　採訪還沒結束。

★ **bukan** 　不是
➡ Saya bukan orang Indonesia. 　我不是印尼人。
➡ Ini bukan nasi kuning. 　這不是薑黃飯。

Saya bukan orang Indonesia.

Percakapan 10

IA031-01-10.MP3

道別 I 學習目標 學習與不熟的人道別。

Budi: Saya harus permisi dulu.

Siti: Selamat jalan.

Budi: Sampai jumpa.

布迪： 我必須先告辭了。

西蒂： 慢走。

布迪： 再見。

★Fokus percakapan 會話重點

在印尼社會，正式的道別很重要，所以通常要先表達自己要告辭了，然後再說再見或慢走。也可以說成「Permisi dulu.（先告辭）」或「Pamit dulu.（先告辭）」。

Percakapan 11

IA031-01-11.MP3

道別 II 學習目標 學習與熟悉的人或朋友道別。

Chi-Wei: Duluan ya. Dadah!

Siti: Dadah!

志偉： 先走囉，掰掰！

西蒂： 掰掰！

★Fokus percakapan 會話重點

印尼語的口語表達通常以快、短及生活化為主。口語說法中的「duluan」源自於「permisi dulu.（先告辭）」一詞，而「dadah」就是「再見」的口語說法，一般而言年輕人都喜歡說「dadah」。

IA031-02-01.MP3

Percakapan 1

自我介紹

 學習目標　學習介紹自己的名字

Budi:　Apa kabar? Nama saya Budi. Nama Anda siapa?

Orang asing:　Nama Saya Lina.

布迪：　你好嗎？我叫布迪。請教您的大名？

陌生人：我叫麗娜。

★Fokus percakapan 會話重點

介紹名字可以使用「nama（名字）」，「nama saya」是「我的名字」，而「nama Anda」則是「您的名字」。另外疑問代名詞「siapa（誰）」則用來問他人的身分或名字。

IA031-02-01A.MP3

TIPS　人稱代名詞

	單數人稱代名詞		複數人稱代名詞
	正式	口語	
第一人稱	saya 我	aku, gue 我	kita 我們大家、kami 我們
第二人稱	Anda 您	kamu, loe 你	kalian 你們
第三人稱	beliau 他、她	dia 他、她	mereka 他們

　　印尼是一個講求禮貌和輩分的社會，但是印尼語卻又是一個較隨性的語言，因此並沒有在動詞或句型上表現出位階，因此並沒有「敬語」的用法。不過，這不代表我們可以不依談話對象隨意口不擇言。人稱代名詞的活用就是表現出禮儀的關鍵。例如，面對長輩和表達禮貌時一定要用正式的人稱代名詞，例如「saya, Anda」等。只有對平輩或晚輩，才可以用口語的人稱代名詞。

　　另外在對話中，「你」也可以用稱呼來取代，例如：「bapak 先生」、「ibu 女士」、「kakak 哥、姊」等等，視對方的身分而定。例如：「Nama Bapak siapa?」的意思是「先生，您叫什麼名字？」，即是用尊敬的稱呼來取代第二人稱代名詞。另外，要特別注意，Anda（您）在任何時候都需要大寫。

Percakapan 2

IA031-02-02.MP3

表示榮幸

 學習 目標 學習表達很高興認識對方。

Klien:	Senang berkenalan dengan Anda.	客戶：	很高興認識您。
Siti:	Saya juga senang berkenalan dengan Anda.	西蒂：	我也很高興認識您。

★Fokus percakapan 會話重點

表達開心或高興可以使用「senang（開心）」，而「berkenalan」是指「互相認識」。juga 是「也」的意思。第二人稱尊稱 Anda（您）都必須要大寫。

Percakapan 3

IA031-02-03.MP3

國籍自我介紹

 學習 目標 學習表達介紹自己。

Teman online:	Halo! Nama saya Dina. Senang berkenalan dengan kamu.	網友：	哈囉！我叫蒂娜。很高興認識你。
Chi-Wei:	Halo! Nama saya Chi-Wei. Saya orang Taiwan. Saya juga sangat senang berkenalan dengan kamu.	志偉：	哈囉！我叫做志偉。我是台灣人。我也很高興認識妳。

★Fokus percakapan 會話重點

「orang」是「人」的意思，在後面加上國家名稱就是該國人。也可以加上族群的名稱，例如「orang Jawa（爪哇人）」、「orang Bali（峇里島人）」等。

IA031-02-03A.MP3

TIPS 所有格的應用

　　印尼語的所有格的格式是【名詞＋代名詞】，其中「aku（我）」、「kamu（你）」可以縮寫成「-ku（我的⋯）」和「-mu（你的⋯）」。而第三人稱「dia」則通常變成「-nya」。如果是指物品，也可以是【名詞＋名詞】後者的名詞是所有者（亦可想成是修飾語）。

例

nama saya / nama aku / namaku	我的名字
rumah Anda / rumah kamu / rumahmu	你的家
ayah dia → ayahnya	他的爸爸
sampul buku	書的封面
pintu mobil	車門

IA031-02-04.MP3

Percakapan 4

介紹他人

學習目標 學習介紹自己的朋友或家人。

Budi: Saya kenalkan kamu dengan sahabat saya. Perkenalkan, namanya Ya-Ting. Namanya Sam.

Ya-Ting: Apa kabar, Sam?

Teman Budi: Sangat baik! Sangat senang bisa berkenalan denganmu.

布迪：	給您介紹我的好朋友。介紹一下，這位是雅婷，這位是山姆。
雅婷：	你好嗎？
布迪的朋友：	我很好！很高興認識妳。

★Fokus percakapan 會話重點

「介紹」是「memperkenalkan」，字根是「kenal（認識）」，有時候也會變成「perkenalkan」。單數第三人稱「他」是「dia」，但是在屬格或所有格時，一律變成「-nya」。所以「namanya」是「他的名字」的意思。

25

TIPS 介紹親友時的形容句

Dia teman SD saya.	他是我的小學同學。
Dia seorang guru.	他是一名教師。
Dia seorang yang supel.	他是個善於交際的人。
Dia sedikit pemalu.	他有點害羞。
Dia pintar memasak.	他很擅長廚藝。
Dia anak tunggal.	他是獨生子／她是獨生女。
Dia bekerja sebagai dokter di rumah sakit.	他在醫院裡當醫生。
Hobinya bermain sepak bola.	他的興趣是踢足球。

Kami teman sekerja yang bekerja di perusahaan perdagangan.
我們是在貿易公司上班的同事。

說明 印尼語中的「dia」不分男女，本文中以「他」作為一般性敘述之用，以利閱讀及理解。

IA031-02-05.MP3

Percakapan 5

詢問出身

學習目標 學習歡迎朋友和詢問來自何方。

Budi:	Selamat datang. Ibu berasal dari mana?
Ya-Ting:	Saya berasal dari Taipei. Kalau Bapak?
Budi:	Saya berasal dari Jakarta.

布迪： 歡迎光臨。您來自哪裡？

雅婷： 我來自台北。那你呢？

布迪： 我來自雅加達。

★Fokus percakapan 會話重點

「datang」是「來、來到」的意思，與「selamat（祝福）」接續後構成常見的歡迎詞，即「歡迎光臨」。「berasal」是「來自」，通常用來詢問來自哪裡，也可以使用「asli（原先）」或「datang（來）」再連接介系詞「dari（來自）」。「kalau（如果）」通常也用來做反問句，例如：「Kalau kamu?（那你呢？）」。

IA031-03-01.MP3

Percakapan 1

請 學習目標　學習表達請進和請坐。

Budi:　Boleh saya masuk?

Siti:　Silakan masuk, silakan duduk.

布迪：　我可以進來嗎？

西蒂：　請進，請坐。

★Fokus percakapan 會話重點

「silakan」是「請」的意思，可以連接各種動詞，形成恭請進行某種動作的意思。例如：「masuk（進來）」、「duduk（坐下）」等等。有些時候會看到很多人寫「silahkan」，那是在過去拼音系統未整合前的舊式寫法。

IA031-03-02.MP3

Percakapan 2

謝謝、不客氣 學習目標　學習表達感謝和不客氣之意。

Siti:　Terima kasih.

Chi-Wei:　Sama-sama.

西蒂：　謝謝。

志偉：　不客氣。

★Fokus percakapan 會話重點

「terima kasih」後面再加上副詞「banyak（多）」，代表「非常感謝」的意思。「謝謝」的口語說法是「makasih」，「不客氣」的口語說法則是「masama」。

Percakapan 3

IA031-03-03.MP3

抱歉

學習表達抱歉或對不起之意。

Ya-Ting:	Maaf.
Budi:	Tidak apa-apa.

雅婷： 抱歉。

布迪： 沒關係。

★Fokus percakapan 會話重點

「maaf」是「原諒」的意思。「apa」是「什麼」的意思，「apa-apa」代表不確定性的事物，「tidak apa-apa」的字面意思就是「沒什麼」。口語上常說「gak apa-apa」，或更簡單地說「gapapa」。

Percakapan 4

IA031-03-04.MP3

贈禮

學習表達謝意並贈送禮物給他人。

Ya-Ting:	Hadiah ini untuk Anda. Terima kasih atas bantuan Anda.
Budi:	Terima kasih.

雅婷： 這個禮物給您。謝謝您的幫忙。

布迪： 謝謝。

★Fokus percakapan 會話重點

如果要特別針對某件事表達感謝，則可以在「terima kasih」之後加上介系詞「atas（對於）」，再連接相關事物，例如「bantuan Anda（您的幫忙）」。介系詞「untuk（為了、對於）」，也有「給」的意思。

Percakapan **1**

發問 學習目標 學習向印尼人詢問某件事。

Teman online: Permisi Pak, bisa saya bertanya?

Chi-Wei: Ya, Bu, ada apa?

網友：　不好意思，先生，請問一下。

志偉：　是，女士，有什麼事？

★**Fokus percakapan** 會話重點────

「permisi」是「不好意思」的意思，當要搭訕、請借過的時候，都可以使用「permisi」一詞。「Pak」是「bapak（先生）」的簡寫，在對話中通常要大寫。

IA031-04-01A.MP3

TIPS **基本的稱呼**

bapak (pak)	先生	ibu (bu)	女士
mas	大哥（哥哥）	mbak	大姊（姊姊）
om	阿伯、大叔	tante	阿姨
kakak (kak)	哥哥或姊姊	adik (dik)	弟弟或妹妹
teman	朋友	kawan	朋友
teman sekerja	同事	rekan kantor	同事
ayah	爸爸	ibu	媽媽
kakak	哥哥、姊姊	adik	弟弟、妹妹
anak	孩子	suami	丈夫
istri	太太	pacar	情人

說明　「teman」跟「kawan」的「朋友」及「teman sekerja」與「rekan kantor」這兩組單字並無特別不同，是因不同地區產生的不同說法。

IA031-04-02.MP3

Percakapan 2

詢問地點

 學習目標 學習向印尼人詢問某個地點的位置。

Ya-Ting: Permisi, mau tanya, WC di mana ya?

Budi: Ada di sana.

雅婷： 不好意思，請問一下，洗手間在哪裡？

布迪： 在那裡。

★**Fokus percakapan** 會話重點

「tanya」是「問」的意思，「di mana」是「在哪裡」。
「ya」在疑問句句尾時是語助詞。

IA031-04-02A.MP3

TIPS 重要的地點

| WC / kamar kecil / toilet 廁所 | pintu keluar 出口 | halte bus 巴士站 |
| pintu masuk 入口 | kasir 收銀處 | kantor polisi 警察局 |

Dari sini jalan lurus akan melihat WC.
從這裡直走就會看到洗手間（廁所）了。

Naik eskalator dulu, lalu jalan ke arah belakang, kamu akan melihat pintu keluar.
上去電扶梯後，再向後方走，就會看到出口了。

Jalan ke ujung jalan ini lalu belok kiri, itu pintu masuk tempat parkir, kalau belok kanan itu jalan mati.
這條路走到盡頭後向左轉就是停車場的入口，向右轉是死路不通喔！

Jalan ke depan, lewat dua rak lalu belok kanan, kamu akan melihat kasir.
這裡往前走，經過兩個貨架後向右轉就會看到收銀處。

Halte bus jauh sekali, saya sarankan kamu naik taksi deh!
巴士站很遠，我建議你搭計程車吧！

Belok kiri di perempatan yang berikutnya, setelah menerusi terowong, jalan lagi lima menit ada kantor polisi.
你在下個十字路口左轉，穿過隧道後再走約5分鐘左右就有警察局了。

IA031-04-03.MP3 **Percakapan 3**

認知確認

學習目標 學習確認某個地方的位置。

Ya-Ting: Kantor polisi di Jalan Merdeka, betul?

Budi: Salah, ada di Jalan Mangga.

雅婷: 警察局在獨立路上，對嗎？

布迪: 不對，在芒果路上。

★Fokus percakapan 會話重點

「betul」是「對」、「salah」是「錯」。很多時候，表達否定也可直接使用「enggak（不）」來表達。

IA031-04-04.MP3 **Percakapan 4**

狀況確認

學習目標 學習確認某件事。

Budi: Kamu dari Taiwan, ya bukan?

Turis: Bukan, saya dari Jepang.

布迪: 你是不是台灣來的？（你來自台灣，是不是？）

遊客: 不是，我來自日本。

★Fokus percakapan 會話重點

「ya」是「是」，「bukan」是「不是」。「Ya bukan?」就形成「是不是？」的意思，在口語上會變成「Ya kan?」。

Percakapan 5

IA031-04-05.MP3

許可確認

 學習目標 學習詢問可不可以做某件事。

Chi-Wei: Bisa tidak?

Siti: Tidak bisa.

志偉： 可以嗎？

西蒂： 不可以。

★Fokus percakapan 會話重點

「Bisa tidak?（可以嗎？）」經常會以口語的方式，說成「Bisa gak?」而「bisa」有「會、可以、好（同意）」的意思。「gak 則是源自於「enggak（不）」這個單字的一部分。

Percakapan 6

IA031-04-06.MP3

借用物品

 學習目標 學習詢問是否可以借電話。

Chi-Wei: Boleh pinjam saya HP? HP saya hilang.

Siti: Ya, silakan pakai.

志偉： 可以借我手機嗎？我的手機不見了。

西蒂： 好的，請用。

★Fokus percakapan 會話重點

「boleh」是請求允許時的「可以…?、可否…?」，而「pinjam」是借的意思。「HP」是來自英文「handphone」的簡寫，意思是「手機」。「pakai」是「穿、用、使用」的意思，在口語上經常聽到，用在各種的「使用」的意思上。例如：「pakai bahasa Indonesia（使用印尼語）」等。「hilang」是「不見」的意思。

Percakapan 7

IA031-04-07.MP3

尋求協助

學習目標 學習尋求幫忙。

Ya-Ting:	Saya butuh bantuan Anda.
Karyawan:	Apa yang bisa dibantu?

雅婷：　我需要您的幫忙。

人員：　妳需要我幫什麼呢？

★Fokus percakapan 會話重點

「butuh」是「需要」。「bantu」是「bantuan」的字根，「幫忙」（動詞）的意思，「dibantu」是被動式，「bantuan」是「幫助」（名詞）。

Percakapan 8

IA031-04-08.MP3

緊急求助

學習目標 學習尋求幫忙送到醫院。

Siti:	Tolong antar saya ke rumah sakit.
Paramedis:	Ya, saya segera antar.

西蒂：　　請送我到醫院。

急救人員：　好的，我馬上送。

★Fokus percakapan 會話重點

「tolong」原意是「幫忙、救命」的意思，通常用在請別人幫忙時，形成「請、拜託」的意思。「antar」是「送」，主要指「運送人或物品」。「ke」是介係詞「去」的意思。

Percakapan 9

通報警察　學習目標 學習尋求幫忙叫警察。

Orang yang dirampok:	Ada perampok!	被搶劫的人：	有強盜！
Chi-Wei:	Cepat panggil polisi!	志偉：	快報警！

★Fokus percakapan 會話重點

「panggil」是「叫」的意思，叫某個人來的時候可以用。
另外，也常使用在自我介紹的時候，例如：「Saya bisa
dipanggil Budi.（我也可以叫作布迪。）」。

IA031-04-09A.MP3

TIPS 求助的地點

kantor polisi	警察局	rumah sakit	醫院	klinik	診所
pos satpam	警衛室	kedutaan	大使館	kantor perwakilan	代表處

Sakitnya!	好痛啊！
Bahaya!	危險！
Hentikan!	住手！
Ada kebakaran!	失火了！
Ada perampok!	有人搶劫！
Ada pencuri!	有小偷！
Cepat lari!	快逃！
Cepat pergi!	快走！

Percakapan 1

 要水　學習目標　學習向印尼人要求某樣東西。

Chi-Wei:　Minta segelas air.

Pelayan:　Ya, silakan tunggu sebentar.

志偉：　麻煩你給我一杯水。

服務員：　是，請稍等。

★Fokus percakapan 會話重點

「minta」是「要求」的意思，請別人拿某個東西給你，就可以使用「minta」。「tunggu」是「等」、「sebentar」是「一陣子」，通常口語上會變成「sebentar ya!（等等喔！）」。

Percakapan 2

 點餐　學習目標　學習用印尼語點餐。

Pelayan:　Sudah pesan belum?

Chi-Wei:　Belum. Saya mau kopi panas satu dan nasi goreng satu.

Pelayan:　Baik.

服務員：　請問點好餐了嗎？

志偉：　還沒…那我要一杯熱咖啡和一盤炒飯。

服務員：　好的。

★Fokus percakapan 會話重點

「pesan」有「留言、訊息」的意思，加上動詞前綴「mem-」，會形成「memesan（訂購）」的意思。但是口語上還是常說字根，即「pesan」。點餐時，數量通常放在餐點的後面。

Percakapan 3

 不要辣 學習 目標 學習用印尼語表達不要辣。

Pelayan:	Nasi goreng satu ya?
Chi-Wei:	Ya. Nasi goreng tidak pedas, tidak pakai cabai atau sambal ya!
Pelayan:	Baik.

服務員： 炒飯一個，對吧？

志偉： 是，炒飯不辣，不要放辣椒或辣椒醬喔！

服務員： 好的。

★Fokus percakapan 會話重點

印尼料理大部分都有加辣椒或辣椒醬。所以如果不要吃辣，一定要學會說「tidak pedas（不要辣）」，也可以說「tidak pakai cabai（不放辣椒）」。

Percakapan 4

 不要放糖 學習 目標 學習用印尼語表達不要放糖。

Pelayan:	Teh tawar atau teh manis?
Chi-Wei:	Teh tawar, tidak pakai gula ya!
Pelayan:	Baik.

服務員： 無糖茶還是甜茶？

志偉： 無糖茶，不放糖喔！

服務員： 好的。

★Fokus percakapan 會話重點

印尼的茶大部分都是甜的。如果要沒加糖的茶，就告訴店員「teh tawar」這句話。「tawar」是「淡」的意思。而「gula」是「糖」的意思。

Percakapan 5

結帳 學習 學習如何用印尼語結帳。

Chi-Wei: Boleh minta bon?

Pelayan: Ya. Ini bonnya.

志偉： 買單（可以拿帳單來嗎？）！

服務員： 是，帳單在這裡。

★**Fokus percakapan** 會話重點

「minta」是「請求」的意思，而「bon」是「帳單」的意思。

TIPS 印尼主要的食物和飲料

可將下方右側單字套用至劃線處做替換練習：

Q: **Apa yang kamu makan?**
你在吃什麼？

A: **Saya sedang makan _____.**
我正在吃_____。

nasi goreng	炒飯
mi goreng	炒麵
cap cai	炒什錦菜
bakmi	肉燥麵
mi bakso	肉丸麵
es kopi	冰咖啡
es teh	冰茶
kopi panas	熱咖啡
teh panas	熱茶
jus	果汁

Q: **Apa yang ingin kamu minum?**
你想喝什麼？

A: **Saya ingin minum _____.**
我想喝_____。

 Percakapan 1

IA031-06-01.MP3

絕對肯定

學習目標　學習表達肯定的意思。

Ya-Ting: Boleh kami lihat kamarnya?

Manajer hotel: Tentu saja, ikuti saya.

雅婷：　　我們可以看房間嗎？

飯店經理：　當然可以，請跟我來。

★**Fokus percakapan** 會話重點

「tentu」是「肯定、確定」的意思。加上副詞「saja（只、只是、只有、任何）」之後，形成特殊用法，即「當然」的意思。

 Percakapan 2

IA031-06-02.MP3

比較表現

學習目標　學習表達喜好。

Siti: Yang mana lebih baik?

Ya-Ting: Yang ini lebih baik.

Siti: Yang mana lebih cantik?

Ya-Ting: Yang itu lebih cantik.

西蒂：　哪一個比較好？

雅婷：　這個比較好。

西蒂：　哪一個比較美？

雅婷：　那個比較美。

★**Fokus percakapan** 會話重點

「lebih」是「比較」的意思，可以連接動詞或形容詞，形成偏好的表達。例如：「lebih cantik（比較美）」、「lebih baik（比較好）」、「lebih suka（比較喜歡）」等。

IA031-06-03.MP3 **Percakapan 3**

可能性表現

學習目標 學習表達可能性。

Siti: Kapan kamu akan berangkat ke Jakarta?

Chi-Wei: Kemungkinan besok.

西蒂：　　你何時要出發去雅加達？

志偉：　　應該是明天。

★Fokus percakapan 會話重點

「mungkin」是「可能」的意思，加上環綴「ke-an」之後，形成「kemungkinan」，這個詞有兩個意思，一個是名詞「可能性」，另一個是口語說法「應該」的意思。

IA031-06-04.MP3 **Percakapan 4**

表達喜好

學習目標 學習喜好的表達。

Budi: Apakah kamu suka belajar bahasa Indonesia?

Ya-Ting: Saya suka belajar bahasa Indonesia.

布迪：　　妳喜歡學印尼語嗎？

雅婷：　　我喜歡學印尼語。

Saya suka belajar bahasa Indonesia.

★Fokus percakapan 會話重點

「suka」是「喜歡」，「belajar」是「學（習）」。而「bahasa」是「語言」，可以連接不同的國家或族群就形成該國或改族群的語言，例如：「bahasa Indonesia（印尼語）」、「bahasa Jawa（爪哇語）」等。「apakah」是疑問代名詞，有「什麼」和「是否」的意思。

Perccakapan 5

IA031-06-05.MP3

明確拒絕

學習
目標　學習表達拒絕的意思。

Budi: Mau ikut pergi ke bioskop setelah makan?

Siti: Saya tidak mau pergi.

布迪：　吃完飯要跟著去電影院嗎？

西蒂：　我不要去。

★Fokus percakapan 會話重點

「mau」是「要」，「tidak mau」就是「不要」，可以連接各種不同的動詞，表達拒絕的意思，例如：「tidak mau makan（不（想）要吃）」、「tidak mau tidur（不（想）要睡）」等等。

Percakapan 6

IA031-06-06.MP3

表達禁止

學習
目標　學習表達禁止對方做某些事的意思。

Siti: Jangan merokok di sini.

Karyawan: Siap, Bu.

西蒂：　請勿在這裡抽菸。

上班族：　好的，女士。

★Fokus percakapan 會話重點

「jangan」是「勿、別」的意思。在阻止、禁止對方做一些事情時，就需要用「jangan」。「siap」是「準備好」的意思，口語用法上回應是「了解、收到、好的」的意思。

IA031-06-07.MP3

Percakapan 7

給予建議

學習目標　學習如何回應對方、給對方建議。

Ya-Ting:　Saya suka rok cantik ini. Menurut kamu, bagaimana?

Siti:　Menurut saya, rok ini cocok dengan kamu.

雅婷：　我喜歡這件美麗的裙子。妳覺得怎麼樣？

西蒂：　依我的看法，這件裙子很適合你。

★Fokus percakapan 會話重點

表達自己的意見時，可以使用「menurut saya（我覺得）」。「menurut」是「根據」的意思，字面意思就是「根據我（的意見）」。

IA031-06-07A.MP3

TIPS　名詞和形容詞的語順與介系詞「yang」的使用

　　印尼語的形容詞會置於名詞之後，如果只有一個形容詞時，基本上可以直接加在名詞後方。此外，還有一個重要的連接詞「yang」的用法，一般若有兩個以上的形容詞，或用於形容子句時，則必須要加上「yang」。

★當用於兩個形容詞時，兩個形容詞之間可以加「dan（與）」

例　**Pria yang pintar dan ganteng.**　　聰明又英俊的男士。

　　Kucing yang hitam dan besar.　　黑色又大隻的貓。

★當用於形容子句時，這個時候有近似中文「的」的意思

例　**baju yang saya beli**　　　　我買的衣服

　　rok yang kamu suka　　　　你喜歡的裙子

★當然，「yang」只用於單一形容詞時雖通常會被省略，但仍然可以使用，加上後就有特別強調該形容詞的語氣

例　**baju yang cantik**　　　　（強調）美麗的衣服

　　nasi yang pedas　　　　（強調）辣味的飯

　　anak yang pintar　　　　（強調）聰明的小孩

　　pria yang ganteng　　　　（強調）英俊的男士

Percakapan 8

接受建議

Ya-Ting: Akhir pekan ini, kita mau main ke mana?

Chi-Wei: Bagaimana kalau pergi ke museum?

Ya-Ting: Ide yang bagus.

雅婷： 這個週末，我們要去哪裡玩？

志偉： 去博物館怎麼樣？

雅婷： 好主意。

★Fokus percakapan 會 話 重 點

「main」是「玩」的意思，「main ke mana?」是「去哪裡玩？」的意思。「ide」是「點子、主意」的意思。

TIPS　主要的助動詞和副詞

肯定詞		否定詞	
mau	要	tidak mau	不要
bisa	會、可以、行	tidak bisa	不會、不可以、不行
ya	是、是的	tidak, enggak	不
ada	有	tidak ada	沒有
boleh	可以	tidak boleh	不可以
harus	應該、必須、需要	tidak harus	不應該、沒必要、不需要
ingin	想	tidak ingin	不想
suka	喜歡	tidak suka	不喜歡
merasa	感覺	tidak merasa	不覺得、不感覺

IA031-07-01.MP3

Percakapan 1

關心慰問

學習
目標　學習表達慰問對方。

Budi:　Apa kamu baik-baik saja?

Ya-Ting:　Ya, saya baik-baik saja. Jangan khawatir.

布迪：　你還好嗎？

雅婷：　是的，我很好。別擔心。

★Fokus percakapan 會話重點

「apa」是「什麼」的意思，有時候用「apakah」是加上「-kah」，疑問語助詞。通常放在句首代表「是否⋯？」的意思。「baik-baik」用在此會話中是「好、安好」的意思。

IA031-07-02.MP3

Percakapan 2

感謝心意

學習
目標　學習表達感謝對方的努力。

Budi:　Terima kasih atas kerja kerasmu.

Karyawati:　Saya telah belajar banyak berkat Anda.

布迪：　感謝你的辛勞。

女職員：　我跟您學習了很多。

★Fokus percakapan 會話重點

「kerja keras」是「努力工作」的意思。「kerja」前接「be」時，表達上會更正式，「-mu」在這是「你的」的意思。而「berkat」是「祝福、保佑」的意思，「berkat Anda」有「托您的福」的意思。

Percakapan 3

IA031-07-03.MP3

表達保重

學習
目標　學習表達請對方照顧身體。

Budi: Kenapa tidak masuk kerja kemarin?

Karyawati: Saya sakit. Masuk angin.

Budi: Harap jaga kesehatan. Jaga diri baik-baik ya.

布迪：　為什麼昨天沒來上班？

女職員：　我生病了，不舒服。

布迪：　要注意健康喔，保重身體啊！

★**Fokus percakapan** 會話重點

「masuk kerja」是「去／來上班」的意思。「Sakit」有「病、痛」的意思。保重可以用「jaga diri（照顧身體）」或「jaga kesehatan（照顧健康）」來表達。「masuk angin」字面上的意思是「進風」，是印尼對生病或小感冒特殊的說法。

Percakapan 4

IA031-07-04.MP3

叮嚀提醒

學習
目標　學習表達請對方行動上多小心注意。

Chi-Wei: Hati-hati menyetir!

Siti: Kamu juga. Hati-hati di jalan ya.

志偉：　小心駕駛！

西蒂：　你也是。路上小心！

★**Fokus percakapan** 會話重點

「hati」是「心」的意思，重複兩次就代表複數性，表示「小心」。如果搭配「sakit（病、痛）」就變成「sakit hati（心痛）」的意思。「menyetir」是「駕駛」的意思。「路上小心」在口語中，也會說成「Ti-ati di jalan.」，更簡短的方式是「TiTiDJ」。

IA031-07-04A.MP3

TIPS　印尼語的疊詞

　　印尼語中有一種特色的詞彙是疊詞，類似中文「天天、瞧瞧、紅紅…」等的表現，在印尼語中，也是以名詞、形容詞、動詞等詞彙重複兩次的形式，構成疊詞的應用。印尼語表現疊詞時，在詞彙之間必須加上「-」。

例　**jalan** 路、走　➡　**jalan-jalan** 走走
　　hati 心　　　➡　**hati-hati** 小心
　　cantik 美　　➡　**cantik-cantik** 美美的

　　但需注意的是，有一些字本身雖然是疊詞的架構，但並不是疊詞。

例　**gado-gado**　　　　　印尼特色料理蔬菜沙拉
　　oleh-oleh　　　　　伴手禮
　　kupu-kupu　　　　　蝴蝶

IA031-07-05.MP3

Percakapan 5

表達悲痛　學習目標　學習表達悲痛之意。

Ya-Ting:　Saya ikut berduka cita atas kepergian ibunda. Semoga keluarga diberikan ketabahan dan kekuatan.

Teman:　Terima kasih.

布迪：　對於令堂先逝，請節哀順變。希望家人堅強振作。

朋友：　謝謝。

★Fokus percakapan　會話重點

「berduka cita」是「悲傷感覺、哀痛」之意。「kepergian」代表「離去」的意思。「semoga」則是「希望」的意思。

Percakapan 1

IA031-08-01.MP3

表達愛意

 學習目標 學習表達愛意。

| Budi: | Saya cinta kamu. |
| Istri Budi: | Saya juga sangat mencintai kamu. |

布迪： 我愛你。
布迪的妻子： 我也非常愛你。

★Fokus percakapan 會話重點

「cinta」是「愛」的意思。通常用在對情人或國家表達愛意的時候。「mencintai」是字根「cinta」加上動詞環綴「men-i」，形成正式的用法。

Percakapan 2

IA031-08-02.MP3

表達想念

 學習目標 學習表達思念之情。

| Budi: | Saya rindu kamu. |
| Istri Budi: | Aku juga kangen kamu. |

布迪： 我想念妳。
布迪的妻子： 我也想念你。

★Fokus percakapan 會話重點

「rindu」是「想念」較正式的用法。「kangen」是「想念」較口語的說法，不限於用在人身上，其他的事、物也適用，例如：「Aku sangat kangen makanan Indonesia.（我很想念印尼的食物）」。

Percakapan 3

IA031-08-03.MP3

表達能力

學習目標 學習表達會講某個語言。

Chi-Wei: Anda bisa bicara bahasa Mandarin?

Siti: Ya, bisa ngomong sedikit.

志偉： 您會說中文嗎？

西蒂： 是，會說一點點。

★Fokus percakapan 會話重點

「bicara」是「說」的正式說法，而「ngomong」是「說」的口語說法。這兩個字都可以搭配語言，形成會說某個語言的意思。此外，「bisa」是「會、能」之意，可表示有能力進行後接的動作。

IA031-08-03A.MP3

TIPS 各種語言的說法

bahasa Indonesia	印尼語	**bahasa Jawa**	爪哇語
bahasa Sunda	巽他語	**bahasa Melayu**	馬來語
bahasa Tetun	（東帝汶官方語）德頓語	**bahasa Mandarin**	中文
bahasa Hokkien Taiwan	台語	**bahasa Hakka**	客語
bahasa Kanton	粵語	**bahasa Jepang**	日語
bahasa Korea	韓語	**bahasa Vietnam**	越南語
bahasa Thai	泰語	**bahasa Khmer**	高棉語
bahasa Laos	寮國語	**bahasa Myanmar**	緬甸語
bahasa Tagalog	塔加洛語	**bahasa Arab**	阿拉伯語
bahasa Inggris	英語	**bahasa Jerman**	德語
bahasa Prancis	法語	**bahasa Spanyol**	西班牙語
bahasa Portugis	葡萄牙語	**bahasa Italia**	義大利語
bahasa Rusia	俄語	**bahasa Belanda**	荷蘭語

Percakapan 4

IA031-08-04.MP3

詢問外語説法

學習詢問外語怎麼説的説法。

Ya-Ting: Bagaimana cara mengatakan ini dalam bahasa Indonesia?

Budi: Mobil.

雅婷： 這個在印尼語怎麼説？

布迪： Mobil.（車子）

★**Fokus percakapan** 會話重點

「bagaimana cara」是「怎麼樣、如何」的意思，通常連接一些做法或方式。「dalam」是「裡面」的意思，在這裡是介係詞的意思，類似英文的「in」。

Percakapan 5

IA031-08-05.MP3

請求重複

學習請對方重説一次。

Ya-Ting: Maaf, bisa ulangi sekali lagi?

Budi: Mobil.

雅婷： 抱歉，可以再重複一次嗎？

布迪： Mobil.（車子）

★**Fokus percakapan** 會話重點

「ulangi」是「重複」的意思，「sekali」是「一次」。如果更簡短一點的話，可以用「sekali lagi（再一次）」來表達。

IA031-08-06.MP3

Percakapan 6

請求説慢

 學習目標 學習請對方講慢一點。

Ya-Ting: Maaf, tolong bicara pelan-pelan.

Budi: Ya, saya bicara lebih pelan sedikit.

雅婷： 抱歉，請講慢一點。

布迪： 好，那我講慢一點。

★Fokus percakapan 會話重點

「pelan」是「慢」的意思。「pelan-pelan」變成「慢慢」的意思。如果對方語速或車速太快的話，可以請對方「pelan-pelan（慢慢來）」。

IA031-08-07.MP3

Percakapan 7

請求書寫記下

 學習目標 學習請對方寫下印尼文。

Ya-Ting: Tolong ditulis.

Budi: Baik, saya tuliskan.

雅婷： 請寫下來。

布迪： 好的，我來寫。

★Fokus percakapan 會話重點

「tulis」是「寫」的意思。「ditulis」是被動式，「tuliskan」是祈使命令句型。「baik」是「好」的意思，在對話上也有「好的」的意思。

Percakapan 8

IA031-08-08.MP3

表示理解

 學習 目標 學習詢問對方是否了解，並回應。

| Budi: | Apakah kamu mengerti? | 布迪： | 妳有了解嗎？ |
| Ya-Ting: | Saya mengerti. | 雅婷： | 我了解。 |

★Fokus percakapan 會話重點

「mengerti」是「了解」的意思。另外還有同義詞是「paham（明白）」。回答句如果加上了否定詞，就可以説「Saya tidak mengerti.」，代表「我不了解。」的意思。

Percakapan 9

IA031-08-09.MP3

知情確認

學習 目標 學習詢問對方是否知道某件事。

| Chi-Wei: | Kamu tahu tidak, di mana Mal Mangga Dua? | 志偉： | 妳知道 Mangga Dua 商場在哪嗎？ |
| Siti: | Ya, saya tahu. | 西蒂： | 是的，我知道。 |

★Fokus percakapan 會話重點

「tahu」是「知道」的意思。巧合的是，和「豆腐」的印尼語寫法一樣，只是唸法有點不同，「知道」的「tahu」會唸得比較快。如果要表達不知道，就説「tidak tahu（不知道）」或者「kurang tahu（不太知道）」。這段對話中的「tidak」是作為問句「…嗎？」的意思。另外，「Mal」是源自於英語的「Mall」，即賣場的意思。因為「Mal Mangga Dua」是雅加達其中一個重要著名的商場，一般上也會直接簡稱「Mangga Dua」。

IA031-09-01.MP3

Percakapan **1**

生日祝福

學習目標 學習祝福對方生日快樂。

Chi-Wei:	Hari ini ulang tahun saya.
Siti:	Selamat ulang tahun!
Chi-Wei:	Ayo, saya traktir makan.
Siti:	Asyik!

志偉：	今天是我的生日。
西蒂：	生日快樂！
志偉：	走吧，我請客。
西蒂：	哇，太好了！

★Fokus percakapan 會話重點

「ulang tahun」是「生日」的意思，加上「selamat（祝福）」就是「生日快樂」的祝福。「ayo」是邀約的語氣助詞，有時候會説成「yuk」。而「asyik」是「很開心、很投入」的意思，用在表達開心的語氣助詞。

IA031-09-02.MP3

Percakapan **2**

升遷祝福

學習目標 學習祝福對方升職成功。

Ya-Ting:	Selamat atas promosi kamu!
Budi:	Terima kasih.
Ya-Ting:	Benar-benar luar biasa.
Budi:	Mari kita rayakan malam ini!

雅婷：	恭喜你升職了！
布迪：	謝謝。
雅婷：	真的是太厲害了。
布迪：	讓我們今晚慶祝一下！

★Fokus percakapan 會話重點

「promosi」有兩個意思，一個是商場促銷或宣傳，另一個是工作場合的升職。「selamat（祝福）」單獨使用時，就有「恭喜」的意思。「luar biasa」是「非凡、特別」的意思，用來形容很好的人或事情。「raya」是「偉大、大」的意思，「merayakan」是「慶祝」，而「rayakan」是命令祈使句型。

51

Percakapan 3

IA031-09-03.MP3

結婚祝福

學習目標 學習祝福對方結婚了。

Budi:	Selamat menempuh hidup baru!
Pengantin:	Terima kasih.
Budi:	Semoga langgeng sampai akhir hayat.
Pengantin:	Terima kasih.

布迪：	祝妳新婚快樂！
新娘：	謝謝。
布迪：	祝妳白頭到老（希望恆久到老）！
新娘：	謝謝。

★Fokus percakapan 會話重點

「menempuh」有「邁入」之意，「hidup baru」則是「新生活」，即「恭喜邁入新生活！」。「semoga」是「希望」、「langgeng」是「永恆、恆久」、「akhir hayat」是「生命的最後」的意思。另可說「Selamat menikah!（結婚快樂！）」。

Percakapan 4

IA031-09-04.MP3

成功祝福

學習目標 學習祝福對方成功完成某件事。

| Ya-Ting: | Saya ada presentasi nanti. |
| Budi: | Semoga sukses! Semangat ya! |

| 雅婷： | 待會兒我要上台報告。 |
| 布迪： | 祝你成功！加油哦！ |

★Fokus percakapan 會話重點

「sukses」是「成功」的意思，「presentasi」則是「上台報告」的意思。「semangat」的原意是「精神」、「靈魂」，用在生活上則引申為「加油」的意思。另可說「Semoga berhasil!（祝你成功！）」。

Percakapan 5

IA031-09-05.MP3

稱讚他人

學習目標 學習稱讚對方。

Budi: Presentasi tadi bagus sekali, Ya-Ting!

Siti: Ya, kamu tadi keren banget!

Ya-Ting: Terima kasih.

布迪：　剛才的報告棒極了，雅婷！

西蒂：　是阿！妳剛才太酷了！

雅婷：　謝謝。

★Fokus percakapan 會話重點

「tadi」是「剛才」，「keren」是「酷炫」的意思。這個對話中的「sekali」和「banget」都有「非常、極」的意思。「sekali」通常比較正式，而「banget」是口語的說法。

Percakapan 6

IA031-09-06.MP3

健康祝福

學習目標 學習祝福對方早日康復。

Siti: Saya sakit.

Chi-Wei: Semoga cepat sembuh.

西蒂：　我生病了。

志偉：　祝你早日康復！

★Fokus percakapan 會話重點

「cepat」是「快」的意思，「sembuh」是「康復」的意思。字面意思就是「希望快快康復」。

IA031-09-07.MP3 **Percakapan 7**

開齋節祝福

學習目標 學習祝福穆斯林開齋節愉快。

Budi: Selamat hari raya Idulfitri! Mohon maaf lahir dan batin.

Siti: Selamat hari Lebaran! Mohon maaf lahir dan batin.

布迪： 開齋節愉快！誠心向您請求寬恕。

西蒂： 開齋節愉快！誠心向您請求寬恕。

★**Fokus percakapan** 會話重點

開齋節是印尼最盛大的節日之一。這是全世界包括印尼穆斯林在內普天同慶的日子。因此會使用「Idulfitri（一般印尼人也習慣使用 idul fitri）」這個來自阿拉伯文的字，意思是「開齋節」。「hari raya」是節日的意思。在開齋節，穆斯林之間會彼此請求對方原諒，因此說「mohon maaf（請寬恕）」。「lahir」指「身體」、「batin」指「心靈」，意思是「全心全意」。「Lebaran」也是「開齋節」的意思。

IA031-09-07A.MP3

TIPS **其他祝福語**

Selamat tahun baru!	新年快樂！
Selamat tahun baru Imlek!	農曆新年快樂！
Selamat hari Natal!	聖誕節快樂！
Selamat hari Nyepi!	寧靜節快樂！
Selamat berpuasa!	齋戒愉快！
Selamat hari raya Waisak!	浴佛節快樂！
Semoga hari Anda menyenangkan!	希望您有美好的一天！
Selamat atas kelahiran anak!	恭喜你生小孩了！
Semoga beruntung!	祝你幸運！
Semoga berbahagia!	祝你幸福！
Selamat akhir pekan!	週末愉快！
Selamat menikmati!	享用愉快！

Percakapan 1

IA031-10-01.MP3

詢問電話號碼

學習目標 學習詢問對方的電話號碼。

Ya-Ting:	Permisi, nomor telepon Johnny berapa ya?
Budi:	Apa?
Ya-Ting:	Nomor telepon Johnny.
Budi:	Sebentar ya, saya cari.

雅婷：	不好意思，請問強尼的電話號碼是幾號？
布迪：	你問什麼？
雅婷：	我說強尼的電話號碼。
布迪：	稍等喔，我找找。

★**Fokus percakapan** 會話重點

「nomor telepon」是「電話號碼」的意思。「berapa」是「多少」的意思。與數字相關的疑問代名詞一定要使用「berapa」。

Percakapan 2

IA031-10-02.MP3

表明自我身分

學習目標 學習在電話中表達「我就是」。

Budi:	Halo, Ya-Ting ada?
Ya-Ting:	Ya, saya sendiri.
Budi:	Ya-Ting, besok ada luang gak?

布迪：	哈囉，雅婷有在嗎？
雅婷：	有，我就是。
布迪：	雅婷，明天有空嗎？

★**Fokus percakapan** 會話重點

「sendiri」是「自己」的意思，經常也表示自己一個人的意思，例如：「Saya tinggal sendiri.（我自己一個人住。）」

55

Percakapan 3

IA031-10-03.MP3

聽不清楚

 學習目標　學習在電話中表達聽不清楚。

Chi-Wei:	Kamu tadi ngomong apa?
Ya-Ting:	Apa?
Chi-Wei:	Saya kurang jelas dengarnya, bisa diulang sekali lagi?
Ya-Ting:	Baiklah, saya ulangi sekali lagi.

志偉：	妳剛才説什麼？
雅婷：	你説什麼？
志偉：	我聽不清楚，妳可以再説一次嗎？
雅婷：	好，我再説一次。

★**Fokus percakapan** 會話重點

「tadi」是「剛才」的意思，「omong」是「説」的意思，口語上會説成「ngomong」。「kurang jelas」的意思是「不清楚」，可以表達説的話、寫的字或所提的概念等。

Percakapan 4

IA031-10-04.MP3

收訊不良

學習目標　學習在電話中請對方大聲一點。

Budi:	Saya kurang jelas dengarnya, bisa kamu berbicara lebih keras?
Yang menelepon:	Apakah sekarang sudah jelas?
Budi:	Belum jelas.
Yang menelepon:	Mohon tunggu sebentar, saya telepon lagi.

布迪：	我聽不太清楚，你可以大聲點嗎？
來電者：	現在清楚了嗎？
布迪：	還不清楚。
來電者：	請稍等，我再打來。

★**Fokus percakapan** 會話重點

「keras」的原意是「硬」的意思，也可以表示聲音的大聲。「lagi」的意思是「再」，若在動詞後方，亦有「正在」之意。例如：「makan lagi（再吃）；lagi makan（正在吃）」。

Percakapan 5

IA031-10-05.MP3

對方不在

學習目標 學習在電話中表達要找的對象。

Yang menelepon:	Halo, saya mau bicara sama Bapak Li.
Siti:	Tunggu sebentar..., dia tidak ada di sini.
Yang menelepon:	Tolong beritahu dia Maya telepon.

來電者： 哈囉，我找李先生。

西蒂： 請稍等…，他不在這裡。

來電者： 請告訴他瑪雅有來電。

★Fokus percakapan 會話重點

「beritahu」是「告訴」的意思。「di sini」是「在這裡」的意思。「bicara」是「說、講」的意思，「sama」是「跟」的口語說法。

Percakapan 6

IA031-10-06.MP3

打錯電話

學習目標 學習在電話中表達打錯了。

Yang menelepon:	Halo, saya mau bicara sama Bapak Li.
Siti:	Maaf, Anda salah sambung.
Yang menelepon:	Ini PT. Pelangi kan?
Siti:	Maaf, bukan.

來電者： 哈囉，我要找李先生。

西蒂： 抱歉，您打錯了。

來電者： 請問這裡是彩虹企業，對嗎？

西蒂： 抱歉，不是。

★Fokus percakapan 會話重點

「salah」是「錯」的意思。「sambung」是「接線」的意思。「kan」在對話中是當作確認的語助詞，原字是「bukan（不是）」。「ini」是「這」的意思，但放在句首就有「這是」的意思。「PT.」是「Perseroan Terbatas（有限公司）」的縮寫。

Percakapan 7

電話留言 學習在電話中請對方留言。

Yang menelepon:	Halo, saya mau bicara sama Lina.
Siti:	Maaf, Lina belum masuk. Mau tinggalkan pesan?
Yang menelepon:	Ya, beritahu Lina, rapat mulai jam 2.

來電者： 哈囉，我要找麗娜。

西蒂： 抱歉，麗娜還沒進來。請問要留言嗎？

來電者： 要，請告訴麗娜，會議從兩點開始。

★Fokus percakapan 會話重點

「tinggalkan」是「留下」的意思，而「pesan」是「訊息、留言」的意思。

IA031-10-07A.MP3

TIPS 指示詞 ini 和 itu

指示詞「ini（這）」和「itu（那）」是印尼語中基本而重要的文法概念。當「ini」和「itu」放在名詞後面，則表示「這（個）」或「那（個）」的意思。

例
Mobil ini cantik.	這台車很美。
Mobil itu cantik.	那台車很美。
Baju ini merah.	這件衣服是紅色的。
Baju itu merah.	那件衣服是紅色的。

但是若「ini」或「itu」放在句首的話，則表示「這是」或「那是」的意思。

例
Ini mobil yang besar.	這是（一台）大車。
Itu mobil yang besar.	那是（一台）大車。
Ini baju saya.	這是我的衣服。
Itu baju saya.	那是我的衣服。

Bab 2 | 到當地一定要會的場景會話

在機場一買機票 Beli Tiket di Bandara

karyawan maskapai penerbangan:

　Apa yang bisa saya bantu?

Chi-Wei:

　Saya mau beli tiket pesawat tujuan Surabaya.

karyawan maskapai penerbangan:

　Kapan rencananya mau pergi?

Chi-Wei:

　Tanggal 20 November.

karyawan maskapai penerbangan:

　Perjalanan sekali jalan atau pulang pergi?

Chi-Wei:

　Perjalanan pulang pergi.

karyawan maskapai penerbangan:

　Kapan rencananya mau kembali?

Chi-Wei:

　Hari Minggu berikutnya, Tanggal 26, tiket yang paling murah berapa ya?

karyawan maskapai penerbangan:

　Sebentar saya lihat dulu. Maaf, semua penerbangan pada Tanggal 20 sudah habis.

Chi-Wei:

　Gawat! Saya harus keluar dinas pada hari itu.

karyawan maskapai penerbangan:

　Namun, kami masih ada satu tiket pada keesokan harinya, Tanggal 21.

Chi-Wei:

　Kalau tidak ada pilihan lain, saya ingin mengubah ke Tanggal 21 saja.

地勤人員：

　有什麼我可以幫忙的？

志偉：

　我想買去泗水的機票。

地勤人員：

　您打算什麼時候出發？

志偉：

　11月20號。

地勤人員：

　單程還是來回？

志偉：

　來回。

地勤人員：

　您打算什麼時候回來？

志偉：

　那之後的下個星期日，26號，最便宜的機票是多少錢？

地勤人員：

　請稍等，我先看看。抱歉，20號的機票全都賣完了。

志偉：

　那麻煩了！我需要在那一天出差。

地勤人員：

　不過，我們有隔天21號的機票。

志偉：

　如果沒有其他選擇，那我就換到21號吧！

必學單字表現

IA032-01-02.MP3

pesawat	飛機
tujuan	目的地
perjalanan	行程
Surabaya	（印尼城市）泗水
pulang pergi	來回
kembali	回來
berikutnya	接著的
paling	最
murah	便宜
semua	全部、所有
penerbangan	航班
habis	結束
gawat	糟糕
keluar dinas	出差
pilihan	選項

會話重點

IA032-01-03.MP3

重點1 berikutnya

主要表示順序，意思是「接著的」，字根是 ikut（跟隨）。

例 1. **Saya akan pergi ke Indonesia minggu yang berikutnya.**
我會在下一個星期去印尼。

2. **Yang berikutnya, giliran Budi.**
接下來，輪到布迪。

重點2 namun

「儘管如此、然而」的意思。主要用作轉折功能，和 tapi（但是）很相似，但 namun 可以用在句首。

例 1. **Saya sudah tinggal di Indonesia selama dua tahun. Namun saya masih tidak bisa berbahasa Indonesia.**
我已經住在印尼兩年了。儘管如此，我還是不會講印尼語。

2. **Anak itu sebenarnya pandai. Namun dia malas.**
那個孩子其實很聰明。然而，他卻很懶惰。

與飛機、移動相關的表現

IA032-01-04.MP3

datang 來

pergi 去

pulang 回

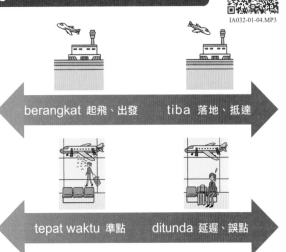

berangkat 起飛、出發　　tiba 落地、抵達

tepat waktu 準點　　ditunda 延遲、誤點

IA032-01-05.MP3

動詞前綴 **meng-** 的用法

> ＊印尼語可以用前綴、後綴或環綴的方式，創造新的詞彙，並改變詞性。在字根加上不同的前綴、後綴或環綴之後，便可形成副詞、動詞、形容詞或名詞。本課出現的動詞前綴 meN- 總共有六種形式，即：me-、mem-、men-、meng-、meny- 和 menge-。每一形式會固定搭配不同的字首，形成動詞。

各個 meN- 前綴所搭配的字首組合：

類型	搭配的字首	類型	搭配的字首
me-	l, m, n, r, w, y, ng, ny	meng-	k*, g, h, kh, a, e, i, o, u
mem-	p*,b, f, v	meny-	s*
men-	t*, d, c, j	menge-	所有單音節的字

注意 標了＊號的單字，在加上各自的前綴 meN- 時，其字首會被省略掉，除了某些例外的字。

這一課，我們來學習「meng-」形式所搭配的字首，以及一些例子：

類型	字首	字根 ➜ 加上meN-	字首	字根 ➜ 加上meN-
meng-	k*	kirim 寄 ➜mengirim 寄	g	gosok 刷 ➜menggosok 刷
	h	hubung 聯絡 ➜menghubungi 聯絡	kh	khusus 特別 ➜mengkhusus 使特殊
	a	antar 運送 ➜mengantar 運送	e	erti 意思 ➜mengerti 了解
	i	ingat 記得 ➜mengingat 記得	o	obrol 聊 ➜mengobrol 聊
	u	ubah 改變 ➜mengubah 改變		

例

❶ **Saya mau** mengirim **surat**. 　　　我要寄信。

❷ **Bangun pagi saya** menggosok **gigi**. 　　早起我刷牙。

❸ **Saya akan** menghubungi **kamu**. 　　我會聯繫你。

❺ **Ayah** mengantar **saya ke bandara**. 　爸爸送我去機場。

❻ **Saya sudah** mengerti. 　　　　我已經了解了。

❼ **Saya masih** mengingat **mantan pacar saya**. 　我還記得我的前任情人。

❽ **Saya senang** mengobrol **dengan siapa saja**. 　我喜歡和任何人聊天。

❾ **Saya ingin** mengubah **gaya rambut**. 　我們必須改變髮型。

短會話練習A

IA032-01-06.MP3

出發時間

Jam berapa berangkat?
幾點出發？

Jam sembilan tiga puluh pagi.
上午 9 點 30 分。

Jam enam empat puluh lima sore.
下午 6 點 45 分。

到達時間

Jam berapa sampai ke tujuan?
幾點到達？

Jam satu tiga puluh sore.
下午 1 點半。

Jam sepuluh lewat sepuluh malam.
晚上 10 點 10 分。

是否有票

Apakah sekarang ada tiket?
現在有票嗎？

Ya, ada.
是的，有。

Maaf, sekarang tidak ada.
對不起，現在沒有。

買票截止時間

Kapan paling lambat pembelian tiket?
最晚什麼時候必須買票？

Anda harus memesan tiket Jumat ini.
您必須在本週五前預訂。

Anda harus memesan tiket seminggu sebelum keberangkatan.
您必須在出發前一週預定。

單字

lewat 過了、超過	**tiket** 票	**paling lambat** 最晚
memesan 訂購	**sebelum** 之前	**keberangkatan** 出發、出境

短會話練習B

IA032-01-07.MP3

目的地

Anda mau pergi ke mana?
您要去哪裡？

Osaka, Jepang.
日本的大阪。

New York, Amerika Serikat.
美國的紐約。

出發日

Rencananya kapan mau berangkat?
您打算什麼時候出發？

Tanggal tujuh Januari.
1 月 7 號。

Sabtu ini.
這個星期六。

歸國日

Rencananya kapan akan pulang?
您打算什麼時候回來？

Tanggal dua puluh Maret.
3 月 20 號。

Jumat depan.
下週五。

護照有效期限

Berapa lama lagi masa berlakunya paspor?
您的護照有效期限剩下多久？

Sisa tiga tahun.
剩下 3 年。

Sisa enam bulan.
剩下 6 個月。

單字

Amerika Serikat 美國	**rencananya** 打算	**depan** （原意為「前面」）下一個
masa berlaku 有效期限	**paspor** 護照	**sisa** 剩下

IA032-01-08.MP3

練習題

1. 請聽音檔，並依下方的提示完成所有的句子。

berapa　　tiket pesawat　　kembali　　habis　　pulang pergi

❶ Saya mau beli _____ tujuan Surabaya.　　我想買去泗水的機票。

❷ Perjalanan sekali jalan atau _____ ?　　單程還是往返？

❸ Kapan rencananya Anda mau _____ ?　　您打算什麼時候回來？

❹ Maaf, semua penerbangan pada Tanggal 20 sudah _____ .

抱歉，20 號的機票全都賣完了。

❺ Tiket pesawat harganya _____ ?　　飛機票多少錢？

2. 請聽音檔，並依下列的中文用印尼語做練習。

❶ 上午 9 點 30 分。　　　　　❷ 美國的紐約。

❸ 來回。　　　　　　　　　　❹ 這個星期六。

❺ 剩下 3 年。

3. 請將下列中文翻譯成印尼語。

❶ 我要訂票。

➡ _____

❷ 單程還是來回？

➡ _____

❸ 要幾點的票？

➡ _____

❹ 飛機票

➡ _____

❺ 護照有效期限

➡ _____

IA032-01-09.MP3

【訂購機票】

❶ **balita** 幼兒

❷ **anak kecil** 小朋友

❸ **dewasa** 成人

❹ **masa berlaku paspor** 護照有效期限

❺ **foto paspor** 護照影本

❻ **tiket pesawat** 機票

❼ **biaya tiket pesawat** 機票費用

❽ **pajak** 稅金

❾ **berubah** 變更

❿ **tidak dapat diubah** 不可變更

⓫ **visa** 簽證

⓬ **kedutaan** 大使館

⓭ **penerbangan internasional** 國際線

⓮ **penerbangan domestik** 國內線

⓯ **tanggal keberangkatan** 出發日

⓰ **tanggal sampai tujuan** 到達日

⓱ **tanggal pulang** 回國日

⓲ **kelas ekonomi** 經濟艙

⓳ **kelas bisnis** 商務艙

⓴ **kelas pertama** 頭等艙

㉑ **naik kelas secara gratis** 免費升等

㉒ **kursi alternatif** 候補機位

㉓ **penerbangan** 班次

㉔ **kursi di depan pintu darurat** 逃生門前的座位

文化專欄：印尼的國際機場

　　印尼這麼大，到底有幾座國際機場呢？根據印尼 Kompas 新聞的報導，印尼到了西元 2020 年時，一共有三十座國際機場！當然散落在各大島嶼的主要城市中。其中五個最繁忙的國際機場包括在爪哇島的兩個國際機場，即在雅加達的 Bandar Udara Internasional Soekarno-Hatta（蘇卡諾哈達國際機場）以及在泗水的 Bandar Udara Internasional Juanda（朱安達國際機場）；在峇里島的 Bandar Udara Internasional Ngurah Rai（伍拉賴國際機場）；在蘇拉威西島的 Bandar Udara Internasional Sultan Hasanuddin（蘇丹哈沙努丁國際機場）以及在蘇門答臘棉蘭的 Bandar Udara Internasional Kualanamu（瓜拉娜姆國際機場）。

▲ 印尼首任總統蘇卡諾（左）、副總統哈達（右），國際機場的名稱便源自於他們的名諱

　　印尼語中，「機場」的正式用語應該是由源自 bandar（港）和 udara（空氣）這兩個詞所結合的 Bandar Udara。然而，在目前的教科書上及對話裡會看到、聽到的「機場」，都是 bandara 這個詞，那是上述兩個字結合在一起之後的說法。講久之後也都習慣並流通。因此，在所有機場的正式名稱下仍依然可見 bandar udara 一詞。在眾多機場中，最著名的前三名恐怕就是在雅加達、峇里島和日惹的機場了。以下就來為大家介紹這兩個印尼最著名的國際機場。

　　在首都雅加達的國際機場是蘇卡諾哈達國際機場，代碼為 CGK，位於雅加達市的西邊，距離雅加達市中心大約 25 公里，若在沒有塞車的情況下，從市中心開車大約半小時就可以抵達。而「蘇卡諾哈達」這個名稱也取名自第一任總統 Soekarno（蘇卡諾）和副總統 Mohammad Hatta（穆罕默德・哈達）的名字。目前有三個航廈，第三航廈於西元 2019 年完工並啟用。

▲ 具有特殊民族風味建築的伍拉賴機場一隅

　　而峇里島的 Ngurah Rai 國際機場也因為峇里島是世界著名旅遊景點的關係，而晉升成為世界最繁忙的國際機場之一。Ngurah Rai（伍拉賴）原本是一位自峇里島出身，於印尼獨立戰爭中力抗荷蘭軍隊的民族英雄，而這位機場的名稱便是以他的名字命名。伍拉賴國際機場歷史悠久，於西元 1930 年由當時的荷蘭殖民政府所建，經過不斷增建之後，目前機場的規模已相當龐大。

IA032-02-01.MP3 Pelajaran **2**

在機場 Di Bandara

Chi-Wei:

Permisi, kalau dari bandara ke pusat kota, harus naik apa?

Karyawan bandara:

Anda pertama kali ke sini?

Chi-Wei:

Ya.

Karyawan bandara:

Anda berasal dari mana?

Chi-Wei:

Saya berasal dari Taiwan. Saya datang untuk mengunjungi teman.

Karyawan bandara:

Anda bisa naik kereta api ke pusat kota.

Chi-Wei:

Apa? Maaf, bisa bicara pelan sedikit?

Karyawan bandara:

Anda bisa naik kereta api ke Stasiun Sudirman di pusat kota.

Chi-Wei:

Keretanya datang berapa lama sekali?

Karyawan bandara:

Setiap tiga puluh menit datang satu kereta.

Chi-Wei:

Stasiun keretanya di mana?

Karyawan bandara:

Silakan ikuti petunjuk di Stasiun Bandara Soekarno-Hatta.

Chi-Wei:

Terima kasih.

志偉：

打擾一下，如果從機場到市中心，應該搭什麼才好？

機場人員：

您第一次來這裡嗎？

志偉：

是的。

機場人員：

您從哪來的？

志偉：

我來自台灣。我來拜訪朋友。

機場人員：

您可以搭火車到市中心。

志偉：

不好意思，太快了，您可以説慢一點嗎？

機場人員：

您可以搭火車到市中心的蘇迪曼站。

志偉：

請問多久會有一班火車？

機場人員：

每30分鐘會有一班車。

志偉：

請問車站在哪裡？

機場人員：

請跟著蘇卡諾哈達機場站的指示牌走（就會看到了）。

志偉：

謝謝您。

必學單字表現

IA032-02-02.MP3

permisi	不好意思
bandara	機場
pusat kota	市中心
naik	搭乘
pertama kali	第一次
datang	來
mengunjungi	拜訪
kereta api	火車
bicara	說
pelan	慢
stasiun	火車站
berapa lama	多久
setiap	每
menit	分鐘
silakan	請
ikuti	跟隨
petunjuk	指示、指引

會話重點

IA032-02-03.MP3

重點1 Harus naik apa?

要詢問搭什麼車，最直接的問法就是 harus naik apa?（應該搭什麼（交通工具）才好？）印尼語中的各種交通工具，都是用 naik 做「搭」的意思。

例 1. **Saya naik mobil ke kantor.**
　　我搭（坐）車去辦公室。

2. **Saya naik bus ke sekolah.**
　　我搭公車去學校。

3. **Saya naik pesawat ke Jakarta.**
　　我搭飛機去雅加達。

重點2 berapa

跟數字有關的疑問代名詞是 berapa（多少）。一般上詢問價格、電話號碼、日期等等，都一定會使用 berapa。另外，berapa 後面也可以加上一些形容詞，形成進一步的問法，例如：「多久、多大、多長…」等等。

例 1. **Harganya** berapa?　　價格多少？
2. **Nomor telepon** berapa?　電話號碼幾號？
3. **Tanggal** berapa?　　日期是幾號？
4. **Berapa lama?**　　多久？
5. **Berapa besar?**　　多大？
6. **Berapa panjang?**　　多長？

與空間相關的表現

IA032-02-04.MP3

lebar 寬　　sempit 窄

dalam 深　　dangkal 淺

IA032-02-05.MP3

silakan 的用法

> ＊印尼語的祈使句中，一個最常見的是 silakan（請）。一般上用在恭請對方或邀請對方做某些動作的時候。

例 Silakan **makan**.　　　　　　　　請吃。

Silakan **minum**.　　　　　　　　請喝。

Silakan **masuk**.　　　　　　　　請進。

Silakan **duduk**.　　　　　　　　請坐。

tolong、minta 的用法

> ＊但是，另外一些情況下，例如要請別人幫忙做某些事情，會使用其他的字，例如：tolong（請幫忙）、minta（請給…）等，有「拜託他人幫忙完成後述動作」之意。

例 Tolong **buka pintu**.　　　　　　　　請開門。

Tolong **antar saya ke rumah sakit**.　　請送我到醫院。

Tolong **ulangi sekali lagi**.　　　　　　請再重複一次。

Minta **air**.　　　　　　　　　　　　請給我水。

Minta **bon**.　　　　　　　　　　　　請給我收據。

短會話練習A

IA032-02-06.MP3

公車時刻表

Jam berapa ada bus?
請問幾點有巴士？

Jam dua belas ada.
12 點有。

Sepuluh menit lagi ada.
10 分鐘之後還有。

售票亭

Di mana beli tiket bus?
請問要在哪裡買巴士的車票？

Permisi, tiket bus beli di mana?
不好意思，請問公車票要在哪裡買？

Silakan beli tiket di lantai satu.
請在一樓（售票處）購買。

公車票價

Berapa harga tiket bus?
請問巴士票要多少錢？

Tiga ribu Rupiah.
3,000 印尼盾。

Dua belas ribu Rupiah.
12,000 印尼盾。

行車時間

Dari sini ke Jalan Merdeka perlu waktu berapa lama?
請問從這裡到獨立路需要多少時間？

Perlu waktu sekitar satu setengah jam.
大概需要一個半小時。

Sekitar dua jam.
大概需要兩小時。

單字

beli 買	**lantai** 樓層	**sini** 這裡
waktu 時間	**perlu** 需要	**jam** 小時、…點鐘

IA032-02-07.MP3

 具體地點

Di Jalan Merdeka pergi ke tempat apa?
請問您要去獨立路的什麼地方?

Pusat perdagangan.
貿易中心。

Kedutaan besar.
大使館。

來訪次數

Apakah kamu baru pertama kali datang ke Jakarta?
您是第一次來雅加達嗎?

Ya, ini pertama kali.
是的,我是第一次來。

Tidak, sudah beberapa kali.
不是,來好幾次了。

旅行夥伴

Apakah kamu datang sendirian?
您是一個人來的嗎?

Ya, datang sendiri.
是的,我是一個人來。

Tidak, datang bersama teman.
不,我是和朋友一起來。

來訪事由

Anda datang ke Jakarta untuk apa?
您到雅加達來的目的是什麼呢?

Datang untuk liburan.
來渡假。

Datang untuk urusan pekerjaan.
來出差。

單字

pusat perdagangan 貿易中心	**sendiri** 自己	**bersama** 一起
teman 朋友	**liburan** 假期	**urusan pekerjaan** 進行任務

練習題

IA032-02-08.MP3

1. 請將下列的句子重組。

❶ naik / Harus / apa / ?　　　　　　　應該搭什麼？（交通工具）

➡ _____

❷ bisa / sedikit / bicara / Maaf / pelan / , / ?　　抱歉，可以說慢一點嗎？

➡ _____

❸ kali / datang / Jakarta / Pertama / ke / ?　　第一次來雅加達嗎？

➡ _____

❹ pertama / Ya /, / ini / kali / .　　　　　是的，我是第一次來。

➡ _____

❺ mana / kereta / Stasiun / di / ?　　　　火車站在哪裡？

➡ _____

2. 請聽音檔，並依下列的提示完成所有的句子。

jam　　Tidak　　Berapa　　sendirian　　berapa lama

❶ Apakah datang _____?　　　　　　您是一個人來的嗎？

❷ _____, datang bersama teman.　　　不，我是和朋友一起來。

❸ _____ harga tiket bus?　　　　　　請問巴士票要多少錢？

❹ Ke Jalan Merdeka perlu waktu _____?　到獨立路需要多久時間？

❺ Sekitar dua _____.　　　　　　　　大概需要兩小時。

3. 請聽音檔，並依下列的中文用印尼語做回答練習。

❶ 12 點有。

❷ 請在一樓（售票處）購買。

❸ 3,000 印尼盾。

❹ 大概需要一個半小時。

❺ 貿易中心。

機場相關的單字表現

IA032-02-09.MP3

❶ **aula kedatangan** 入境大廳

❷ **aula keberangkatan** 出境大廳
　➡ **kamar mandi** 洗手間
　➡ **tempat merokok** 吸菸室
　➡ **telepon umum** 公共電話

❺ **pengambilan bagasi** 行李提領處

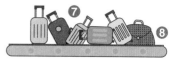

❻ **sabuk konveyor bagasi** 行李傳送帶

❼ **bagasi** 行李

❽ **koper kabin** 手提行李
　➡ **troli bagasi** 行李手推車

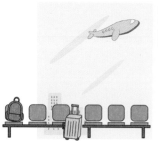

 ←Arrival ❸

Departures→ ❹

❸ **keberangkatan** 出境

❹ **kedatangan** 入境
　➡ **transit** 轉機

❾ **penukaran uang asing**
外幣兌換處

❿ **loket check-in**
機場報到櫃台

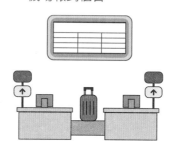

⓫ **bus bandara**
機場巴士

⓬ **bea cukai** 海關

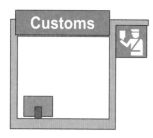

⓭ **bus bandara** 機場公車
　➡ **bus antar jemput bandara**
機場接駁巴士

⓮ **security check point**
出入境安檢

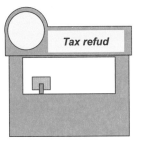

⑮ pelayanan pengambilan pajak
退稅服務處

⑰ **pramugari** 空服員

⑱ **baju pelampung** 救生衣

⑲ **tiket pesawat** 機票

⑳ **visa** 簽證

㉑ **sabuk pengaman** 安全帶

⑯ toko bebas bea cukai 免稅商店
　➡ **biaya** 費用
　➡ **kembalian** 找零

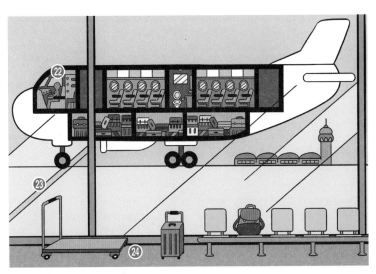

㉒ **pilot** 飛行員、飛機駕駛員

㉓ **jalur** 跑道

㉔ **ruang tunggu** 候機室
　➡ **pintu darurat** 逃生門

加強表現

❶ **kencangkan sabuk pengaman**
　繫安全帶

❷ **memesan tiket pesawat** 訂機票

❸ **bawa bagasi** 提行李

❹ **kirim bagasi** 寄行李

❺ **membawa koper kabin ke pesawat**
　攜帶手提行李上飛機

❻ **berbelanja di toko bebas bea cukai**
　在免稅店買東西

❼ **memakai baju pelampung** 穿救生衣

75

⑧ **keluar pintu darurat** 跑出緊急逃生門

⑨ **layanan pembungkusan bagasi**
行李打包服務

⑩ **kehilangan bagasi** 行李遺失

⑪ **loket maskapai Garuda**
嘉魯達印尼航空的櫃檯

⑫ **salah masuk terminal** 跑錯航廈

⑬ **masuk terminal satu** 進入第一航廈

⑭ **bergegas ke terminal kedua**
趕到第二航廈

⑮ **ambil jalur domestik** 搭乘國內線

⑯ **transit ke jalur internasional**
轉搭國際線

⑰ **menunggu bus antar jemput**
等候停機坪接駁車

⑱ **berjalan ke jembatan** 走進空橋

⑲ **Waktu penerbangan selama dua belas jam.** 飛行時間長達12個小時

⑳ **Pakai masker di dalam pesawat.**
在飛機上戴好口罩

㉑ **Layar ini sudah rusak.**
放電影的小螢幕壞了

㉒ **Turun dengan menggunakan balon seluncur.** 從緊急逃生滑梯上滑下來

文化專欄：雅加達機場的交通資訊

▲ 蘇卡諾哈達機場一隅

　　本篇將擴大介紹印尼首都的重要機場，即 Bandara Internasional Soekarno-Hatta（蘇卡諾哈達機場），該機場位於雅加達西北邊的 Tangerang（坦格朗市），距離雅加達市中心大約 25 公里。但由於塞車問題嚴重，往往到達市中心需要超過

▲ 藍色車身的市區丹里巴士

一個小時的車程。其機場代號為「CGK」。如上一課有稍微提過的一樣，目前共有三個航廈，承接國際線和國內線班機的航行業務。

在西元 2017 年以前，機場捷運尚未蓋好，大部分往返市區和機場的交通方式是搭乘公車或計程車。其中比較常見的市區公車是藍色的 Bus Damri（丹里巴士），從雅加達市中心的轉運站 Stasiun Gambir（甘比站）發車，約每十五分鐘就有一班巴士開往機場，票價也不貴，只要 40,000 印尼盾（相當於台幣 85 元左右）。然而，許多在雅加達的主要飯店，都有提供往返機場的接駁服務。因此建議在入住之前，先詢問清楚飯店的交通方式。

雅加達的 Kereta Api Bandara（機場捷運）於西元 2017 年開始試營運，並於西元 2018 年正式開幕，因為車程便捷，又可以避開惱人的塞車情況，故已經成為許多乘客去來機場首選的交通方式。機場捷運每半小時就有一班車，中間停靠 Batuceper（巴都魯節北）、Duri（杜里）、BNI City（印尼國家銀行站）、Manggarai（曼加拉）這四個站，乘客可以依照自己要去的地點，選擇最鄰近的車站下車。如果要到市中心，可以選擇 BNI City（印尼國家銀行站），票價是 70,000 印尼盾，大約是台幣 150 元。機場捷運的車票可以現場買，也可以線上購買（https://reservation.railink.co.id/），並用信用卡付費，相當方便。

如果是要搭乘計程車到雅加達市中心，現在的選擇太多了。一般上建議搭乘 Blue Bird（藍鳥計程車），此車行的信譽和車輛品質較佳，但是羊毛出在羊身上，當然費用也比較貴，大約是 10 萬印尼盾（約台幣 220 元）左右。此外，在印尼也有網路叫車服務，像是「Grab」和「Gocar」等，透過網路便能叫車來接送，相當地方便。然而，費用可能因車輛有所不同，但是差不多是計程車的費用，甚至會有更便宜的價格。

現在機場交通方式很多元，選擇一個最適合自己的旅行方式吧！

▲ 天藍色車身的藍鳥計程車

在公車站 Di Halte Bus

Ya-Ting:

Permisi, apakah bus ini menuju ke taman kota?

Orang yang menunggu bus:

Tidak, bus nomor 2 tidak menuju ke taman kota.

Ya-Ting:

Kalau mau ke taman kota, harus naik bus nomor berapa?

Orang yang menunggu bus:

Anda bisa naik bus nomor 5.

Ya-Ting:

Terima kasih atas informasinya.

Orang yang menunggu bus:

Permisi, apakah kamu orang luar negeri?

Ya-Ting:

Betul, saya berasal dari Taiwan.

Orang yang menunggu bus:

Kamu sangat fasih berbahasa Indonesia.

Ya-Ting:

Mana ada, masih kurang lancar.

Orang yang menunggu bus:

Kapan kamu datang ke Indonesia?

Ya-Ting:

Satu minggu yang lalu.

Orang yang menunggu bus:

Mau pergi ke mana sekarang?

Ya-Ting:

Pergi menonton konser.

雅婷：

不好意思，請問這班車是開往城市公園的嗎？

等公車的人：

不是，2號公車沒有到城市公園。

雅婷：

那如果要去城市公園，應該要搭什麼車呢？

等公車的人：

妳可以搭5號公車。

雅婷：

謝謝您的告知。

等公車的人：

不好意思，請問妳是外國人嗎？

雅婷：

是的，我從台灣來的。

等公車的人：

妳的印尼語説得很好。

雅婷：

哪裡哪裡，説得還不好。

等公車的人：

妳什麼時候來印尼的呢？

雅婷：

一個禮拜前來的。

等公車的人：

那現在要去哪裡呢？

雅婷：

我要去看演唱會。

必學單字表現

IA032-03-02.MP3

taman	公園
menuju	往
informasi	資訊
luar negeri	國外
betul	對、沒錯
fasih	流利
berbahasa	說（某個語言）
mana ada	（客套話）哪裡哪裡
lancar	流利、流暢、順利
satu minggu	一個星期
ke mana	去哪裡
menonton	看、觀賞

會話重點

IA032-03-03.MP3

重點1　apa、apakah

疑問代名詞 apa（什麼）非常常用。而 apakah 是 apa 加上 -kah（疑問語助詞）所構成的詞彙，即為「是否…嗎？」的意思。

例 1. **Kamu mau makan apa?**　你要吃什麼？
2. **Apakah kamu orang Taiwan?**
　　你是不是台灣人呢？

重點2　betul

當同意對方的說法或確認資訊的正確性時，我們可以說 betul（對、沒錯）。否定時則用 tidak（不）、bukan（不是）來回應。就字面上的意思來說，betul 的反義詞是 salah（錯）。

例 1. **Betul, saya orang Taiwan.**
　　對，我是台灣人。
2. **Tidak, saya bukan orang Taiwan.**
　　不，我不是台灣人。
3. **Jawaban ini salah.**　這個答案錯了。

一定要會的指示代名詞

IA032-03-04.MP3

指示代名詞的應用如後：ini 用來表示話者與事物間的關係，即「這、這個」。置於主詞前（在句首）時，即「這是」；itu 用來表示離話者遠的事物，即「那、那個」。置於主詞前（在句首）時，即「那是」。疑問代名詞為「yang mana」，則是「哪、哪個」的意思。

	ini 這、這個；這是	itu 那、那個；那是	yang mana 哪、哪個
置於句尾修飾	**tiket bus ini** 這張車票	**tiket bus itu** 那張車票	**tiket bus yang mana** 哪張車票
置於主詞前	**Ini mobil.** 這是一台車。	**Itu mobil.** 那是一台車。	×

位置的指示代名詞如後：sini 是指離話者近的位置，即「這裡」；situ 是指比這裡遠但話者認為相對近的位置，即「那裡」；sana 是指離話者及聽者都遠的位置，即「那裡」；而位置的疑問代名詞則是 mana。

	sini 這裡	situ 那裡	sana （離聽、說者較遠的）那裡	mana 哪裡
用例	**Di sini ada seekor kucing.** **Ada seekor kucing di sini.** 這裡有一隻貓。	**Di situ ada seekor kucing.** **Ada seekor kucing di situ.** 那裡有一隻貓。	**Di sana ada seekor kucing.** **Ada seekor kucing di sana.** （較遠處）那裡有一隻貓。	**Di mana ada kucing?** **Kucing ada di mana?** 哪裡有貓？

IA032-03-05.MP3

pergi ke mana 的用法

＊ke mana（去哪裡），可以用來問去向，完整的說法是 mau pergi ke mana?（去哪裡？）。回答的時候可以加上地點或動作，但是必須留意介系詞 ke（去）的使用方式。

問句	pergi ke	+	mana
	去		哪裡
答句1	pergi ke	+	地點、方向
	去		…（地點、方向）
答句2	pergi	+	動詞
	去		…（各種動作）

例 **Kamu mau pergi ke mana?** 　　　　你要去哪裡？

Saya mau pergi ke kantor. 　　　　我要去辦公室。

Saya mau pergi makan. 　　　　我要去吃（東西）。

pulang 的用法

＊pergi（去）的相反詞是 pulang（回），基本上也應該需要加上介系詞 ke，不過通常都會省略，例如：pulang kampung，指「回鄉」。

例 **Saya mau pulang ke rumah.** 　　　　我要回家。

Saya mau pulang kampung. 　　　　我要回鄉。

短會話練習A

IA032-03-06.MP3

距離

Apakah dari sini ke tempat konser jauh?
從這裡到演唱會會場遠嗎？

Lumayan jauh.
蠻遠的。

Gak jauh kok!
不遠哦！

是否抵達

Permisi, apakah bus ini lewat Museum Sejarah Jakarta?
請問這班車有到雅加達歷史博物館嗎？

Ya.
有的。

Waduh, kamu salah arah.
哎呀，妳坐錯方向了。

下車站點

Kalau mau ke Monas, harus turun di mana?
請問要到獨立紀念塔，應該在哪裡下車？

Turun di Halte Monas saja.
妳在 Monas 站下車就行了。

Kamu harus turun di Halte Telkom, terus jalan kaki menuju arah utara selama delapan menit.
妳得在 Telkom 站下車，但還要再向北走 8 分鐘的路程。

抵達確認

Permisi, apakah sudah hampir sampai?
請問快到站了嗎？

Sudah mau sampai.
快到了。

Belum, masih ada tiga halte bus baru sampai.
還沒，還要三個站才到。

單字

jauh 遠	**lumayan** 蠻	**sampai** 到、到達

短會話練習B

IA032-03-07.MP3

下車確認

Apakah kamu mau turun?
請問妳有要下車嗎？

Ya, saya mau turun.
是的，我要下車。

Tidak, saya mau turun di halte berikutnya.
沒有，我下一站才要下。

暈車狀況

Kamu mabuk perjalanan gak?
妳會暈車嗎？

Ya.
會啊！

Tidak.
不會！

詢問換車

Permisi, harus ganti bus di mana?
請問要在哪裡換車？

Kamu bisa ganti bus di Halte Kota.
請您在 Kota 站換車。

Saya sarankan Anda tukar ke MRT lebih cepat.
建議您去換捷運比較快。

下車時機

Permisi, kalau mau ke Halte Universitas Negeri Jakarta berapa halte lagi?
請問到雅加達國家大學還有幾站？

Masih ada tiga halte baru sampai.
還有三站就到了。

Kamu di bus yang salah, bus ini tidak menuju ke sana.
妳搭錯車了，這班車沒到那。

 ## 單字

mabuk perjalanan 暈車	**ganti bus** 換車、轉乘	**sarankan** 建議
MRT 捷運	**lebih** 更	**universitas** 大學

IA032-03-08.MP3

練習題

1. 請將下列的句子重組。

❶ taman / ini / Apakah / kota / ke / bus / menuju / ?　請問這班車是往城市公園嗎？

➡ _____

❷ kamu / luar / Apakah / negeri / orang / ?　　請問你是外國人嗎？

➡ _____

❸ ke / Indonesia / kamu / datang / Kapan / ?　　妳什麼時候來印尼的呢？

➡ _____

❹ sekarang / ke / mana / pergi / Mau / ?　　現在要去哪裡呢？

➡ _____

❺ sudah / , / sampai / Permisi / hampir / apakah / ?　請問快到站了嗎？

➡ _____

2. 請聽音檔，並依下列的提示完成所有的句子。

taman　　sampai　　pulang　　Turun　　sangat

❶ Saya mau _____ ke rumah.　　　　我要回家。

❷ Sebentar lagi _____ .　　　　馬上就到了。

❸ Kamu _____ fasih berbahasa Indonesia.　你的印尼語說得很好。

❹ Apakah bus ini menuju ke _____ ?　這班車是不是去公園？

❺ _____ di Halte Monas saja.　　妳在 Monas 站下車就行了。

3. 請聽音檔，並依下列的中文做發問練習。

❶ 請問要在哪裡搭車？

❷ 不好意思，請問這班車會開往城市公園嗎？

❸ 請問要到獨立紀念塔，應該在哪裡下車？

❹ 請問到雅加達國家大學還有幾站？

❺ 妳會暈車嗎？

公車站相關的單字表現

IA032-03-09.MP3

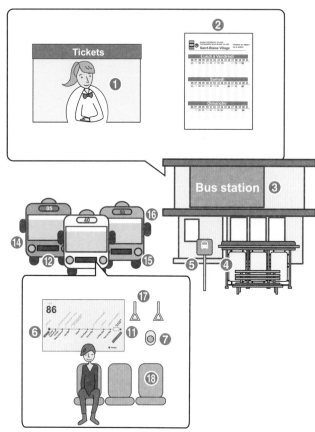

❶ **loket** 售票處

❷ **jadwal** 時刻表
- ➜ **peta jalur bus** （公車）路線圖
- ➜ **jam sibuk** 尖峰時刻
- ➜ **luar jam sibuk** 離峰時刻

❸ **terminal** 公車總站

❹ **halte bus** 公車站

❺ **rambu bus stop** 站牌
- ➜ **berhenti** 停
- ➜ **turun** 下車
- ➜ **naik** 上車

❻ **halte pertama** 起始站（起點站）
- ➜ **pemberhentian berikutnya** 下一站

❼ **bel turun bus** 下車鈴

❽ **penumpang** 乘客

❾ **supir bus** 公車司機

❿ **kondektur tiket** 查票員

⓫ **halte terminal** 終點站

⓬ **plat nomor polisi** 車牌

⓭ **klakson** 喇叭

⓮ **pintu bus** 車門

⓯ **lampu sein** 方向燈

⓰ **kaca spion** 後照鏡

⓱ **pegangan tangan bus** 手把、拉環

⓲ **tempat duduk** 座位

⓳ **tiket bus** 公車票

【印尼的大眾交通工具】

❶ **bus** 公車

❷ **bus antarkota** 跨市公車

❸ **bus pariwisata** 遊覽巴士

❹ **angkutan kota (angkot)** 市區小巴

❺ **ojek** 計程機車

❻ **taksi** 計程車

加強表現

① **memberikan tempat duduk** 讓座

② **melihat kaca spion** 看後照鏡

③ **membunyikan klakson** 按喇叭

④ **memegang pegangan tangan bus** 抓拉環、抓手把

⑤ **membuka pintu bus** 開車門

⑥ **membeli tiket bus** 買車票

⑦ **menyalakan lampu sein** 打方向燈

⑧ **sampai halte terakhir** 到終點站

文化專欄：印尼的巴士

▲ 印尼的市區巴士

在印尼各島中若要到處走走，經濟實惠的首要交通工具選擇也必然是巴士。巴士在印尼各島中，是印尼人生活中最主要的交通工具。印尼的巴士分成很多種，有跨縣市巴士、市區巴士、地區小巴等等，分成不同層級的巴士，提供不一樣的服務。

很多地方，尤其是跨縣市巴士特色是「滿了才發車」！意思是，儘管有表訂的發車時間，但是，往往會再等上幾十分鐘甚至於到幾個小時，一定要讓巴士內的乘客達到一定的「滿度」，才會發車。而所謂的「滿」，通常指的是連走道都「坐」滿人的程度。這何嘗不是一個融化當地人生活的特殊體驗，有機會時，建議真的可以去嘗試一下。

至於跨縣市巴士，通常是最舒適的了。除了車上幾乎必備有冷氣之外、座位也相當寬敞，椅背也能調整至幾乎可以平躺的狀態。因為印尼地幅遼闊，因此自然有長距離的夜車服務，而有些路線的巴士在車內還會附上薄的棉被，讓夜車的旅客一路好眠。而相對的，市區巴士通常沒有冷氣，巴士的車齡也比較久，車子狀況也自然老舊。

不過，在大城市地區（例如雅加達和日惹等），都有相當完備的 BRT 公車系統，在特定的公車路線，而且收費相當低廉。以日惹這個觀光城市來說，一趟車錢才 3,500 印尼盾，大約等於台幣 10 元。不過，印尼公車的座位通常比較狹窄，所以一般不建議在帶著大行李的時候搭公車。因為實在沒地方可以放，真的碰到帶行李上公車時，只能委屈你的大腿暫時擺放在上面囉！

▲ 印尼的BRT公車系統

在火車站 Di Stasiun Kereta Api

Chi-Wei:

Permisi, apakah kereta api ini menuju ke Stasiun Sudirman?

Penumpang:

Tidak, kamu harus naik kereta yang ada di peron 3.

Chi-Wei:

Di seberang ya?

Penumpang:

Kamu harus berjalan melalui tangga di sebelah sana.

Chi-Wei:

Sebenarnya saya berencana untuk pergi ke Plaza Senayan. Sesampainya di stasiun, harus ganti kereta atau bus?

Penumpang:

Kamu bisa naik bus nomor 1 ke Halte Bundaran Senayan, kemudian kamu bertanya lagi setelah sampai di sana.

Chi-Wei:

Baiklah, saya sudah mengerti. Terima kasih.

Penumpang:

Sama-sama.

志偉：

不好意思，請問這一班火車有到蘇迪曼站嗎？

乘客：

沒有到，你必須到3號月台搭車。

志偉：

是在對面嗎？

乘客：

是的，你必須從那邊的樓梯走過去。

志偉：

是這樣的（事實上），我是打算去舍娜宴購物中心，那我到了站了之後，還需要換火車或公車嗎？

乘客：

是的，請你搭1號公車到舍娜宴圓環站，然後你在那裡再問一次。

志偉：

好的，我了解了。謝謝。

乘客：

不客氣。

必學單字表現

IA032-04-02.MP3

ada	有
peron	月台
seberang	對面
berjalan	走
melalui	透過
tangga	樓梯
sebelah sana	那邊
sebenarnya	其實、事實上
berencana	計畫
kalau	如果
ganti	換
bundaran	圓環
kemudian	然後
setelah	之後

會話重點

IA032-04-03.MP3

重點1 ganti

搭車或搭火車的時候，如果需要詢問是否要換車，可以使用 ganti（換）這個字。

例 1. **Harus ganti kereta?** 需要換火車嗎？
2. **Kamu bisa ganti kereta di peron 1.**
   你可以在月台1換火車。

重點2 sebenarnya

sebenarnya（其實、事實上）是相當常見的連接詞，用來連接說明短句。

例 **Sebenarnya saya bukan orang Taiwan.**
   其實我不是台灣人。

重點3 Saya sudah mengerti.

當對方解釋某些事情，而我們想要表達已經理解了，我們可以說 sudah mengerti（了解了）。另外也可以使用 paham（明白）一詞。

例 1. **Saya mengerti.** 我了解。
2. **Saya kurang mengerti.** 我不太了解。

與方位相關的表現

IA032-04-04.MP3

| atas 上、上面 | bawah 下、下面 | kiri 左、左邊 | kanan 右、右邊 |

| seberang 對面 | sebelah 旁邊 | depan 前面 | belakang 後面 |

IA032-04-05.MP3

setelah 的用法

＊連接詞 setelah（之後），用來連接時序上不同的動作。Setelah 還有另一個同義詞，即 sesudah，一樣是用來連接兩個分句。而 setelah 也可以加上 itu（那），變成 setelah itu（在那之後），用來連接兩個獨立的句子，使其前後關係明確。

例 **Setelah makan, saya mau pergi jalan-jalan.**

吃完之後，我要去逛逛。

Silakan masuk setelah sampai.

到了之後，就請進來。

Saya bangun pagi. Setelah itu, saya gosok gigi.

我起床之後就刷牙。

kemudian 的用法

＊連接詞 kemudian（然後、接著）用來連接兩個接續的動作。Kemudian 還有兩個同義詞，即 lalu 和 lantas，但 kemudian 比較正式，lalu 比較口語，lantas 則比較少見。

例 **Saya cuci tangan kemudian mulai makan.**

我洗了手，然後就開始吃（東西）。

Kemudian kamu ganti kereta di peron 2.

接著，你在2號月台換車。

Saya pergi ke warung makan kemudian pergi ke kantor.

我去了餐廳之後，接著就去了辦公室。

短會話練習A

IA032-04-06.MP3

前往對面

Bagaimana cara bisa sampai ke seberang?
請問怎樣才能到達對面呢？

Berjalan melalui tangga ini.
往這個樓梯走。

Berjalan melalui tangga itu.
往那個樓梯走。

火車線

Ini bus jurusan nomor berapa?
請問這是幾號線？

Jurusan nomor dua.
是 2 號線

Jurusan nomor tiga.
是 3 號線

轉乘站

Ganti kereta di mana?
請問要在哪裡換車？

Silakan ganti kereta di Stasiun A.
請在 A 站換火車。

Silakan ganti kereta di Stasiun B.
請在 B 站換火車。

確認第幾站

Ini stasiun keberapa?
請問這是第幾站？

Stasiun kedua.
是第二站。

Stasiun ketiga.
是第三站。

單字

bagaimana 如何、怎樣	**cara** 方法	**silakan** 請
keberapa 第幾個	**kedua** 第二	**ketiga** 第三

IA032-04-07.MP3

目的地

Kamu mau pergi ke stasiun yang mana?
你要去哪一站？

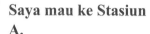

Saya mau ke Stasiun A.
我要去 A 站。

Saya mau ke stasiun yang dekat Plaza Senayan.
我要去靠近舍娜宴購物中心的站。

出發地

Kamu naik kereta di mana?
你在哪裡上車的？

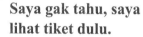

Saya naik kereta di Blok M.
我在 Blok M 上了車。

Saya gak tahu, saya lihat tiket dulu.
我不知道，我看一下車票。

讀站名

Kamu bisa mengerti nama stasiun dalam bahasa Indonesia?
你看得懂印尼文的站名嗎？

Ya, bisa
是的，看得懂。

Tidak, kurang bisa.
不，看不懂。

付款方式

Bisa beli tiket pakai kartu kredit?
可以用信用卡買票嗎？

Maaf, tidak bisa. Tunai saja.
抱歉，不行。只能用現金而已。

Ya, tentu saja bisa.
是的，當然可以。

單字

dekat 靠近	**lihat** 看	**dulu** 先
tentu saja 當然	**kartu kredit** 信用卡	**tunai** 現金

練習題

IA032-04-08.MP3

1. 請將下列的句子重組。

❶ Kereta api / ini / Stasiun A / ke / ?　　　　這一班火車有到A站嗎？

➡ _____

❷ naik / Harus / kereta / peron 3 / di / .　　　必須到3號月台搭車。

➡ _____

❸ kereta / ganti / bus / Harus / atau / ?　　　需要換火車或換公車嗎？

➡ _____

❹ lagi / bertanya / Silakan / sana / di / .　　　請在那裡再問一次。

➡ _____

❺ sudah / mengerti / Saya / .　　　　　　　我了解了。

➡ _____

2. 請聽音檔，並依下列的提示完成所有的句子。

keberapa　　ganti kereta　　tangga ini　　seberang　　jurusan

❶ Berjalan melalui _____.　　　　　　往這個樓梯走。

❷ Ini _____ nomor berapa?　　　　　　這是幾號線？

❸ Silakan _____ di Stasiun A.　　　　　請在A站換火車。

❹ Ini stasiun _____?　　　　　　　　這是第幾站？

❺ Bagaimana cara agar dapat sampai ke _____?　怎樣才能到對面呢？

3. 請聽音檔，並依下列的中文用印尼語做回答練習。

❶ 要去 A 站。

❷ 我在 Blok M 上了車。

❸ 不，看不懂。

❹ 沒有到，你必須到 3 號月台搭車。

❺ 是第三站。

IA032-04-09.MP3

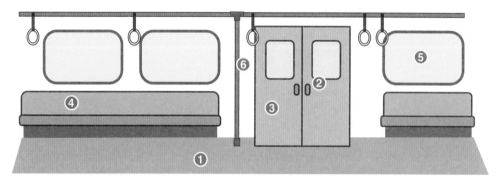

❶ gerbong 車廂
- ➦ **gerbong khusus wanita**
  女性專用車廂
- ➦ **lorong kereta** 車廂走道

❷ pegangan pintu 把手
- ➦ **pegangan manual pintu kereta**
  手動開門把手

❸ pintu kereta 車門

❹ tempat duduk 座位

❺ jendela kereta 車窗

❻ pegangan tangan 扶手

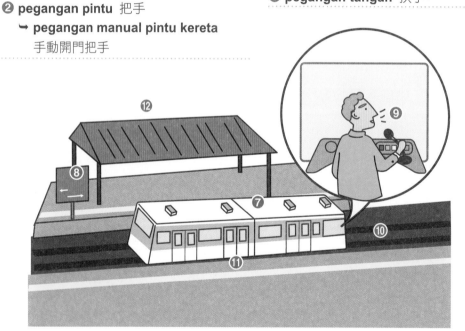

❼ kereta 列車

❽ rambu penunjuk arah 方向指示標誌
- ➦ **arah** 方向

❾ pengumuman 廣播
- ➦ **pegawai stasiun** 站務員
- ➦ **keadaan darurat** 緊急情況
- ➦ **dilarang merokok** 禁止吸菸

❿ jalur 軌道

⓫ celah peron 月台間隙

⓬ stasiun MRT 地鐵站
- ➦ **stasiun transit** 轉乘站
- ➦ **stasiun terakhir** 終點站

⓭ **tiket sekali jalan** 單程票
- ➥ **tiket bulanan** 月票
- ➥ **kartu transportasi** 交通卡
- ➥ **isi ulang kartu** （卡片）儲值

⓮ **tiket pulang pergi** 來回票
- ➥ **e-tiket** 電子車票
- ➥ **tanggal keberangkatan** 去程日期
- ➥ **tanggal kedatangan** 回程日期
- ➥ **waktu keberangkatan** 出發時間

- ➥ **waktu kedatangan** 到達時間
- ➥ **berangkat** 發車、出發
- ➥ **tiba** 到達
- ➥ **menanyakan** 查詢
- ➥ **cari** 搜尋
- ➥ **harga tiket** 票價
- ➥ **batal** 取消
- ➥ **diskon** 優惠
- ➥ **pembayaran online** 網路付款

⓭　⓮

⓯ **gerbang tiket** 剪票口
- ➥ **mesin penjual tiket otomatis** 自動售票機

⓰ **kereta sebelumnya** 上一班車

⓱ **kereta berikutnya** 下一班車

⓲ **pintu kereta** 車門

⓳ **rak bagasi** 行李架

⓴ **tempat duduk prioritas** 博愛座

㉑ **tangga** 樓梯
- ➥ **eskalator** 電扶梯
- ➥ **elevator** 電梯

㉒ **peta** （站點）路線圖

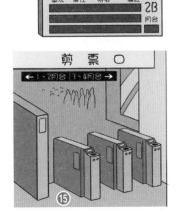

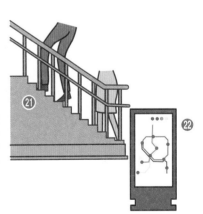

❶ **memesan tiket online** 網路訂票

❷ **membatalkan tiket** 取消訂票

❸ **memesan tiket pulang pergi** 訂來回票

❹ **informasi tiket** 車票資訊

❺ **memilih jadwal keberangkatan** 選擇去程時間

❻ **salah beli tiket** 買錯車票

❼ **tukar tiket** 換車票

❽ **peron itu tutup** 那個月台暫不開放

❾ **peron dalam perbaikan** 月台施工中

❿ **menyeberang rel sembarangan** 任意穿越鐵軌

⓫ **kereta terlambat** 火車誤點

⓬ **mengejar kereta di peron** 在月台上追趕火車

⓭ **tidak berhenti di stasiun yang berikutnya** 下一站不停

⓮ **duduk di lantai dalam kereta** 坐在列車內的地板上

⓯ **petugas kereta cek tiket** 車掌查票

⓰ **membeli nasi kotak di kereta** 購買火車便當

⓱ **menurunkan kursi ke belakang** 座位椅背向後推

⓲ **di kanan kiri rel semua sawah** 鐵軌兩邊都是稻田

⓳ **melihat matahari terbenam dari jendela** 從車窗內看夕陽

⓴ **kereta api dengan tempat tidur** 有臥鋪的火車

㉑ **bermalam di kereta api** 在火車裡過夜

㉒ **beli tiket kelas eksekutif** 買頭等艙的票

▲ 印尼的火車

文化專欄：印尼國家火車系統

▲ 從印尼的火車窗外向外看，總有不少的特色風情能映入眼簾

印尼的國家火車系統原本是由印尼國有企業，即 PT Kereta Api Indonesia（印尼火車有限公司，縮寫為 KAI 或 PT KAI）獨家提供載客和運貨的服務。然而自西元 2007 年起修憲通過後，便開放給其他私營公司加入火車運輸的行業，結束了該公司超過一甲子的壟斷事業。

目前，印尼火車路線最密集的地方就在爪哇島上。從西爪哇要到東爪哇，基本上是可以用鐵路來串連的，例如從 Jakarta（雅加達）到 Surabaya（泗水），需途經 Cirebon（井里汶）和 Semarang（三寶瓏），這幾個都是爪哇島上重要且歷史悠久的城市。所以如果想要在爪哇島上來進行一場鐵路之旅，依現有的鐵路網，是絕對行得通的喔！

由於現代的網路發達，印尼的火車已經可以從網站上去訂購火車票了。基本上印尼鐵路的費用不算太貴，服務品質也不錯。很多路線都有夜車和臥鋪，晚上搭車，睡在臥鋪裡，隔天起床就抵達目的地，也是另一種很不錯的體驗。不過由於印尼實在太大了，很多路線動輒要 8 到 12 小時以上，所以在搭車之前，要先做好長期抗戰的心理準備。

筆者曾經從 Yogyakarta（日惹）搭火車到 Bandung（萬隆），當時訂的票是 kelas ekonomi（一般車廂），由於是一般車廂的座位，票價相對便宜，才大約 14 萬印尼盾，約等於台幣 400 元左右，約 8 小時的路程，而且椅背和座位還是呈 90 度角，不能調整，撐得有點辛苦。話雖如此，但是值得欣慰的是，沿途裡也欣賞到了許多不同的民俗風情。

讓我印象深刻的是，車子行經到某個村落邊，突然停了下來，只見四周幾位 perempuan penyunggi（頭頂著竹籃的阿姨）們慢慢靠近車廂。原來午餐時間到了，乘客需要買便當吃午飯了。而印尼的鐵道便當，竟然就是鄉間的婆婆媽媽們在自家廚房所準備的，吃起來感覺格外親切！造訪印尼時，別只顧著去城市的觀光大點，記得來嘗嘗這種鐵道邊才能嘗得到的特殊在地的印尼民間美味，才能不枉此行喔！

▲ 具有印尼鐵道特色的 perempuan penyunggi

在出入境管理局辦公室

Di Kantor Imigrasi

Ya-Ting:

Saya ingin mengurus Kartu Izin Tinggal Terbatas, yaitu KITAS.

Karyawan:

Sudahkah Anda mengisi formulir pendaftaran?

Ya-Ting:

Sudah diisi, ini.

Karyawan:

Tolong berikan saya paspor dan pas foto Anda.

Ya-Ting:

Ini.

Karyawan:

Selain itu, Anda juga harus melampirkan dokumen-dokumen seperti surat keterangan tempat tinggal dan surat penjaminan.

Ya-Ting:

Saya ingin secepatnya buka rekening bank, kapan KITASnya bisa selesai diurus?

Karyawan:

Seminggu lagi jadi, kalau sudah jadi, akan dikabari lewat telepon.

Ya-Ting:

Wah, mantap, terima kasih.

Karyawan:

Tolong ke kasir sebelah untuk menyerahkan formulir dan uang pembayaran. Seminggu kemudian, mohon bawa nota untuk mengambil.

Ya-Ting:

Baiklah, terima kasih, selamat tinggal.

雅婷：
我想申辦居留證，也就是 KITAS。

職員：
您得申請表格填寫好了嗎？

雅婷：
填好了，在這裡。

職員：
請給我您的護照和證件照。

雅婷：
在這裡。

職員：
此外，您也需要附上一些文件，例如居留地點說明文件和證明書。

雅婷：
我想趕緊辦理銀行開戶，請問外國人簽證什麼時候能辦好呢？

職員：
一個禮拜之後會辦好，到時候會用電話通知您。

雅婷：
哇，太好了，謝謝。

職員：
請到隔壁櫃台，繳交申辦簽證的申請表格和費用。一個禮拜以後，帶著收據來領取。

雅婷：
好的，謝謝，再見。

必學單字表現

IA032-05-02.MP3

ingin	想（要）
mengurus	辦理

KITAS (Kartu Izin Tinggal Terbatas)
外國人居留簽證

mengisi	填寫
formulir	表格
pendaftaran	登記
pas foto	證件照
melampirkan	附上
seperti	例如、好像
surat keterangan	說明文件
surat penjaminan	證明書、保證書
lewat	透過
kasir	櫃台
menyerahkan	交付
pembayaran	付款
mohon	請求

會話重點

IA032-05-03.MP3

重點1　jadi

jadi 是個多義詞，依使用情況的不同分別有「成為、所以、完成、成功」等意思。

例 1. **Jadi** nanti mau ke mana?
所以，待會兒要去哪裡？
2. Visa saya belum **jadi.**
我的簽證還沒做好（完成）。
3. Kalau janjian besok, **jadi** tidak?
明天的約，有約成嗎？

重點2　mantap

若需要稱讚或讚賞一些事情，可以使用後述的這些詞彙，包括：mantap（厲害）、hebat（厲害）、bagus（棒）等等。

例 1. Wah, sudah **mantap** bahasa Indonesianya!
哇，印尼語很厲害喔！
2. **Hebat** banget anak itu!
那個小孩很厲害！
3. Barangnya **bagus**!
東西很棒！

與語言表達力相關的表現

IA032-05-04.MP3

Always put your best foot forward.

Hi, my name is Tina.

Hi, I name...

Hi, I... I...

sangat lancar 道地　　lancar / fasih 流利　　　kaku 生硬　　　gagap 結巴

IA032-05-05.MP3

kapan 的用法

> ＊kapan（何時）是疑問代名詞，用來詢問時間和時段。要特別注意的是，kapan 雖然等同於英文的 when（何時），但是 kapan 只用作疑問代名詞，沒有連接詞「當」的功能。

例 **Kapan kamu akan datang?** 　　　　你何時會來？

　　Kapan kereta api berangkat? 　　火車何時出發？

　　Kapan mau pulang? 　　　　　　何時要回去？

sewaktu 的用法

> ＊sewaktu 是「當」的意思，在印尼語中是重要的連接詞，亦同時有好幾個字可以交替使用，例如：sewaktu, saat, ketika 等。

例 **Kereta api sudah berangkat saat saya sampai di stasiun.**

當我到達車站的時候，火車已經出發了。

Apa yang bisa dilakukan sewaktu liburan?

放假時可以做什麼？

Hal yang paling menyenangkan ketika liburan adalah berbelanja.

假期時最令人愉快的事情就是購物了。

短會話練習A

IA032-05-06.MP3

證件照照相處

Saya tidak punya pas foto, jadi bagaimana?
我沒有證件照片，可以怎麼辦呢？

Silakan ke lantai bawah untuk ambil foto.
請到地下一樓去照。

Setelah selesai ambil foto di studio foto, datang lagi dan membawa foto.
請在相館拍好後，把照片帶來。

快遞服務

KITASnya bisa dikirimkan lewat kantor pos?
請問可以透過郵寄領取居留證嗎？

Ya, bisa lewat jasa pengiriman.
是的，可以透過宅配領取。

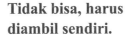

Tidak bisa, harus diambil sendiri.
不行，一定要本人親自領取。

支付快遞費

Apakah perlu bayar sekarang?
請問是需要現在付費嗎？

Ya, sepuluh ribu Rupiah.
是的，10,000 印尼盾。

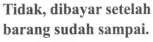

Tidak, dibayar setelah barang sudah sampai.
不是，貨到付款。

申請再次入境許可

Bagaimana cara mengurus visa?
請問簽證該怎麼辦理呢？

Tolong isi formulir pendaftaran.
請填寫真申請書。

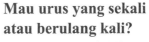

Mau urus yang sekali atau berulang kali?
是申請單次的？還是多次的？

單字

lewat	透過、經過	**jasa**	服務	**sekarang**	現在
barang	貨品、東西	**sekali**	一次	**berulang kali**	多次

IA032-05-07.MP3

證明身分

Mohon perlihatkan paspor.
請出示護照。

Ini paspornya.
護照在這裡。

SIM (Surat Izin Mengemudi) Internasional boleh?
請問國際駕照可以嗎？

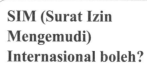

文件確認

Bawa paspor dan pas foto tidak?
您的護照和證件照帶來了嗎？

Ya, di sini.
是的，在這裡。

Tidak bawa.
沒有帶來。

停留目的

Mengapa Anda datang ke Indonesia?
您來印尼的目的是什麼呢？

Untuk bekerja.
我來工作的。

Untuk belajar bahasa Indonesia.
我來學習印尼文的。

停留時間

Anda mau menetap di Indonesia berapa lama?
您將在印尼停留多久呢？

Saya akan menetap selama setahun.
我會停留 1 年。

Saya akan menetap selama enam bulan.
我會停留 6 個月。

 單字

mohon 請求、求	**mengapa** 為什麼	**menetap** 居留、停留

練習題

IA032-05-08.MP3

1. 請將下列的句子重組。

❶ ingin / Saya / KITAS / mengurus / .　　　　　　我想申辦居留證。

➡ _____

❷ pendaftaran / Anda / Sudahkah / formulir / mengisi / ?

您的申請表格填寫好了嗎？

➡ _____

❸ bawa / Paspor / pas foto / dan / tidak / ?　　　您的護照和證件照帶來了嗎？

➡ _____

❹ datang / Anda / Indonesia / Mengapa / ke / ?　您來印尼的目的是什麼呢？

➡ _____

❺ enam / akan / Saya / bulan / menetap / selama / .　我會停留6個月。

➡ _____

2. 請聽音檔，並依下列的提示完成所有的句子。

jasa pengiriman　　pas foto　　formulir　　lantai bawah　　lewat

❶ Saya tidak punya _____.　　　　　　我沒有證件照片。

❷ Silakan ke _____ untuk foto.　　　　請到地下一樓去照。

❸ Visanya bisa dikirimkan _____ kantor pos? 可以透過郵寄領取簽證嗎？

❹ Ya, bisa lewat _____.　　　　　　　是的，可以透過宅配領取。

❺ Tolong isi _____ pendaftaran.　　　　請填寫真申請表格。

3. 請聽音檔，並依下列的中文用印尼語做回答練習。

❶ 在這裡。

❷ 是的，在這裡。

❸ 我來工作的。

❹ 我會停留 1 年。

IA032-05-09.MP3

【護照基本】

❶ **foto paspor** 護照照片

❷ **nomor paspor** 護照號碼

❸ **tanggal lahir** 出生日期

❹ **marga** 姓氏

❺ **nama** 姓名

❻ **jenis kelamin** 性別

❼ **kewarganegaraan** 國籍

❽ **tanggal berlaku** 發照日

❾ **tanggal kedaluwarsa** 到期日

【簽證基本】

❶ **visa** 簽證

❷ **penjamin** 保證人

❸ **agen** 代理人

❹ **periode tinggal** 停留期間、滯留期間

❺ **tanggal kedatangan** 入境日

❻ **tanggal keberangkatan** 出境日

❼ **surat deportasi** 遣返令、強制出國令

❽ **status pernikahan** 婚姻狀況

❾ **sudah menikah** 已婚

❿ **belum menikah** 未婚

⓫ **perceraian** 離婚

⓬ **alamat tinggal** 現居地址

【辦理用語】

❶ **izin masuk** 再次入境許可

❷ **sekali** 單次

❸ **berulang kali** 多次

❹ **SIM (Surat Izin Mengemudi) Internasional** 國際駕照

❺ **penerbitan** 頒發

❻ **penerbitan kembali** 補發

❼ **kehilangan** 遺失

❽ **daftar** （口語）清單、登記

❾ **ambil** 拿

❿ **bawa** 帶

⓫ **beri** 給

⓬ **buka** 打開（信件、門）、開（店）

⓭ **selesai** 完成

文化專欄：印尼居留證的申請

如果是工作、升學或其他需在印尼長居事由，外國人都必須擁有簽證才能在印尼繼續居留。尤其是僱用外國勞動力（TKA）的各種公司都必須為外國雇員申請臨時居留證。過去申請人必須向移民辦公室的移民官員申請居留許可證，現在可以線上申請。

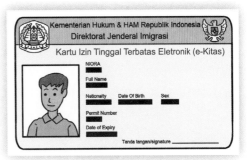

▲ KITAS 大致的長相

印尼提供給外國人的較普遍的居留證分為好幾種，首先是「印尼居留證（ITAS）或（KITAS）」，全名為「Kartu Izin tinggal Terbatas」，通常期限為兩年，並可延長至六年。通常因為工作的事由到印尼工作的外國人得申請這個 ITAS 簽證。另一種是「永久居留證者（ITAP）或（KITAP）」，全名為「Kartu Izin Tinggal Tetap」，通常發給外國籍配偶、擁有雙重國籍的印尼國民等等。

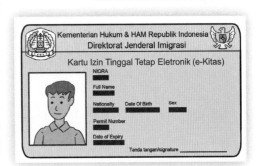

▲ KITAP 大致的長相

相關申請已經可以線上作業，以下為申請流程

❶ 連上網站 https://izintinggal-online.imigrasi.go.id/，或搜尋「Izin Tinggal Online」。

❷ 在首頁上，點「IT Online」之後，會看到 menggunakan panduan（使用指南）或 menggunakan form（填寫表格）。

❸ 點選「填寫表格」後，需要填寫 Nomor paspor（護照號碼）、Kewarganegaraan（國籍）、Jenis Kelamin（性別）、Tanggal lahir（出生日期），接著按 Lanjutkan（繼續）。

❹ 然後在下一頁填寫更詳細的個人資料，例如居住地址、工作、工作地址等資料後，點選 kirim permohonan（寄出申請）。寄出資料後，應該會收到確認信件。

❺ 之後準備有效的護照證件、工作簽證、擔保人的擔保信、住所證明、有關部門的推薦信等資料後，並向移民局遞出紙本資料。

要特別注意的是，若要延長居留許可，其申請期限需要在居留證到期日的 7 天前提出申請。另外，要申請居留證必須要在抵達印尼的 30 天內提出申請。在線上提出申請之後，必須在居留許可期滿前到移民局提交所需的紙本文件，並攜帶所有原件和影本到移民局辦理喔！

在大街上 Di Jalan Raya

Ya-Ting:

Permisi, apakah Gedung Olahraga berada di sekitar sini?

Penduduk lokal:

Ya, ada di sekitar sini.

Ya-Ting:

Kalau begitu, bagaimana cara ke sana?

Penduduk lokal:

Jalan lurus sepanjang jalan ini, ada sebuah bank. Kamu harus menyeberang di depan bank.

Ya-Ting:

Lalu?

Penduduk lokal:

Terus berjalan lurus, kamu akan melihat apotek. Dari depan apotek belok kanan lalu jalan terus. Kamu akan melihat Gedung Olahraga di sebelah kiri kamu.

Ya-Ting:

Kira-kira harus berjalan berapa jauh dari sini?

Penduduk lokal:

Kira-kira 300 meter.

Ya-Ting:

Baiklah, saya sudah mengerti. Terima kasih.

Penduduk lokal:

Sama-sama.

雅婷：

不好意思，體育館在這附近嗎？

當地人：

是的，就在附近。

雅婷：

那請問要怎麼走到那邊呢？

當地人：

妳沿著這條路一直走，會看到一間銀行。接著請在銀行的前面過馬路。

雅婷：

然後呢？

當地人：

再往前走一小段路，妳就會看到藥局，從藥局前面向右轉再一直走。妳就會在左邊看到體育館了。

雅婷：

從這裡走過去大概有多遠？

當地人：

大概走 300 公尺。

雅婷：

我知道了，謝謝。

當地人：

不客氣。

必學單字表現

IA032-06-02.MP3

gedung	建築物
olahraga	運動
gedung olahraga	體育館
berada	位於
sekitar	附近
sepanjang jalan	沿著路
bank	銀行
menyeberang	穿越
lurus	直
belok	轉
kanan	右
kiri	左
meter	公尺

會話重點

IA032-06-03.MP3

重點1 sekitar

sekitar 的原意是「周圍」，搭配 di... sini 變成「在這附近」的意思。

例 1. **Ada WC di sekitar sini?**

這附近有廁所嗎？

2. **Di sekitar sini ada rumah sakit?**

這附近有醫院嗎？

重點2 kira-kira

kira 的原意是「計算」、「猜想」，而 kira-kira 即「大約、大概」之意，通常用在表達不精確的數字、時間上等。其他同義詞還有 sekitar，在口語上也用作「大概」的意思。

例 1. **Kira-kira jam delapan.** 大概 8 點。

2. **Kira-kira dua puluh orang.**

大概 20 人。

與溫度、方向相關的表現

IA032-06-04.MP3

dingin 冷　　sejuk 涼　　nyaman 舒適　　hangat 暖和　　panas 熱

timur 東　　barat 西　　selatan 南　　utara 北

IA032-06-05.MP3

bagaimana 的用法

> ＊疑問代名詞 bagaimana（怎麼樣、如何），它的主要功能有：（1）詢問方法、方式或做法、（2）詢問事情的狀況或結果、（3）詢問看法或意見。

（1）詢問方法、方式或做法（通常與 cara（方法）搭配）

例 **Bagaimana bahasa mengubah umat manusia?**　語言如何改變人類？

Bagaimana cara untuk mengingat apa yang sudah dibaca?
如何記住我們讀過的東西？

Bagaimana cara memasak rendang ayam?　怎麼煮仁當雞？

Bagaimana cara ke sana?　該怎麼去那裡呢？

（2）詢問事情的狀況或結果（通常與 dengan（跟）搭配）

例 **Bagaimana dengan yang ini?**　這個怎麼樣？

Bagaimana dengan tim sepak bola ini?　這支足球隊怎麼樣？

（3）詢問看法或意見（通常與假設性連接詞 kalau（如果）搭配）

例 **Bagaimana kalau air di bumi tidak ada lagi?**
如果這地球上的水都沒了的話，怎麼辦？

Bagaimana kalau kita pergi menonton film?
如果我們去看電影，如何？

注意　bagaimana 是正式的用法，在口語上大家習慣說成 gimana。

短會話練習A

IA032-06-06.MP3

詢問方向

Gedung Olahraga ada di mana?
請問體育館在哪裡？

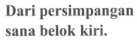

Dari lampu lalu lintas belok kanan.
在紅綠燈那邊向右轉。

Dari persimpangan sana belok kiri.
在岔路那邊向左轉。

具體詢問名稱1

Bank apa?
請問是什麼銀行？

Bank Indonesia.
是印尼銀行。

Bank Internasional.
是外匯銀行。

具體詢問名稱2

Apa nama toko rotinya?
請問麵包店的店名是什麼？

Toko Roti Mahkota.
是皇冠麵包店。

Toko Roti Jakarta.
是雅加達麵包店。

詢問距離

Apakah jauh dari sini?
請問離這裡遠嗎？

Ya, sangat jauh.
是的，很遠。

Tidak juga, sangat dekat.
不會啊，很近。

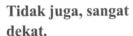

單字

lampu lalu lintas 紅綠燈	**persimpangan** 岔路	**toko** 店

短會話練習B

IA032-06-07.MP3

基準點

Apakah Anda tahu Balai Kota di mana?
您知道市政廳在哪裡嗎？

Saya tahu.
我知道。

Saya tidak tahu.
我不知道。

基準點的地標

Apakah kamu melihat apotek yang ada di sebelah sana?
妳有看到那邊的藥局嗎？

Ya, saya lihat.
是的，我有看到。

Tidak, saya tidak kelihatan.
沒有，我沒看到。

是否有地圖

Apakah ada peta Jakarta?
妳有雅加達的地圖嗎？

Ya, saya ada.
是的，我有。

Tidak, saya tidak ada.
沒有，我手邊沒有。

前往方式

Bagaimana cara ke sana?
該怎麼去那裡呢？

Dengan naik MRT.
坐地鐵去。

Dengan berjalan kaki.
走路過去。

單字

tahu 知道	**kelihatan** 看得到、看起來	**peta** 地圖

練習題

IA032-06-08.MP3

1. 請將下列的句子重組。

❶ sekitar / sini / di / Gedung Olahraga?　　　體育館在這附近嗎？

➡ _____

❷ ke / cara / Bagaimana / sana / ?　　　　該怎麼去那裡呢？

➡ _____

❸ ini / sepanjang / lurus / jalan / Jalan / .　　沿著這條路一直走。

➡ _____

❹ jauh / Kira-kira / berapa / ?　　　　　大概有多久？

➡ _____

❺ Gedung Olahraga / sebelah / di / kiri / .　　體育館在左邊。

➡ _____

2. 請聽音檔，並依下列的提示完成所有的句子。

jauh　　ada　　dekat　　nama　　peta

❶ Gedung Olahraga _____ di mana?　　　體育館在哪裡？

❷ Apakah ada _____ Jakarta.　　　　你有雅加達的地圖嗎？

❸ Apa _____ toko rotinya?　　　　　麵包店的店名是什麼？

❹ Apakah _____ dari sini?　　　　　請問離這裡遠嗎？

❺ Tidak juga, sangat _____.　　　　不會啊，很近。

3. 請聽音檔，並依下列的中文用印尼語做回答練習。

❶ 我知道。

❷ 我不知道。

❸ 是的，我有看到。

❹ 沒有，我沒看到。

❺ 沒有，我手邊沒有。

IA032-06-09.MP3

❶ **trotoar** 人行道
　➥ **terowongan bawah tanah** 地下道
　➥ **jalan layang** 高架橋
　➥ **jalan raya** 車道
　➥ **tempat sampah** 垃圾桶

❷ **pejalan kaki** 行人
　➥ **halte bus** 公車站

❸ **distrik bisnis** 商業區
　➥ **bangunan** 建築物
　➥ **toko pakaian** 服飾店
　➥ **bengkel mobil** 修車行

❹ **jalur penyeberangan** 班馬線

❺ **lampu lalu lintas** 紅綠燈

❻ **kafe** 咖啡店
　➥ **papan iklan** 廣告看板

❼ **tepi sungai** 河畔

❽ **sekolah** 學校

❾ **bundaran** 圓環

❿ **toko roti** 麵包店

⓫ **jalan besar** 大街
　➥ **pojok jalan** 角落
　➥ **lampu jalan** 路燈
　➥ **stasiun kereta api** 火車站
　➥ **tempat antri taksi** 計程車招呼站

⓬ **jalan** 路

⓭ **gang** 小巷

⓮ **perempatan** 十字路口

⓯ **alun-alun** 廣場

⓰ **rambu lalu lintas** 路標

⓱ **supermarket** 超市

⓲ **museum** 博物館

⓳ **daerah perumahan** 住宅區

⓴ **air mancur** 噴水池
　➥ **patung perunggu** 銅像

㉑ **ke arah mana** 去哪個方向

㉒ **berjalan menuju** 朝著…走

㉓ **melalui** 穿過

㉔ **berjalan menelusuri** 沿著…走

㉕ **sebelah kiri** 左邊

㉖ **sebelah kanan** 右邊

㉗ **belok kiri** 左轉

㉘ **belok kanan** 右轉

㉙ **di sisi kiri** 在左手邊

㉚ **di sisi kanan** 在右手邊

㉛ **jalan lurus** 直走

㉜ **sepeda** 腳踏車

㉝ **sepeda motor** 機車

㉞ **mobil** 汽車

㉟ **polisi lalu lintas** 交通警察

㊱ **pedagang kaki lima** 路邊小販
　➥ **gerobak** 攤車

加強表現

❶ **gerobak roti** 麵包攤車

❷ **naik motor** 騎機車

❸ **naik sepeda** 騎腳踏車

❹ **bengkel motor** 機車行

❺ **mengendarai motor** 開（汽）車

❻ **menyeberang jalan** 過馬路

❼ **menunggu lampu lalu lintas** 等紅綠燈

❽ **menerobos lampu merah** 闖紅燈

❾ **kekacauan lalu lintas** 交通混亂

❿ **masuk jalan tol** 上交流道

⓫ **keluar jalan tol** 下交流道

⓬ **menaikkan penumpang di jalan tol sangat berbahaya**
在高速公路上載客很危險

⓭ **balap liar** 飆車

⓮ **terlalu banyak motor sampai ngagetin**
機車多到嚇死人

⓯ **membunyikan klakson sembarangan**
狂按喇叭

⓰ **tabrak lari** 肇事逃逸

⓱ **nama jalan sebagian besar menggunakan nama orang**
路牌多以人名命名

⓲ **area pejalan kaki** 人行徒步區

⓳ **tidak ada pengemis di pinggir jalan**
路邊沒有乞丐或遊民

⓴ **gang sempit** 巷弄狹小

㉑ **ada monumen bersejarah di tepi jalan**
路邊會有古蹟

文化專欄：特殊的印尼街頭行業

▲「義務」的交通服務員，往往都是類似此圖，誰與爭鋒地穿梭在車陣之間

走在印尼街頭，總是會很多的驚喜。不僅僅是因為文化的衝突，而是印尼街頭上真的有其他地方都找不到的人文風景，有一些會讓人啼笑皆非，有一些則是會讓你深深佩服印尼人的韌性。

通常第一個讓人覺得驚奇的，就是在路口的「義務」指揮交通的人們。在印尼的馬路上，紅綠燈並不常見，通常只集中在市中心或商業區。那麼，其他地方的馬路上，總是會有交叉路，這時候就真正凸顯「哪裡有需要，哪裡就有供給」的道理。於是，附近的居民會佔據各個路口，在尖峰時間扮演交通警察的角色，指揮交通。

每一次的成功回轉或轉彎，司機都會搖下車窗，給那位辛苦地指揮交通的人一點小費。而且通常大部分司機都會給，因為這是印尼社會的習慣。這麼一來，久而久之，也就成了一筆相當可觀的收入。當然，他們也是冒著生命的危險、頂著烈日工作，這也是他們應得的。

另一個街頭特殊行業，也跟天氣有關，但是卻是下雨天的時候。一般人很難想像下雨天還有什麼生意可以做呢？如果有機會在雨季時到訪印尼，您會發現下午通常會突然來場雷陣雨，而這時候很多人都沒帶傘，只能眼巴巴地等著雨停。這時候，身邊突然冒出一個「貼心的」身影，他會拿著大大的雨傘來解決人們佇立在雨中的困擾，原來那是 ojek payung（雨傘運將）來了！

▲ 雨傘運將總是能在雷陣雨時滿足避雨者的需求

這些「雨傘運將」顧名思義，就是以傘作為交通依靠，連人帶傘租借協助受困在雨中的人走一段路。雨傘運將的生意不光是大人在服務，連小孩也「進行執業」。大體上，都是只陪走一小段路，例如從公車站牌走到辦公大樓，可能十分鐘的路程，如果不想淋雨，那都可以請這些「雨傘運將」為你撐傘。而大部分都沒有一定的價錢，依路況、雨勢大小、自己的能力而不一定。

印尼街頭的驚喜不斷，趕快到印尼去走走吧！

文化專欄：過馬路的技巧

▲ 印尼的紅綠燈少，行人往往必須「想過就過」

在印尼的馬路上，很少有紅綠燈。就算是在首都雅加達，有時候長長一條馬路，也看不到紅綠燈的存在。這樣的交通狀況，對於要過馬路的行人來說，會相當地不方便。於是，印尼的行人有一套特殊的過馬路的方式。

由於很少畫斑馬線，也沒有行人通行用的紅綠燈，所以當行人要過馬路時，幾乎可以說是想過就過，就算是三線道的大馬路，也是照過不誤。只見行人看準時機，在路上的車子間的車距比較大的時候，便果斷地踏出第一步，然後毅然決然地舉起手，手掌攤開，像是做一個阻擋的手勢，等同在告訴接近自己的司機放慢車速。然後就是一個線道接著一個線道地闖過馬路。在旁人的眼中雖然看起來驚心動魄，但是印尼人早就習以為常。

根據印尼人的說明，在當地的生活中，行人和駕駛之間會有一股奇妙的默契存在。當行人決定要過馬路時，就要有信心，不能猶豫不決。而駕駛也對於隨時有行人會突然闖馬路一事也心裡有數，因此便會預抓車子的行車速度和車間距離，並且隨時準備煞車。當然，這樣過馬路的方式仍然是不安全的，印尼政府還得需要想辦法鼓勵人民用更安全的方式穿越馬路。

▲ 印尼的駕駛都有隨時要停下車的心理準備

▲ 沉睡的警察（polisi tidur）

不過，在印尼交通規定上還是有一些規則和設計，以便保障用路人們的行車安全。例如印尼一些住宅區內為了讓車子常態性減速，會設置緩衝坡，印尼人都將其稱之為 polisi tidur，意思是「沉睡的警察」。這名「警察」可是很盡責地常常成功地讓急馳的車子減慢下來呢！下次如果聽到印尼人說 polisi tidur，應該就知道是指什麼了吧！

文化專欄：印尼的橡膠時間

▲ 雅加達塞車的「盛況」

Jakarta（雅加達）、Surabaya（泗水）、Bandung（萬隆）等這些印尼的大城市，因為人口密度高，因此上下班時間特別容易塞車。而在印尼的塞車情況，幾乎是可以讓原本 15 到 30 分鐘的車程，變成塞了 2、3 小時還沒辦法到達。因此很多人聽到雅加達的交通總是聞之色變。

塞車帶來的影響很大，包括時間的浪費，以及運輸成本的提高等。因為塞車造成人們容易遲到，因此在印尼的時間，被戲稱為是「jam karet（橡膠時間）」。也因此在印尼要跟人約見面很難準時，如果有機會跟在印尼的朋友約見，若遇到大遲到的狀況，也請不要太意外。所以只要有跟別人約時間，通常都會聽到遲到的一方說：「Maaf, telat sedikit.（抱歉，遲到一點。）」，telat 是 terlambat（遲到）的縮寫，這句話是遲到道歉時的必用金句，通常大家也都可以體會，因為遲到的肇因源自：「macet（塞車）」，情理上用這句話來說明真的是無往不利。

▲ 印尼的時間常被戲稱為是「橡膠時間（jam karet）」

因此，也衍生出一些塞車文化，例如：在塞車的馬路上，總是會看到很多小販，沿街叫賣各種零食、小吃、礦泉水、香菸等。很多人塞車塞到肚子餓了，就會跟小販買來吃。另外，如果有機會跟印尼朋友聚餐，在離開前，大家一定會先跑一趟洗手間，因為沒有人知道下一站何時會到。但隨著電子商務的發展，許多人看準了塞車的商機，讓消費者在車陣裡進行購物，果然殺出一條血路。因此，雖然塞車很讓人痛苦，但是看起來，印尼人好像也都習慣了，反而懂得「苦中作樂」，在面對塞車的窘境，找到消磨時間的好方式。

▲ 塞車時穿梭在車陣間叫賣的小販

在房屋仲介處 Di Agen Properti

Siti:

　　Saya mau sewa rumah.

Karyawan:

　　Anda mau rumah yang seperti apa? Kontrakan atau apartemen?

Siti:

　　Saya ingin cari kamar studio yang dekat stasiun kereta api.

Karyawan:

　　Kira-kira yang harga berapa?

Siti:

　　Kalau bisa, harga sewa sebulan kira-kira satu juta Rupiah.

Karyawan:

　　Ada permintaan lain?

Siti:

　　Kalau bisa, dapur dan kamar pisah.

Karyawan:

　　Uang jaminan dua juta Rupiah, harga sewa bulanannya satu juta Rupiah. Bisa?

Siti:

　　Apakah sudah termasuk biaya internet, listrik dan air?

Karyawan:

　　Tidak.

Siti:

　　Boleh lihat rumahnya sekarang?

Karyawan:

　　Tentu saja boleh, ayo pergi sekarang.

西蒂：

　　您好，我想租房子。

仲介：

　　您想要找什麼樣的房子？一般出租房還是公寓大樓？

西蒂：

　　我想找火車站附近的套房。

仲介：

　　您的預算是多少？

西蒂：

　　我希望一個月的租金在100萬印尼盾左右。

仲介：

　　還有其他需求嗎？

西蒂：

　　如果可以，希望廚房和房間是分開的。

仲介：

　　保證金是200萬印尼盾，月租是100萬印尼盾的房子可以嗎？

西蒂：

　　已經包括網路費、電費和水費了嗎？

仲介：

　　沒有。

西蒂：

　　現在可以去看房子嗎？

仲介：

　　當然可以，現在就走吧！

必學單字表現

IA032-07-02.MP3

sewa	租
seperti	像、有如
kontrakan	一般出租房
apartemen	公寓（大樓）
kamar studio	套房
permintaan	要求
dapur	廚房
pisah	分開
jaminan	保證
termasuk	包括
biaya	費用
listrik	電
air	水
tentu saja	當然

會話重點

IA032-07-03.MP3

重點1　sewa

這個詞主要表示「租」的意思，可以用於租車、租房子等。要注意的是，在印尼習慣把房東分組的房子，或者傳統的單間房子出租說成 rumah kos 或 rumah kost。

例
1. **Saya mau sewa rumah.** 　我要租房子。
2. **Saya mau sewa mobil.** 　我要租車子。

重點2　biaya

這個詞主要表示費用相關的支出。通常使用在 biaya hidup（生活費）、biaya sekolah（學費）、biaya taksi（計程車費）等。

例
1. **Biaya hidup di Jakarta cukup mahal.**
雅加達的生活費很貴。
2. **Orang tua saya membayar biaya pendaftaran dan biaya sekolah saya.**
我的父母付了我的註冊費和學費。
3. **Berapa biaya taksi dari sini ke bandara?**
從這裡到機場的計程車費多少？

與距離、長度相關的表現

IA032-07-04.MP3

jauh 遠　　　　dekat 近

panjang 長　pendek 短

★ Jauh di mata, dekat di hati：見不到面，但心很靠近。形容一個人思念家人、情人的心情。

★ Panjang umur：是「長壽」的意思，印尼的生日快樂歌的歌詞裡就一直重複「panjang umurnya, panjang umurnya」這句話，意思是「祝福你長命百歲」。

文法焦點

名詞後綴 **-an** 的用法

> ＊印尼語主要的詞性變化，是使用在字根上加上前綴或後綴，或環綴。加上去之後，就可以創造出新的詞性或意思，例如：副詞、動詞、形容詞或名詞。這些加上後綴 -an 之後的名詞，有以下幾個主要的功能。

（1）形成與動詞或形容詞相關的物品

❶ makan 動詞 吃 ➡ **makanan** 名詞 食物

例 **makanan khas**   特色美食

❷ minum 動詞 喝 ➡ **minuman** 名詞 飲料

例 **minuman dingin**   冷飲

（2）形成動作的結果或成效

❶ jamin 動詞 保證 ➡ **jaminan** 名詞 保證

例 **uang jaminan**   保證金

❷ bantu 動詞 幫忙 ➡ **bantuan** 名詞 幫助

例 **minta bantuan**   請求幫忙

（3）表達週期性

❶ hari 天 ➡ **harian** 每日的

例 **barang harian**   日常用品

❷ minggu 星期 ➡ **mingguan** 一週的

例 **lagu terbaik mingguan**   每週最佳歌曲

❸ bulan 月 ➡ **bulanan** 每個月的

例 **majalah bulanan**   月刊

❹ tahun 年 ➡ **tahunan** 年度的

例 **gaji tahunan**   年薪

短會話練習A

IA032-07-06.MP3

樓層數

Lantai berapa?
請問是幾樓？

Lantai tiga.
是三樓。

Lantai sepuluh.
是十樓。

房間數

Ada berapa kamar?
請問有幾個房間？

Ada dua kamar dan ruang tamu.
有兩個房間和客廳。

Hanya satu kamar.
只有一個房間。

設備

Ada fasilitas apa?
請問有什麼設施？

Ada meja dapur dan lemari pakaian.
有流理台和衣櫥。

Ada mesin cuci.
有洗衣機。

網路

Ada koneksi internet?
請問可以上網嗎？

Ya, ada.
是的，有。

Tidak, tidak ada.
沒有。

單字

kamar 房間	**ruang** 空間	**meja** 桌子
dapur 廚房	**lemari** 櫥櫃	**pakaian** 服裝

短會話練習B

合約期限

Anda mau kontrak kira-kira berapa tahun?

請問您打算簽多久的約？

Kira-kira setahun.

一年左右。

Kira-kira dua tahun.

兩年左右。

距地鐵站遠近

15 menit sampai MRT, bisa?

15 分鐘到得了捷運站嗎？

Bisa.

可以。

Kira-kira 20 menit bisa sampai.

差不多 20 分鐘能到。

入住時間

Kapan mau mulai tinggal?

請問您什麼時候要搬進去住？

Saya mau mulai tinggal bulan depan.

我想要下個月搬進去。

Saya mau mulai tinggal akhir bulan ini.

我想要這個月底搬進去。

簽訂合約

Anda mau mengontrak rumah ini?

您要租下這間房子嗎？

Ya, saya ingin mengontrak.

是的，我要租。

Gak apa, saya pikirkan dulu.

沒關係，我再考慮一下。

單字

kontrak 合約	**mulai** 開始	**bulan depan** 下個月
akhir bulan 月底	**mengontrak** 簽約	**pikirkan** 想、考慮

IA032-07-08.MP3

練習題

1. 請將下列的句子重組。

❶ mau / sewa / Saya / rumah / .　　　　　　　　我想租房子。

➡ _____

❷ Anda / rumah / mau / apa / seperti / yang / ?　您想要找什麼樣的房子？

➡ _____

❸ kereta api / Kamar studio / dekat / yang / stasiun / .　火車站附近的套房。

➡ _____

❹ jaminan / Uang / juta / Rupiah / dua / .　　　保證金是200萬印尼盾

➡ _____

2. 請聽音檔，並依下列的提示完成所有的句子。

lemari pakaian　　lantai　　ruang tamu　　koneksi internet　　kamar

❶ Rumah itu di _____ berapa?　　　　那房子在幾樓？

❷ Ada berapa _____?　　　　　　　　有幾個房間？

❸ Ada dua kamar dan _____.　　　　有兩個房間和客廳。

❹ Ada meja dapur dan _____.　　　　有流理台和衣櫥。

❺ Ada _____?　　　　　　　　　　　可以上網嗎？

3. 請聽音檔，並依下列的中文用印尼語做回答練習。

❶ 一年左右。

❷ 差不多 20 分鐘能到。

❸ 我想要下個月搬進去。

❹ 我想要這個月底搬進去。

❺ 是的，我要租。

租屋的相關單字表現

【房地產交易】

❶ **aset tak bergerak, aset tanah** 不動產、房地產

❷ **konsultasi** 諮詢

❸ **investasi** 投資

❹ **makelar tanah** 房地產仲介
  ➥ **perantara** 仲介
  ➥ **biaya makelar (mediator)** 仲介費

❺ **pelanggan** 客戶

❻ **jual rumah** 賣房子

❼ **beli rumah** 買房子

❽ **sewa rumah** 租房子
  ➥ **kontrak** 包租
  ➥ **uang kontrak bulanan** 月租

❾ **perjanjian** 合約
  ➥ **kontrak** 契約
  ➥ **uang muka** 訂金
  ➥ **komisi** 佣金
  ➥ **uang jaminan** 保證金
  ➥ **uang ganti rugi** 違約金
  ➥ **saldo** 餘額、餘款
  ➥ **buku perjanjian** 合約書
  ➥ **batas akhir perjanjian** 合約期限
  ➥ **pembaruan perjanjian** 續約

❿ **area** 面積

⓫ **jangka panjang** 長期

⓬ **iklan** 廣告

【房屋結構】

❶ **rumah** 房子
  ➥ **kawasan apartemen** 公寓社區
  ➥ **gedung** 大樓
  ➥ **apartemen studio** 套房
  ➥ **lift** 電梯
  ➥ **lantai** 樓層

❷ **vila** 別墅

❸ **ruang tamu** 客廳

❹ **ruang makan** 飯廳

❺ **kamar** 房間

❻ **toilet** 廁所

❼ **kamar mandi** 浴室

❽ **dapur** 廚房

❾ **balkon** 陽台

❿ **teras** 露台

⓫ **halaman** 院子

⓬ **gudang** 倉庫

⓭ **ruang bawah tanah** 地下室

⓮ **perabotan rumah** 家具
  ➥ **lemari baju** 衣櫥
  ➥ **lemari penyimpanan** 收納櫃
  ➥ **lemari berlaci** 抽屜櫃
  ➥ **rak sepatu** 鞋櫃

⓯ **tempat parkir** 停車位

文化專欄：印尼的租房資訊

▲ 在都市近郊的 kampung

越來越多人到印尼去當交換生、唸短期語言課程或出差。許多時候都會面臨到短期租屋的需求，所以了解印尼的租屋概念是很重要的。在印尼大城市租屋或租房，首先要了解自己的預算需求。不同的房子類型，價格不同，環境也不一樣。

首先，印尼的居住環境跟台灣不太一樣，在都市近郊會有很多 kampung（村子），這些村子裡的房子大多是世代相傳的，通常有庭院、以及一層或兩層樓的房子。因為有院子的關係，所以有些人在自己住家的土地範圍中，另外再蓋幾間獨立的雅房或套房分租出去。這類的房子便可稱作 Kos-kosan。Kos-kosan 一般是前文中的衍生建築物，另有一個樣貌則是在都市規劃下新衍生出來的像是一座社區，通常是二樓平房的連棟住宅，Kos-kosan 的特色多半都是與房東就住在同一個社區裡，所以當房子有什麼需要時，也可以及時反應並得到協助。這一類的房子租金相對來說，比較便宜，大約從台幣 2,500 元到 8,000 元不等。

▲ 印尼都市規劃下較高級的 Kos-kosan

另一種則是比較新興的公寓類型稱為 apartemen。這一類的公寓通常設備齊全，在同一社區內有警衛、游泳池、健身房、購物中心、洗衣店、便利商店等。可以說是複合式的住屋類型，因此相當獲得都市上班族的喜愛。但是，租金相對地也比較貴，從台幣 8000 元到 1 萬多，三房的公寓可能月租金到達台幣 3、4 萬以上也是常有的事。

通常 Kos-kosan 是比較在地的住宅區，所以住在這種地區的話也能有許多與印

▲ 印尼的小雜貨店

尼人生活交流的機會，因為大部分的印尼人也住在這裡，所以要買吃的、用的，都到村子裡的 warung tegal（小吃店）或雜貨店去買即可。傳統地方人與人的關係比較緊密，久而久之，或許就跟社區裡的人打成一片了。而若選擇住在 apartemen 類型的地段，則容易遇見比較多外國人，就像一般的大都會一樣，人們之間的生活方式也比較有距離，不容易產生交流，相對地，也比較能得到更多的個人空間。

在銀行 Di bank

Chi-Wei:

Permisi, saya ingin membuka rekening bank, dokumen apa yang dibutuhkan?

Karyawan:

Diperlukan paspor dan surat keterangan WNA. Anda juga harus mengisi formulir pendaftaran ini.

Chi-Wei:

Ya, saya sudah selesai mengisi formulir pendaftaran.

Karyawan:

Anda ingin menyimpan berapa banyak uang di rekening ini?

Chi-Wei:

Seratus juta Rupiah.

Karyawan:

Apakah Anda juga ingin mendaftarkan kartu debit?

Chi-Wei:

Benar, perlu waktu berapa lama?

Karyawan:

Sebentar saja bisa selesai.

Chi-Wei:

Kalau begitu silakan bantu saya mengurusnya sekarang.

Karyawan:

Silakan tanda tangan di sini.

志偉：

不好意思，我想開一個銀行帳戶，請問需要哪些文件？

職員：

需要護照和外國人簽證，還要填寫這個申請書。

志偉：

申請書填好了。

職員：

您打算在這個戶頭存多少錢？

志偉：

1億印尼盾。

職員：

您也要申請金融卡嗎？

志偉：

是的，請問要多久（時間）？

職員：

一下子就好了。

志偉：

那麻煩您現在幫我辦吧！

職員：

那麼請在這裡簽名。

必學單字表現

IA032-08-02.MP3

membuka	開、開啟
rekening bank	銀行戶口
dibutuhkan	（被）需要
diperlukan	（被）需要
WNA (Warga Negara Asing)	外國公民
formulir	表格
pendaftaran	登記
selesai	完成
menyimpan	存、收藏
berapa banyak	多少
seratus juta	一億
kartu debit	簽帳金融卡
waktu	時間
tanda tangan	簽名

會話重點

IA032-08-03.MP3

重點1 Apa yang dibutuhkan?

「apa yang......」可構成疑問句的句型。

 1. **Apa yang bisa dibantu?**
   有什麼可以幫忙？

2. **Apa yang diperlukan untuk mengurus visa?**
   辦理簽證時，需要準備什麼？

3. **Apa yang dibutuhkan untuk merayakan Hari Natal?**
   慶祝聖誕節時，需要準備什麼？

重點2 saja

主要用來表達「只、只是、只有」，但是搭配疑問代名詞時，會形成「任何」的意思。

1. **Apa saja.**　　任何（東西）。
2. **Kapan saja.**　任何時候。
3. **Berapa saja.**　任何數量。
4. **Siapa saja.**　任何人。
5. **Mana saja.**　任何地方。

關於印尼的貨幣

　　目前印尼發行的印尼盾有分紙幣及硬幣兩種。紙幣面額及幣面人物如後：100,000（Soekarno 及 Mohammad Hatta，為印尼獨立運動領袖兼首任的正副總統）、50,000（Djuanda Kartawidjaja，為 Soekarnon 內閣首席部長的印尼無黨派政治家）、20,000（Sam Ratulangi，為印尼政治家，蘇拉威西島的首任州長）、10,000（Frans Kaisiepo，使西巴布亞與印尼團結的巴布亞政治家及印尼民族主義者）、5,000（Idham Chalid，印尼政治家兼宗教家）、2,000（Mohammad Husni Thamrin，印尼政治思想家）和 1,000（Cut Nyak Meutia，亞齊戰爭中抗荷反抗軍的領導人之一）六種面額；而硬幣則有 1,000、500、200 和 100 這四種面額。

IA032-08-04.MP3

Angka 數字的應用

nol	0	sepuluh	10	dua puluh	20
satu	1	sebelas	11	dua puluh satu	21
dua	2	dua belas	12	seratus	100
tiga	3	tiga belas	13	seribu	1.000
empat	4	empat belas	14	sepuluh ribu	10.000
lima	5	lima belas	15	seratus ribu	100.000
enam	6	enam belas	16	satu juta	1.000.000
tujuh	7	tujuh belas	17	sepuluh juta	10.000.000
delapan	8	delapan belas	18	seratus juta	100.000.000
sembilan	9	sembilan belas	19	semiliar	1.000.000.000

注意 印尼語的數字相關的標點符號，和一般國際標準不一樣。例如千位數，一般上是使用「,」而印尼是使用「.」。因此在印尼，一千以「1.000」來表示。相對地，百分比的小數點則是使用「,」，例如「87,52%」。

印尼語的十、百、千等

puluh	belas	ratus	ribu	puluh ribu	ratus ribu	juta
十	十幾	百	千	萬	十萬	百萬

短會話練習A

IA032-08-05.MP3

開設銀行帳戶

Saya hanya memiliki paspor, boleh membuka rekening?
我只有護照，請問可以開戶嗎？

Ya, boleh.
是的，可以。

Tidak bisa, harus memiliki KITAS.
不行，必須有外國人簽證。

帳戶類型

Apakah ini rekening Dollar Amerika?
請問這是美金帳戶嗎？

Ya, benar.
是的，沒錯。

Bukan.
不是。

存款

Saya sekarang tidak punya uang, apakah bisa membuka rekening?
我現在沒有錢，請問可以開戶嗎？

Ya, bisa membuka rekening.
是的，可以開戶。

Tidak bisa, paling sedikit harus mempunyai satu juta Rupiah.
不行，至少要 100 萬印尼盾才可以。

存摺掛失

Bagaimana cara mengurus buku rekening yang hilang?
遺失存摺時該怎麼辦？

Silakan mendaftar ulang di sini.
請到這裡辦理補發。

Silakan hubungi nomor telepon ini untuk melaporkan kehilangan.
請打這一支電話，申請掛失。

單字

memiliki 擁有	**hilang** 不見、消失	**mendaftar** 登記、註冊
ulang 重複	**hubungi** 聯繫	**melaporkan** 報告

IA032-08-06.MP3

輸入密碼

Masukkan kata sandi di sini.
請在這裡輸入密碼。

Ya, sudah mengerti.
好的，我知道了。

Tekan ini saja sudah bisakah?
請問按這裡就可以了嗎？

簽名

Silakan tanda tangan di sini.
請在這裡簽名。

Ya, sudah mengerti.
好的，我知道了。

Di sini?
請問是這裡嗎？

網路銀行

Apakah Anda ingin mendaftar Perbankan Elektronik?
您要申請網路銀行嗎？

Ya, tolong bantu saya mendaftar.
是的，請幫我申請。

Tidak usah, terima kasih.
不用了，謝謝。

帳戶卡

Kami menawarkan layanan Kartu ATM, apakah kamu ingin mendaftar?
我們有提供帳戶卡服務，您要申請嗎？

Apa itu Kartu ATM?
帳戶卡是什麼？

Adakah buku petunjuk bahasa Inggris?
請問有英文說明書嗎？

單字

masukkan 輸入	**kata sandi** 密碼	**tekan** 按
menawarkan 提供	**layanan** 服務	**petunjuk** 指示、指引

練習題

IA032-08-07.MP3

1. 請將下列的句子重組。

❶ membuka / rekening / ingin / Saya / bank / .　　　　我想開一個銀行帳戶。

➡ _____

❷ dibutuhkan / Dokumen / apa / yang / ?　　　　需要哪些文件？

➡ _____

❸ kartu debit / ingin / Apakah / mendaftarkan / Anda / ?　您要申請金融卡嗎？

➡ _____

❹ lama / waktu / Perlu / berapa / ?　　　　需要多久時間？

➡ _____

❺ selesai / saja / Sebentar / bisa / .　　　　一會兒就好。

➡ _____

2. 請聽音檔，並依下列的提示完成所有的句子。

rekening　　memiliki　　Paling sedikit　　baru boleh

❶ Saya hanya _____ paspor, boleh membuka rekening?

我只有護照，請問可以開戶嗎？

❷ Tidak bisa, harus memiliki KITAS _____.

不行，必須有外國人簽證才可以。

❸ Apakah ini _____ Dollar Amerika?　　　　請問這是美金帳戶嗎？

❹ _____ harus mempunyai satu juta Rupiah.　　至少要100萬印尼盾。

3. 請聽音檔，並依下列的中文用印尼語做發問練習。

❶ 請問這是美金帳戶嗎？

❷ 我現在沒有錢，請問可以開戶嗎？

❸ 遺失存摺時該怎麼辦？

❹ 我只有護照，請問可以開戶嗎？

IA032-08-08.MP3

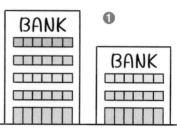

❶ bank pusat 本行總行
→ **cabang** 分行

❷ transfer 銀行轉帳

❸ pegawai bank 銀行職員
→ **teller bank** 銀行櫃檯

❹ kasir 出納員

❺ struk 帳單

❻ menyetor uang 存款
→ **menabung** 儲蓄
→ **penyetor** 存戶

→ **penerima pembayaran** 收款人
→ **penyetor** 存款人
→ **setoran berjangka** 定期存款
→ **setoran giro** 活期存款

❼ buku tabungan 存簿
→ **rekening** 帳戶號碼

❽ brankas 保險箱

❾ mesin ATM 自動提款機
→ **kartu ATM** 金融卡

❿ menarik uang 提款
→ **akun** 帳號
→ **kata sandi** 密碼
→ **saldo tabungan** 存款餘額

→ **tanda terima tabungan** 存款進帳
→ **penarikan uang tunai** 提款
→ **pengiriman uang dalam negeri** 國內匯款
→ **pengiriman uang luar negeri** 國外匯款
→ **layanan uang tunai** 現金服務
→ **mengecek saldo tabungan** 餘額查詢
→ **konfirmasi** 確認
→ **batal** 取消

⑪ **mengurus kartu kredit** 辦信用卡
  ➙ **tanda tangan** 簽名
  ➙ **mengisi** 填寫
  ➙ **pinjaman** 貸款
  ➙ **membatalkan kontrak** 解約
⑫ **kartu kredit** 信用卡

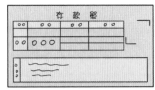

⑬ **teller setoran** 存款櫃檯
  ➙ **CCTV** 監視器
  ➙ **membuka rekening** 開戶
  ➙ **menutup rekening** 除戶
⑭ **karyawan bank** 銀行行員

⑮ **satpam** 警衛
⑯ **tabungan** 儲蓄
  ➙ **asuransi** 保險
  ➙ **dana** 基金

131

⑰ **mesin penghitung uang** 點鈔機

⑱ **mesin pendeteksi uang palsu** 驗鈔機

⑲ **stempel** 印章

⑳ **penukaran uang** 換匯

㉑ **cek** 支票
- ↪ **menandatangani** 簽名
- ↪ **tunai** 兌現
- ↪ **cek perjalanan** 旅行支票
- ↪ **pengirim** 匯款人
- ↪ **mutasi rekening bank** 銀行帳戶明細

【各種外幣】

❶ **mata uang asing** 外幣

❷ **Rupiah** 印尼盾

❸ **New Taiwan Dollar** 新台幣

❹ **Dollar** 美金

❺ **Ringgit** 馬來西亞令吉

❻ **Yen** 日幣

❼ **Won** 韓幣

❽ **Hong Kong Dollar** 港幣

⑨ **Yuan** 人民幣

⑩ **Dollar** 加幣

⑪ **Euro** 歐元

⑫ **Pound** 英鎊

⑬ **Franc** 瑞士法郎

⑭ **Ruble** 俄幣

⑮ **Dollar** 新幣

⑯ **Baht** 泰銖

⑰ **Dong** 越南盾

⑱ **Peso** 披索

⑲ **Kyat** 緬幣

⑳ **Dollar** 澳幣

㉑ **Dollar** 紐幣

㉒ **Kina** 基納

㉓ **Rand** 南非幣

加強表現

❶ **pergi ke bank untuk menarik uang**
去銀行提款

❷ **bunga tabungan** 儲蓄利率

❸ **layanan transfer** 銀行轉帳服務

❹ **memeriksa kurs asing** 匯率查詢

❺ **memasukkan uang ke brankas**
將現金塞進保險箱

❻ **cara pemakaian mesin pendeteksi uang palsu** 驗鈔機用法

❼ **cabang Yogyakarta** 日惹分行

文化專欄：印尼的銀行

印尼的銀行大約有 1500 家左右，主要由 100 多家商業銀行與 1400 多家農業銀行所組成，其中包括四家國營銀行，即 Bank Rakyat Indonesia（印尼人民銀行，簡稱 BRI）、Bank Mandiri（曼迪利銀行）、Bank Negara Indonesia（印尼國家銀行，簡稱 BNI）以及 Bank Tabungan Negara（國家儲蓄銀行）等四家國營銀行，且這四家銀行的資產市占率亦高達 40%。

過去外國人若要在印尼銀行開戶，必須要擁有 ITAS（合法居留證）或 ITAP（永久居留證）才可以辦理。為了鼓勵外資以及活絡金流，促進國際貿易的發展，印尼的 Otoritas Jasa Keuangan（金融服務局，簡稱 OJK）於西元 2015 年制定新條例，放寬了外國人在印尼銀行開戶的規定。例如，最低存款必須調整至 2,000 美元，以及使用護照來開戶。除了護照，各家銀行可能也會要求開戶者提供原國身分證件、駕駛執照、學生證、工作證或健保卡等。

然而，為了防治系黑錢等違法的活動，若存款金額超過 5 萬美金，銀行可要求開戶者提供原國籍銀行推薦信函、在印尼居留地址、居住許可證、租賃契約、配偶身分證等等。儘管外國人在印尼開戶手續繁多，但是近年來已經簡化不少手續，若需要長期待在印尼念書或工作，擁有印尼銀行的戶口還是很重要的。因為很多線上購物都需要使用印尼銀行的帳戶來轉帳。

印尼幅員遼闊、很多比較偏僻的鄉鎮交通不便，再加上很多人所得不高，所以印尼的存款率不高，根據世界銀行的調查顯示，印尼 15 歲以上的民眾擁有銀行帳戶只占總人口的 40%。換句話說，全國有六成的人沒有銀行帳戶。有些人認為是因為印尼銀行收取帳戶管理費，大約印尼盾 1 萬到 2 萬不等，這對很多人來說，就是一頓飯的錢，也讓很多中低收入戶因此不願意大費周章去開戶並使用銀行服務。

▲ 印尼的銀行

IA032-09-01.MP3 Pelajaran **9**

在學校 Di Sekolah

Teman sekelas:

Selamat pagi, apa kabar? Nama saya Monica. Nama kamu siapa?

Chi-Wei:

Selamat pagi. Kabar baik. Nama saya Chi-Wei.

Teman sekelas:

Kamu berasal dari mana?

Chi-Wei:

Saya asli dari Taiwan.

Teman sekelas:

Dari kota mana di Taiwan?

Chi-Wei:

Kota Taipei.

Teman sekelas:

Saya ingin pergi berwisata ke Taiwan karena saya tertarik dengan sejarah dan budaya Taiwan juga.

Chi-Wei:

Begitu ya! Taiwan adalah sebuah pulau yang indah dan orangnya ramah.

Teman sekelas:

Sudah berapa lama kamu datang ke Indonesia?

Chi-Wei:

Baru sebulan di sini.

Teman sekelas:

Kenapa kamu datang ke Indonesia?

Chi-Wei:

Saya ingin meningkatkan kemampuan berbahasa Indonesia saya.

Teman sekelas:

Oke, semoga belajarnya lancar ya!

同學：

早安，你好嗎？我的名字是莫妮卡。你叫什麼名字？

志偉：

早安，我很好。我叫志偉。

同學：

您從哪來的？

志偉：

我來自台灣。

同學：

台灣的哪座城市？

志偉：

台北市。

同學：

因為我對台灣的歷史和文化也很感興趣，所以我想要去台灣旅遊。

志偉：

這樣呀！台灣是一個美麗的島嶼，人們都很熱情喲！

同學：

你來印尼已經多久了呢？

志偉：

在這裡才一個月。

同學：

你來印尼做什麼呢？

志偉：

我想要提升我的印尼語能力。

同學：

那麼，希望你的學習順利哦。

必學單字表現

IA032-09-02.MP3

berasal	來自
asli	原本
kota	城市
berwisata	旅遊
karena	因為
tertarik	被吸引
sejarah	歷史
budaya	文化
sebuah	一個
pulau	島嶼
indah	優美
ramah	熱情
berapa lama	多久
meningkatkan	提升
kemampuan	能力

會話重點

IA032-09-03.MP3

重點1 karena

這個詞主要作為因果關係的連接詞，即「因為」。通常口語上也會說 gara-gara 和 soalnya。

 1. **Saya suka makan tahu bau** karena **rasanya enak.**
我喜歡吃臭豆腐因為味道很好吃。

2. **Dia tidak hadir** karena **sakit.**
他因為生病了所以沒出席。

重點2 sudah berapa lama

這句話主要表達時間的長度的問句即「已經多久」之意。其中，lama 是「久」和「舊」的意思。

 1. **Sudah berapa lama kamu belajar bahasa Indonesia?**
已經學印尼語多久了？

2. **Sudah berapa lama tinggal di sini?**
已經住在這裡多久了？

學習語文的相關表達及接受表現

IA032-09-04.MP3

menyimak　聽	mendengar　聽	berbicara　說
membaca　讀	menulis　寫	tata bahasa　文法
kosakata　生字	percakapan　對話	karangan　作文

setuju　同意	menerima　接受	bisa　行
boleh　可以	pasti　一定的	rela　願意
tentu saja boleh　當然可以	baik　好	tidak setuju　不同意
mengadopsi　採納 (rencana,proposal, dll.)	terima　收	tidak masalah　沒問題

文法焦點

IA032-09-05.MP3

前綴 **se-** 的用法

> ＊印尼語用前綴或後綴，或環綴的方式，創造新的詞彙，並改變詞性。在字根加上不同的前綴或、後綴或環綴之後，可以形成副詞、動詞、形容詞或名詞。在這一課，我們學習最常見的前綴 se-。字根加上前綴 se-，會形成兩個主要功能，即（1）有「一」及（2）「同樣」、「同一個」的意思。

（1）有「一」的意思

印尼語的「一」是 satu，但在許多情況下要表達「一」、「一個」時，則變成縮寫 se-。

例 ❶ **buah** 果實、水果 ➡ **sebuah** 一個、一本、一台等

Saya mau membeli sebuah kamus.

我買了一本字典。

❷ **bulan** 月 ➡ **sebulan** 一個月

Saya sudah tinggal di sini selama sebulan.

我已經在這裡住一個月了。

（2）「同樣」、「同一個」的意思

印尼語的「同樣」是 sama dengan，也可以用「se-」表達同樣的意思。

例 ❶ **kantor** 辦公室 ➡ **sekantor** 同一間辦公室

Kami teman sekantor.   我們是同事。

❷ **kelas** 教室 ➡ **sekelas** 同一間教室

Budi dan Siti adalah teman sekelas.

布迪和西蒂是同班同學。

❸ **tinggi** 高 ➡ **setinggi** 同樣高

Saya setinggi Budi.   我跟布迪一樣高。

短會話練習A

IA032-09-06.MP3

詢問國籍

Anda berasal dari mana?
您從哪來的（您來自哪裡？）

Saya berasal dari Taiwan.
我來自台灣。

Saya asli dari Indonesia.
我來自印尼。

介紹國家

Anda orang mana?
您是哪裡人？

Saya orang Taiwan.
我是台灣人。

Saya orang Indonesia.
我是印尼人。

學印尼語

Sudah berapa lama Anda belajar bahasa Indonesia?
您學印尼語已經多久了？

Saya sudah belajar selama 2 tahun.
我已經學習兩年了。

Saya baru belajar selama 3 bulan.
我才剛學三個月。

來印尼的目的

Kamu datang ke Indonesia dalam rangka apa?
你來印尼做什麼呢？

Saya ingin mempelajari bahasa Indonesia.
我想要學習印尼語。

Saya ingin lebih mengenal budaya Indonesia.
我想要更認識印尼文化。

單字

dalam 在…裡面	**rangka** 計畫	**mempelajari** 學習
lebih 更加	**mengenal** 認識	**budaya** 文化

137

IA032-09-07.MP3

詢問科系

Kamu belajar di jurusan apa?
你念什麼科系？

Saya belajar di jurusan Bahasa Asing dan Sastra.
我念外語和文學系。

Saya belajar di jurusan Hukum.
我念法律系。

邀約同學

Mau makan siang bareng?
你要一起吃午餐嗎？

Ya, boleh.
好呀，可以啊。

Maaf, saya sudah ada janji.
抱歉，我有約了。

邀約同學2

Akhir pekan ini mau nonton film bareng?
這個週末要一起去看電影嗎？

Boleh, jam berapa?
可以啊，幾點？

Mau nonton film apa?
你要看什麼電影？

問考試

Kapan ada ujian?
什麼時候要考試？

Minggu depan.
下個禮拜。

Saya tidak yakin.
我不確定。

單字

jurusan 科系	**bahasa asing** 外語	**sastra** 文學
akhir pekan 周末	**nonton (menonton)** 看	**minggu depan** 下周

IA032-09-08.MP3

練習題

1. 請聽音檔，並依下列的提示完成所有的句子。

budaya　　berasal　　siapa　　Nama　　datang

❶ Nama kamu _____ ?　　　　　　　您叫什麼名字？

❷ _____ saya Chi-Wei.　　　　　　我的名字是志偉。

❸ Anda _____ dari mana?　　　　　您來自哪裡？

❹ Saya tertarik dengan sejarah dan _____ Taiwan juga.

　　我對台灣的歷史和文化也很感興趣。

❺ Sudah berapa lama Anda _____ ke Indonesia?　您來印尼已經多久了？

2. 請聽音檔，並依下列的中文用印尼語做回答練習。

❶ 我來自台灣。

❷ 我是台灣人。

❸ 我才剛學三個月。

❹ 我想要學習印尼語。

❺ 好呀！可以啊。

3. 請將下列中文翻譯成印尼文。

❶ 你念什麼科系？

➡ _____

❷ 你要一起吃午餐嗎？

➡ _____

❸ 這個週末要一起去看電影嗎？

➡ _____

❹ 你來印尼做什麼呢？

➡ _____

國籍、地區及族群的單字表現

Asia 亞洲

IA032-09-09.MP3

❶ **Taiwan** 台灣
➥ **orang Taiwan** 台灣人
➥ **orang Khek** 客家人

❷ **Cina, Tiongkok** 中國
➥ **orang Cina** 中國人
➥ **orang Tiongkok** 中國人

❸ **Hong Kong** 香港
➥ **orang Hong Kong** 香港人

❹ **Korea** 韓國
➥ **orang Korea** 韓國人

❺ **Jepang** 日本
➥ **orang Jepang** 日本人

❻ **Rusia** 俄國
➥ **orang Rusia** 俄國人

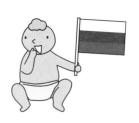

❼ **Singapura** 新加坡
➥ **orang Singapura** 新加坡人

❽ **Malaysia** 馬來西亞
➥ **orang Malaysia** 馬來西亞人

❾ **Thailand** 泰國
➥ **orang Thailand** 泰國人

❿ **Indonesia** 印尼
➥ **orang Indonesia** 印尼人

➥ **orang Tionghoa** 印尼華人

➥ **orang Jawa** 爪哇人

➥ **orang Sunda** 巽他人

⑪ Vietnam 越南
　↪ **orang Vietnam**
　　越南人

⑫ Laos 寮國
　↪ **orang Laos** 寮國人

⑬ Kamboja 柬埔寨
　↪ **orang Kamboja**
　　柬埔寨人

⑭ Myanmar 緬甸
　↪ **orang Myanmar**
　　緬甸人

⑮ Filipina 菲律賓
　↪ **orang Filipina**
　　菲律賓人

⑯ India 印度
　↪ **orang India** 印度人

Oseania 大洋洲

⑰ Saudi Arab 沙烏地阿拉伯
　↪ **orang Arab** 阿拉伯人

⑱ Australia 澳洲
　↪ **orang Australia** 澳洲人

⑲ Selandia Baru, New Zealand
紐西蘭
　↪ **orang Selandia Baru**
　　紐西蘭人
　↪ **orang New Zealand**
　　紐西蘭人

Eropa 歐洲

⑳ Perancis 法國
　↪ **orang Perancis** 法國人

㉑ Inggris 英國
　↪ **orang Inggris** 英國人

㉒ Jerman 德國
　↪ **orang Jerman** 德國人

㉓ **Yunani** 希臘
  → **orang Yunani** 希臘人

㉔ **Italia** 義大利
  → **orang Italia** 義大利人

㉕ **Spanyol** 西班牙
  → **orang Spanyol**
    西班牙人

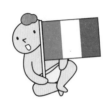

Amerika 美洲

㉖ **Portugal** 葡萄牙
  → **orang Portugis** 葡萄牙人

㉗ **Amerika Serikat** 美國
  → **orang Amerika** 美國人

㉘ **Kanada** 加拿大
  → **orang Kanada** 加拿大人

Afrika 非洲

㉙ **Brasil** 巴西
  → **orang Brasil**
    巴西人

㉚ **Argentina** 阿根廷
  → **orang Argentina**
    阿根廷人

㉛ **Mexico** 墨西哥
  → **orang Mexico**
    墨西哥人

㉜ **Maroko** 摩洛哥
  → **orang Maroko**
    摩洛哥人

㉝ **Pantai Gading**
    象牙海岸
  → **orang Pantai Gading**
    象牙海岸人

㉞ **Jamaika** 牙買加
  → **orang Jamaika**
    牙買加人

㉟ **Afrika Selatan**
    南非
  → **orang Afrika
    Selatan** 南非人

㊱ **Mesir** 埃及
  → **orang Mesir**
    埃及人

文化專欄：印尼的學校體系

▲ 印尼的校園

Kementerian Pendidikan dan Kebudayaan（印尼教育與文化部，簡稱為 Kemendikbud）掌管了印尼教育、文化、語言的相關工作。其中包括國語的推廣教學、博物館、師資培訓課程等業務。這邊值得一提的是，由於印尼的幅員遼闊，在獨立之前，許多地區的人們生活上只講自己的母語而不懂國語（印尼語），因此不同地區之間的人民很可能會發生溝通不良的問題，所以教育層面上需要做國語的推廣。印尼實施 Wajib Belajar Pendidikan Dasar 9 Tahun（九年義務教育，簡稱 WBPD 9 tahun），即 Sekolah Dasar（小學，簡稱 SD）六年，Sekolah Menengah Pertama（國中，簡稱 SMP）三年。教育體系也分成四個等級，分別是 Pendidikan anak usia dini（幼兒教育）、Pendidikan dasar（小學教育）、Pendidikan Menengah（中學教育）和 Pendidikan tinggi（高等教育）。由於在印尼的歷史中，荷蘭曾經殖民印尼長達 350 年之久，因此印尼的教育體系沿襲自荷蘭，自然在制度上與荷蘭的教育制度相似。

然而在學校的類型上，大致分成兩種，包括 pendidikan umum（一般教育）和 pendidikan agama（宗教教育）。在印尼上幼兒園並不是義務教育，所以幼兒園大部分是私立的。6 歲到 11 歲的小孩，則須上小學完成公民義務教育，因此國內 93% 的小學都是 sekolah dasar negeri（公立小學）。12 歲到 14 歲則需完成國中義務教育。之後，又可以升學到 sekolah menengah atas（一般高中，簡稱 SMA）或 sekolah menengah kejuruan，簡稱 SMK（技職學校）繼續向上深造。

在學習科目上，除了一般大家比較熟知的科目，例如語言、文理科等之外，印尼的小學生和中學生都必須要上宗教及公民課程。作為多元族群的國家，宗教課和公民課是培育國民素養的重要科目。此外，還有藝術和文化課程亦各是一門各地學校可以發揮地方文化創意的相關科目。例如在 Yogyakarta（日惹）就有學校就開設了蠟染課程，讓學生製作自己的蠟染衣，讓每一個年輕學子成為文化傳承的一份子。

另外，印尼學校的開學日通常是落在 7 月，並在隔年 6 月結束，分成兩個學期。第一學期會在 7 月中到 12 月中。12 月中旬到隔年 1 月初放假約兩週。而第二學期在 1 月初開始，上課到 6 月中旬。由於印尼的國定假日很多，加上最盛大的開齋節每年日期不一樣，因此放假的時段比較彈性，每年會座落在學期中不同的時間，因此在學期中可能會有放假長達一個禮拜的狀況。

▲ 學生們學習傳統的蠟染

IA032-10-01.MP3

Pelajaran **10**

在書店 Di Toko Buku

Ya-Ting:

Permisi, saya ingin membeli kamus saku.

Karyawan:

Kamus dwibahasa?

Ya-Ting:

Ya, betul.

Karyawan:

Ini kamus saku terbaru edisi Inggris-Indonesia.

Ya-Ting:

Boleh saya lihat dulu?

Karyawan:

Ya silakan.

Ya-Ting:

Saya mau beli kamus ini. Saya juga ingin mencari buku resep masak.

Karyawan:

Itu buku resep masak yang terlaris bulan ini.

Ya-Ting:

Di mana saya bisa menemukannya? Saya penasaran apakah stoknya sudah habis.

Karyawan:

Maaf mbak, stoknya memang habis di rak buku.

Ya-Ting:

Sayang sekali. Boleh saya pesan terlebih dahulu?

Karyawan:

Ya, silakan isi formulir ini. Stoknya akan sampai dalam seminggu.

雅婷：

不好意思，我想要買口袋字典。

店員：

請問是要雙語字典嗎？

雅婷：

是的，沒錯。

店員：

這本是最新的印－英字典。

雅婷：

我可以先看一下嗎？

店員：

可以的，請。

雅婷：

我要買這本字典。另外，我也想要找食譜。

店員：

那本是這個月最暢銷的食譜書了。

雅婷：

我可以在哪裡找到它？我很好奇是不是沒貨了？

店員：

不好意思，小姐，在書架上的存貨的確已經沒了。

雅婷：

太可惜了。我可以訂書嗎？

店員：

可以的，請填寫這張表格。書就會在一個星期內到貨。

必學單字表現

IA032-10-02.MP3

membeli	買
kamus	字典
saku	口袋
terbaru	最新
lihat	看
mencari	找
resep	食譜
masak	煮
terlaris	最暢銷
menemukan	發現
penasaran	好奇、想要（知道）
stok	存貨
sayang	可惜
pesan	訂購
terlebih dahulu	預先、優先
isi	填寫
formulir	表格

會話重點

IA032-10-03.MP3

重點1　cari, mencari

這兩個詞主要表達「尋找」、「找」的動作，除了一般的尋找，也可以搭配其他的字，延伸成不同的動詞。

例 1. **Saya mau** mencari **buku ini.**
我要找這本書。

2. **Siti datang ke Taiwan untuk** mencari **uang.**
西蒂為了賺錢來到台灣。

3. **Saya berusaha** mencari **tahu tujuannya.**
我想盡辦法要弄清他的目的。

重點2　penasaran

這個詞主要表達「慾望」、「好奇」和「強烈想要」的意思。通常用在口語。

例 1. **Barang apa yang bikin** penasaran?
什麼東西讓你感到好奇？

2. **Makanan khas di Indonesia memang berhasil bikin orang** penasaran.
印尼美食真的成功讓人產生慾望。

與厚度、內容魅力相關的表現

IA032-10-04.MP3

tebal 厚　　tipis 薄

menarik 有趣　　membosankan 枯燥

文法焦點

後綴 -nya 的用法

> *印尼語最常見後綴就是 -nya。後綴 -nya 所表達的意思很多，主要有三個功能：（1）作為第三人稱的所有格。（2）表達強調的意思。（3）禮貌性的說法。

（1）作為第三人稱的所有格：

第三人稱 dia（他、她）所有格的表達方式是使用後綴 -nya。

> 例 ❶ **baju** 衣服 ➡ **bajunya** 他的衣服
> **Ini bajunya.**　　　　　　　　　　　　這是他的衣服。
>
> ❷ **ibu** 媽媽 ➡ **ibunya** 他的媽媽
> **Ibunya pandai memasak opor ayam.**
> 他的媽媽很會煮椰汁雞。

（2）作為強調的說法：

表達強調的意思，一般上搭配在形容詞和名詞。

> 例 ❶ **rasa** 味道 ➡ **rasanya**（強調）味道
> **Saya suka makan nasi goreng karena rasanya enak.**
> 我喜歡吃炒飯是因為炒飯很好吃。
>
> ❷ **stok** 存貨 ➡ **stoknya**（強調）存貨
> **Stoknya sudah habis.**　　　　存貨沒了。

（3）作為禮貌性的說法：

印尼語沒有特別的敬語，但是會用一些方式表達禮貌，「-nya」就是其中一種。

> 例 ❶ **nama** 名字 ➡ **namanya**（禮貌性的表達方式）名字
> **Namanya siapa, Pak?**　　　　先生，您叫什麼名字？

一　短會話練習A

IA032-10-06.MP3

哪一冊？

Kamu ingin membeli edisi pertama atau edisi kedua?
你要買第一版還是第二版？

Dua-duanya saya mau.
兩本我都要。

Edisi pertama saja.
第一版就好。

討論書籍

Kamu sudah membaca novel itu?
你看了那本小說嗎？

Tentu saja, aku bahkan sudah menonton filmnya.
當然，我甚至還看了電影。

Aku belum sempat membacanya.
我還沒來得及看。

找書

Mau cari buku apa?
您要找什麼書？

Saya mencari buku untuk anak-anak.
我要找童書。

Saya mencari majalah.
我要找雜誌。

書區位置

Kalau buku novel ada di mana?
請問小說放在哪裡？

Ada di lantai tiga.
在三樓。

Ada di ujung lorong.
在走道的尾端。

單字

edisi 版	**pertama** 第一	**kedua** 第二
bahkan 甚至	**anak-anak** 孩子、孩童	**majalah** 雜誌
novel 小說	**ujung** 尾端	**lorong** 走道

IA032-10-07.MP3

詢問庫存

Apakah ada buku ini?
請問有這本書嗎？

Maaf, stoknya sudah habis.
抱歉，已經沒庫存了。

Ya, ada, tapi di gudang.
是，有的，但是在倉庫。

優惠訊息

Kalau buku bekas dan alat tulis, apakah ada promosi?
如果是二手書和文具，有優惠嗎？

Sekarang semua buku diskon 30%.
現在所有的書都有打 7 折。

Yang di sebelah kiri diskonnya 50%, yang di sebelah kanan, 30%.
在左邊的折扣是 50%，在右邊的是 30%。

詢問暢銷書

Buku apa yang paling laris bulan ini?
請問這個月最暢銷的書是什麼書？

Kalau novel, yang paling laris buku ini.
如果是小說，最暢銷的是這本書。

Kalau buku nonfiksi, buku itu.
如果是非小說類的是那本書。

詢問套書

Bukunya ada berapa jilid?
全書共有幾冊呢？

Jumlahnya tujuh jilid.
總數是 7 冊。

Sekarang baru jilid yang pertama.
現在才發行到第 1 冊。

 單字

habis 結束	**gudang** 倉庫	**buku bekas** 二手書
alat tulis 文具	**diskon** 百分比	**paling** 最
nonfiksi 非小說類	**jilid** 冊	**jumlah** 總數

IA032-10-08.MP3

練習題

1. 請聽音檔，並依下列的提示完成所有的句子。

mencari　habis　kamus　pesan　terbaru

❶ Saya ingin membeli _____ saku.　　　　　　我想要買口袋字典。

❷ Ini kamus saku _____ edisi Inggris-Indonesia.

這本是最新的印英字典。

❸ Saya juga ingin _____ buku resep masak.　我也想要找食譜。

❹ Stoknya memang _____ di rak buku.

在書架上的存貨的確已經沒了。

❺ Boleh saya _____ terlebih dahulu?　　　　我可以訂書嗎？

2. 請聽音檔，並依下列的中文用印尼語做回答練習。

❶ 兩本我都要。

❷ 當然，我甚至還看了電影。

❸ 我要找雜誌。

❹ 在走道的尾端。

❺ 抱歉，已經沒庫存了。

3. 請將下列中文翻譯成印尼文。

❶ 請問有這本書嗎？

➡ _____

❷ 抱歉，已經沒庫存了。

➡ _____

❸ 請問有優惠嗎？

➡ _____

❹ 現在所有的書都有打七折。

➡ _____

IA032-10-09.MP3

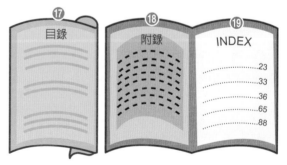

❶ **buku terlaris** 暢銷書
➙ **terlaris** 最暢銷

❷ **buku baru** 新書

❸ **buku bergambar** 繪本

❹ **dongeng** 童話

❺ **buku pop-up** 立體書

❻ **fabel** 寓言

❼ **buku bekas** 二手書

❽ **kata pengantar** 序言
➙ **epilog** 後記

❾ **nomor halaman** 頁碼

❿ **ilustrator** 插畫家

⓫ **penerbit** 出版社

⓬ **sampul belakang** 封底

⓭ **punggung buku** 書背

⓮ **judul buku** 書名

⓯ **sampul depan** 封面

⓰ **penulis buku** 作者
➙ **penulis** 作家
➙ **penerjemah** 譯者

⓱ **daftar isi** 目錄

⓲ **lampiran** 附錄

⓳ **indeks** 索引

❶ buku 書
　→ **jilid** 冊
❷ literatur 文學
❸ novel 小說
❹ biografi 傳記
❺ komik 漫畫
❻ sejarah 歷史

❼ buku anak-anak 童書
❽ bahasa 語言
❾ buku pelajaran 教科書
❿ kamus 字典
⓫ buku komputer 電腦用書

⓬ seni desain 藝術設計
⓭ bisnis 商業
⓮ buku ilmu pengetahuan 知識科普
⓯ olahraga 運動
⓰ buku pariwisata 旅遊指南

⓱ majalah 雜誌
⓲ kesehatan 健康
⓳ buku parenting 親子教養
⓴ resep 食譜
㉑ gaya hidup 生活風格
㉒ kecantikan 美容
㉓ kebugaran 健身
㉔ psikologi 心理勵志
㉕ orang dewasa 成人
㉖ membaca 閱讀

alat tulis 文具

① **pena** 筆

② **pulpen** 原子筆

③ **pensil** 鉛筆

④ **pena** 鋼筆

⑤ **spidol** 奇異筆、白板筆

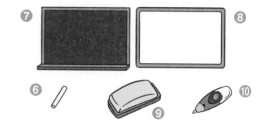

⑥ **kapur** 粉筆

⑦ **papan tulis hitam** 黑板

⑧ **papan tulis putih** 白板

⑨ **penghapus papan tulis** 板擦

⑩ **tip-ex** 利可白

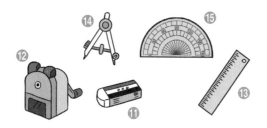

⑪ **penghapus** 橡皮擦

⑫ **rautan pensil** 削鉛筆機

⑬ **penggaris** 尺

⑭ **jangka** 圓規

⑮ **busur derajat** 量角器

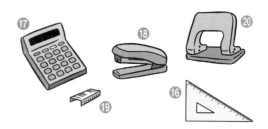

⑯ **penggaris segitiga** 三角板

⑰ **kalkulator** 計算機

⑱ **stapler** 釘書機

⑲ **isi stapler** 釘書針

⑳ **pembolong kertas** 打洞機

㉑ **penjepit kertas** 迴紋針

㉒ **penanda buku** 書籤

㉓ **pisau pemotong kertas** 美工刀

㉔ **gunting** 剪刀

㉕ **lem** 膠水

㉖ **gelang karet** 橡皮筋

㉗ **memo** 便利貼

㉘ **bantalan tinta stempel** 印泥

㉙ **stempel** 印章

㉚ **rol segel perlindungan pencurian identitas** 個人資料保護章

文化專欄：印尼的書店

▲ 印尼的龍頭書店－家美蒂亞書店

　　說到印尼的龍頭書店，可謂是 Toko Buku Gramedia（家美蒂亞書店）了。該書店於西元 1970 年成立於西雅加達，最初只是一間小型的書店，經過幾十年的發展，現在書店的事業版圖已經擴張到印尼和馬來西亞的各個城市，多達 120 多的據點，故也可以說是印尼最大的書店集團，店裡的業務範圍除了書籍之外，更包含了各式文具、以及相關文創商品，現今的家美蒂亞書店，已經從傳統書店，搖身一變成了多角式經營的新型書店。店內收藏的叢書也是最完整的，故為印尼人買書時的首選。

　　另一間在印尼也很著名的書店是 Toko Gunung Agung（阿貢山書店），西元 1953 年成立，除了書籍之外，亦有文具販售的業務。這間書店專做包括學校參考書等在內的教育類書籍。目前已經是上市公司，在雅加達、峇里島等地擁有高達三十多家的分行。其中多家書店是開在大型購物中心裡，因此如果去購物中心裡閒逛時，通常也很容易能見到該書店的身影，並可佇足於店內享受一段悠閒的閱讀時光。

　　若是想要在印尼購買國外出版的書籍，那可以選擇到 Bukupedia 去購買，這間書店可謂是類似印尼版的亞馬遜書店。該書店雖有實體書店，但其經營層看準了印尼社會的幅員遼闊，為了吃下許多沒有書店據點，但卻具有市場利益的地區，故經營方針的主力則是放在網路書店的部分，專門經營網路行銷書籍的這一塊。

▲ 印尼的識字率極高，人們也普遍喜好閱讀

　　根據聯合國教科文組織的統計資料顯示，全球 15 歲以上人口的識字率為 86.3%，其中女性為 82.7%。而西元 2015 年的資料顯示，印尼的識字率為 93.9%，而女性的識字率為 91.5%，比世界平均來得高。

　　印尼的國語是印尼語，它是一種源自於蘇門答臘和馬來半島的馬來族群所使用的語言。而由於印尼的人口大部分集中在爪哇島，因此爪哇語的應用也相當流通，成為印尼國家強勢的第二語言。此外，印尼屬於多族群構成的國家，每個族群都有自己的語言，因此每一個族群都被鼓勵使用他們自己的母語。這個天然的優勢，使得一個印尼人天生便至少會兩、三種以上的語言。這也是印尼這個多元國家的特色和魅力之所在。

Sugeng rawuh
歡迎光臨!

▲ 爪哇語為印尼第二大語言

Pelajaran **11**

在辦公室 Di Kantor

Budi:

Selamat pagi, Bu.

Manager:

Selamat pagi, Budi. Kamu datang lebih awal hari ini.

Budi:

Ya, karena ada beberapa hal yang harus saya selesaikan hari ini.

Manager:

Apakah kamu bisa menghadiri rapat jam 10 pagi nanti?

Budi:

Ya, saya bisa.

Manager:

Tolong siapkan materi tentang rencana pengembangan produk baru perusahaan kita.

Budi:

Apakah saya harus menulis semua produk atau produk yang terbaru saja?

Manager:

Tuliskan semua produk.

Budi:

Baik, Bu.

(Sudah selesai menulis laporan)

Manager:

Apakah kamu sudah menyelesaikan tugasmu?

Budi:

Ya, Bu. Ini dokumen perencanaan produk baru.

Manager:

Baik, kamu bisa pergi ke ruang rapat sekarang.

布迪：

經理（女士），早安。

經理：

布迪，早安。今天你來得比較早。

布迪：

是的，因為今天有幾件事我必須要把它做完。

經理：

你可以出席待會兒早上10點的會議嗎？

布迪：

是的，我可以。

經理：

請完成我們公司的新產品發展的計畫資料。

布迪：

我需要做全部產品的資料，還是有寫最新產品的就好？

經理：

寫全部的。

布迪：

是的，女士。

（完成報告後）

經理：

你已經完成你的工作（任務）了嗎？

布迪：

是的，女士。這是新產品企劃書。

經理：

好了，現在你可以去會議室了。

必學單字表現

IA032-11-02.MP3

datang	來到、到達
lebih	比較
awal	早
karena	因為
beberapa	一些
hal	事情
selesai	完成
menghadiri	出席
siap	完成
materi	資料
rencana	計畫
pengembangan	發展
produk	產品
baru	新
perusahaan	公司
perencanaan	計畫
ruang	空間

會話重點

IA032-11-03.MP3

重點1 baru

主要用於表達形容詞「新」，但還有另一個副詞的意思是「才剛」。

例 1. **Saya mau beli baju baru.**
我要買新衣服。

2. **Saya baru sampai di stasiun kereta api.**
我才剛到火車站。

重點2 rapat

意為工作上的「會議」。出席會議通常使用 menghadiri（出席）這個詞；而舉行會議則使用 mengadakan（舉行）或 gelar（舉行）這兩個詞。

例 1. **Saya akan menghadiri rapat jam 12 siang.**
我將會出席中午十二點的會議。

2. **Jokowi gelar rapat terkait keamanan kota.**
佐科威召開關於城市安全的會議。

3. **Waktu terbaik untuk mengadakan rapat adalah jam 10 pagi.**
召開會議最好的時間是早上10點。

與時間、速度相關的表現

IA032-11-04.MP3

cepat 快　　　lama 久

cepat 快　　lambat / pelan 慢

文法焦點

IA032-11-05.MP3

前綴 **ter-** 的用法

> ＊印尼語其中一個常見的前綴是 ter-，其中一個最主要的功能是形成「最」的意思。

　　前綴 ter- 連接形容詞，會形成「最」的意思。句子結構是【名詞＋ ter ＋形容詞】或者【名詞＋ yang ＋ ter ＋形容詞】形成「最（形容詞）的（名詞）」的意思。

例 ❶ **baru** 新 ⟹ **terbaru** 最新

Ini produk terbaru kami. 　　　這是我們最新的產品。

❷ **dekat** 近 ⟹ **terdekat** 最靠近

Silakan pergi ke toko terdekat. 　　請到最靠近的店去。

❸ **laris** 暢銷 ⟹ **terlaris** 最暢銷

Album ini adalah yang terlaris bulan lalu.

這張專輯是上個月最暢銷的。

❹ **baik** 好 ⟹ **terbaik** 最好

Anda adalah guru yang terbaik.

您是最好的老師。

Anda adalah guru yang terbaik.

短會話練習A

IA032-11-06.MP3

認識新人

Apakah kamu orang baru di sini?
你是這裡的新人嗎？

Ya, saya baru mulai bekerja kemarin.
是的，我昨天才開始上班。

Ya, saya baru mulai bekerja minggu lalu.
是的，我上禮拜剛開始上班。

認識部門新人

Kamu akan bekerja di bagian apa?
你會在什麼部門工作？

Tim perencanaan.
企劃部。

Bagian pemasaran.
市場部。

制服日

Apakah perusahaan ini punya seragam khusus di hari Jumat?
這公司在禮拜五有特殊制服日嗎？

Ya, hari Jumat kamu bisa memakai batik.
是的，星期五你可以穿蠟染衣。

Ya, biasanya hari Jumat bisa berpakaian biasa.
是的，通常星期五可以穿普通的服裝。

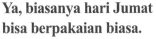

詢問工作量

Apakah kamu punya banyak kerjaan hari ini?
你今天有很多工作嗎？

Ya, saya sangat sibuk hari ini.
是的，我今天很忙。

Tidak juga, tapi saya ada banyak rapat.
也不算，但是我有很多會議。

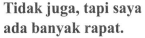

單字

kemarin 昨天	**mulai** 開始	**minggu lalu** 上禮拜
bagian 部門	**tim** 團隊	**perencanaan** 企劃
seragam 制服	**berpakaian** 穿著服裝	**banyak** 很多
hari ini 今天	**sibuk** 忙碌	**rapat** 會議

IA032-11-07.MP3

加班

Kamu terlihat lelah.
你看起來很累。

Soalnya saya harus lembur kemarin.
因為我昨天必須加班。

Saya bekerja lembur kemarin malam untuk menyelesaikan kerja saya.
因為我昨天晚上加班來完成我的工作。

詢問工作進度

Apakah kamu sudah menyelesaikan semuanya?
你全部完成了嗎？

Ya, sudah.
是的，已經完成了。

Belum, saya berencana untuk menyelesaikannya hari ini.
還沒，我打算今天把它做完。

詢問截止日

Kapan tenggat waktunya?
截止日是哪一天？

Besok.
明天。

Masih banyak waktu.
還久的很（還有很多時間）。

工作請假

Saya minta izin tidak hadir ke rapat.
我想要請假不出席會議。

Saya ingin minta izin untuk tidak masuk kerja.
我想要請假不去上班。

Kenapa? Apakah kamu sakit?
為什麼？你生病了嗎？

單字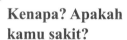

lembur 加班	**bekerja** 工作	**tenggat waktu** 截止日
minta izin 請假	**hadir** 出席	**sakit** 生病

IA032-11-08.MP3

練習題

1. 請聽音檔，並依下列的提示完成所有的句子。

awal　　menyelesaikan　　baru　　ruang rapat　　menghadiri

❶ Kamu datang lebih _____ hari ini.　　　　你今天來得比較早。

❷ Apakah kamu bisa _____ rapat jam 10 pagi nanti?

你可以出席待會兒早上10點的會議嗎？

❸ Apakah kamu sudah _____ tugasmu?

你已經完成你的工作（任務）了嗎？

❹ Ini dokumen perencanaan produk _____.　　這是新產品企劃書。

❺ Kamu bisa pergi ke _____ sekarang.　　　現在你可以去會議室了。

2. 請聽音檔，並依下列的中文用印尼語做回答練習。

❶ 我昨天才開始上班。

❷ 市場部。

❸ 是的，我今天很忙。

❹ 因為我昨天必須加班。

❺ 是的，已經完成了。

3. 請將下列中文翻譯成印尼文。

❶ 你看起來很累。

➡ _____

❷ 因為我昨天必須加班。

➡ _____

❸ 截止日是哪一天？

➡ _____

❹ 明天。

➡ _____

IA032-11-09.MP3

【基本用語】

❶ **perusahaan** 企業

❷ **perusahaan swasta** 私人企業

❸ **pabrik** 工廠

❹ **Perseroan Terbatas (PT)** 有限公司

【相關人員】

❶ **bos** 老闆

❷ **direktur** 總經理

❸ **wakil direktur** 副總經理

❹ **sekretaris** 秘書

❺ **manajer** 經理

❻ **karyawan** 職員、員工

❼ **atasan** 上司

❽ **teman sekerja** 同事

❾ **operator** 接線生

❿ **pelanggan** 客戶

【辦公室硬體】

❶ **meja kantor** 辦公桌

❷ **kursi kantor** 辦公椅

❸ **telepon** 電話
  ➥ **menelepon** 打電話
  ➥ **menjawab telepon** 接電話

❹ **mesin fotokopi** 影印機

❺ **komputer** 電腦
  ➥ **memeriksa email** 檢查郵件
  ➥ **menjawab email** 回應郵件
  ➥ **mengirim email** 寄電子郵件
  ➥ **menerima email** 收電子郵件

❻ **mesin printer** 印表機

❼ **kotak kartu nama** 名片盒

❽ **map** 文件夾

❾ **lemari arsip** 文件櫃

❿ **kontrak** 合約

⓫ **ruang rapat** 會議室
  ➥ **menulis notulen** 寫會議記錄
  ➥ **menjelaskan** 說明
  ➥ **menyimpulkan** 總結
  ➥ **merekam** 錄音
  ➥ **membahas** 討論
  ➥ **melakukan presentasi** 會議發表
  ➥ **meja rapat** 會議桌
  ➥ **mesin proyektor** 投影機
  ➥ **layar proyektor** 布幕
  ➥ **laporan bulanan** 每月報告
  ➥ **laporan tahunan** 年度報告
  ➥ **pengumuman produk** 商品發表

【人事】

❶ **gaji** 薪資
  ➥ **gaji pokok** 底薪
  ➥ **gaji harian** 日薪
  ➥ **tunjangan** 津貼
  ➥ **bonus kehadiran penuh** 全勤獎金
  ➥ **bonus akhir tahun** 年終獎金
  ➥ **potong gaji** 扣薪

❷ **surat izin tidak masuk kerja** 請假單

❸ **surat keterangan dokter** 醫生證明書

❹ **lembur** 加班

❺ **libur** 休假

文化專欄：印尼的職場文化

▲ 現代化感的大都會群，仍充滿了印尼的文化禮儀

很多人都會到印尼去開公司、設廠，準備開拓印尼市場。雅加達、泗水、萬隆等一、二級大城市已經算是都會型城市，雖然四處可見多高聳入雲的摩天大樓、氣派的玻璃帷幕、超大型的購物中心等，很容易讓人以為和世界上其他都會城市一樣。然而，仔細觀察之下，仍然不難發現印尼的文化和社會習俗仍深深地影響這些繁華都會裡的職場文化。

印尼的社會講究的是「和諧共榮」的精神，這反映在工作面上就是通常大家不會太直接指出對方的過錯，例如在會議中不太會發生部門之間互相指責的場景、上司大聲斥責下屬的狀況也很少見，這些成果皆歸功於印尼文化中「人與人之間和諧共榮」的這種深根固柢思考基礎。當然在高強度的職場上，多少影響效率，那就只能考驗主管的情緒管理能力了。

印尼社會也講求禮儀，無論在語言上還是肢體動作上，都是如此。然而也要注意異性之間通常不習慣握手，因此在見面時都會雙手合十置於胸前，即可表示尊重和禮貌，就連在通訊軟體上的表情符號，雙手合十的符號也是很常見的。

▲ 印尼人之間雙手合十的文化禮儀

既然不能直接公開指正錯誤，那麼就必須使用一些小小的非正式、非公開、私底下的社交手腕了。例如，可以在下班後一起約吃飯、運動或喝杯飲料，在佳節時（尤其是開齋節）互相送禮表達祝福，並且願意尊重對方的宗教信仰等，都是相當具體的行動。說白點就是台灣人習慣的「搏感情」啦！先打好關係，一旦有了情誼基礎，互相有足夠的了解，創造一種亦師亦友的氛圍之後再在工作上指正對方，或許對方比較能夠接受囉！

Pelan-pelan asal selamat!
Alon-alon Waton Kelakon!

▲ 「慢活」是印尼社會的生活觀

很多人在印尼會感覺步調很慢、效率很差，其實這也是有原因的。在印尼有句話可以解釋許多奇妙的職場現象，那就是 Pelan-pelan asal selamat!，或者用爪哇文講就是 Alon-alon Waton Kelakon!，意思是「慢慢來，只要安全就好」。所以若要在當地工作更加順暢，深入了解當地的文化和習俗及多學習一點語言和文化便是絕對必要的了！

在電話中 Di Telepon

Siti:

Halo, ini Chi-Wei? Kamu di mana?

Chi-Wei:

Sekarang aku berada di Monumen Nasional.

Siti:

Apa? Terlalu berisik, aku terdengar kurang jelas.

Chi-Wei:

Di pintu masuk Monumen Nasional.

Siti:

Pintu arah mana?

Chi-Wei:

Di pintu timur.

Siti:

Tapi di sini banyak orang, aku tidak kelihatan kamu.

Chi-Wei:

Masa? Kamu tahu warung es teh yang dekat Monumen Nasional?

Siti:

Ya, aku tahu.

Chi-Wei:

Apa kita mau janjian di sana saja?

Siti:

Siap, aku sekarang ke sana.

西蒂：

喂？志偉嗎？你在哪裡？

志偉：

我現在在獨立紀念塔門口。

西蒂：

什麼？太吵了，我聽不清楚。

志偉：

在獨立紀念塔門口。

西蒂：

在哪一個方向的門？

志偉：

在東側門。

西蒂：

但是這裡人太多了，我看不到你。

志偉：

真的嗎？那你知道獨立紀念塔附近的冰茶店嗎？

西蒂：

是的，我知道。

志偉：

那我們改約那裡好嗎？

西蒂：

了解，那我現在過去。

必學單字表現

IA032-12-02.MP3

berada	位於
terlalu	太過
berisik	吵鬧
gedung	建築
Monumen Nasional	（地名）獨立紀念塔
kurang	減少
jelas	清楚
dengar	聽
pintu	門
arah	方向
timur	東
banyak	多
kelihatan	看得到
masa	（口語）真的嗎
warung	店
tahu	知道
janjian	（口語）約
siap	準備好（了解）

會話重點

IA032-12-03.MP3

重點1　kelihatan

這個詞主要表達兩個意思，即「看得到」和「看起來」。

例 1. **Gedung 101 bisa kelihatan dari sini.**
從這裡可以看得到101大樓。

　　2. **Kamu kelihatan cantik hari ini.**
妳今天看起來很美。

重點2　Masa?

指口語的「真的嗎？」之意。另外還有「benar」跟「beneran」兩種口語說法，後者更道地，語源來自前者的說法。

例 1. **Masa sih?** 　　　　真的假的？

　　2. **Masa? Kamu tidak bisa datang?**
真的假的？你來不了？

重點3　siap

這個詞主要是「準備好」的意思，但口語表達上變成 sip（了解、收到）的意思。例：

例 1. **Sudah siap?** 　　準備好了嗎？

　　2. **Siap, saya segera pergi.**
了解，我馬上去。

與性質優劣相關的表現

IA032-12-04.MP3

bagus / baik 佳、好　　　　　　buruk / jelek 差、壞

程度副詞 **sangat**、**kurang** 的用法

> *這兩個詞表達不同的程度，通常用來接續形容詞。sangat（很）可以用來描述正面或負面的情況。而 kurang（不太）用來形容程度比較減少的狀況，但是因為印尼人比較含蓄，當使用「kurang」，其實是代表「不」的意思。

例 **Baju ini** sangat **cantik.**　　　　　這件衣服很美。

Cuaca di Jakarta sangat **panas.**　　　雅加達的天氣很熱。

Saya kurang **tahu.**　　　　　　　　我不太知道。（我不知道）

Tulisan ini kurang **jelas.**　　　　　這個字看（寫）得不太清楚。

> *此外，印尼語中尚有許多詞能表達「很」和「非常」，其中包括「sekali」（極為、非常、很）、banget（很、非常、極為）、「amat」（非常、很）和「sungguh」（非常）。sekali 較為常見，只能置於形容詞之後、banget 較為口語，亦只能置於形容詞之後、amat 和 sungguh 較為正式，置於形容詞之前。

例 **Hari ini panas** sekali**.**　　　　　　今天熱極了。

Makanan ini enak banget**.**　　　　　這東西（食物）好吃極了。

Saya amat **bangga belajar bahasa Indonesia.**
我對於學習印尼語感到很自豪。

Saya sungguh **senang tinggal di sini.**
我很開心地住在這裡。

短會話練習A

IA032-12-06.MP3

具體位置

Gedung Kemerdekaan di mana?
獨立廣場在哪裡？

Di depan bank.
在銀行前面。

Di seberang kantor pos.
在郵局對面。

手機需充電時

Baterai HP saya habis.
我的手機沒電了。

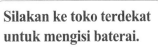

Kamu tunggu di sana saja. Saya ke sana cari kamu.
妳在那裡等著我。我去找妳。

Silakan ke toko terdekat untuk mengisi baterai.
請去最靠近的商店充電。

手機訊號中斷

Sinyal HPnya kurang bagus, tidak terdengar jelas.
手機的訊號不好，聽不清楚。

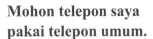

Saya telepon lagi.
那我重撥一次。

Mohon telepon saya pakai telepon umum.
請用公共電話打給我。

見面地點

Kita bertemu di sebelah mananya Gedung Kemerdekaan?
我們在獨立廣場的哪裡見面呢？

Kita bertemu di pintu depan saja.
我們在正門見面吧！

Kita bertemu di pintu belakang saja.
我們在後門見面吧！

單字

depan 前面	**baterai** 電池	**habis** 結束
tunggu 等	**mengisi** 填（滿）	**belakang** 後面

165

IA032-12-07.MP3

會面地點

Silakan ke pintu depan.
請到正門。

Ok, sekarang saja ke sana.
好，我現在就過去。

Mohon tunggu.
請稍等。

確認位置

Di depan bisa kelihatan apa?
前面能看到什麼呢？

Bisa terlihat bank Mandiri.
可以看到 Mandiri 銀行。

Bisa terlihat kantor pos.
可以看到郵局。

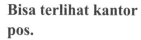

手機訊號

Apakah sekarang terdengar jelas?
現在聽得清楚嗎？

Terdengar jelas.
聽得清楚。

Masih tidak terdengar jelas.
還是聽不清楚。

遲到

Aku mungkin sedikit terlambat.
我可能會有點遲到。

Siap, saya tunggu kamu.
知道了，我等你。

Tidak masalah, pelan-pelan saja.
沒問題，慢慢來。

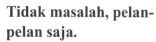

單字

terlihat	看得到	**jelas**	清楚	**mungkin**	可能
terlambat	遲到	**siap**	準備好、了解	**masalah**	問題

IA032-12-08.MP3

練習題

1. 請聽音檔，並依下列的提示完成所有的句子。

seberang　　habis　　jelas　　Kemerdekaan　　belakang

❶ Gedung ＿＿＿＿＿＿ di mana?　　　　　　獨立廣場在哪裡？

❷ Di ＿＿＿＿＿＿ kantor pos.　　　　　　　　在郵局對面。

❸ Baterai HP saya ＿＿＿＿＿＿.　　　　　　我的手機沒電了。

❹ Sinyal HPnya kurang bagus, tidak terdengar ＿＿＿＿＿＿.

手機的訊號不好，聽不清楚。

❺ Kita bertemu di pintu ＿＿＿＿＿＿ saja.　　我們在後門見面吧！

2. 請聽音檔，並依下列的中文用印尼語做回答練習。

❶ 我們在正門見面吧！

❷ 可以看到 Mandiri 銀行。

❸ 可以看到郵局。

❹ 聽得清楚。

❺ 知道了，我等你。

3. 請將下列中文翻譯成印尼文。

❶ 準備好了嗎？

➡ ＿＿＿＿＿＿＿＿＿＿＿＿＿＿＿＿＿＿

❷ 真的假的？

➡ ＿＿＿＿＿＿＿＿＿＿＿＿＿＿＿＿＿＿

❸ 這件衣服很美。

➡ ＿＿＿＿＿＿＿＿＿＿＿＿＿＿＿＿＿＿

❹ 我不太知道。（我不知道）

➡ ＿＿＿＿＿＿＿＿＿＿＿＿＿＿＿＿＿＿

❺ 慢慢來。

➡ ＿＿＿＿＿＿＿＿＿＿＿＿＿＿＿＿＿＿

電話相關的單字表現

IA032-12-09.MP3

❶ **nomor kode negara** 國碼

❷ **nomor kode area** 區碼

❸ **sinyal sibuk** 忙線

❹ **nomor ekstensi** 分機號碼

❺ **buku alamat** 通訊錄

❻ **telepon** 總機

❼ **panggilan tidak terjawab** 未接來電

❽ **kirim** 傳送

❾ **sinyal** 訊號、收訊

❿ **sinyal bagus** 收訊好

⓫ **sinyal buruk** 收訊不好

⓬ **loudspeaker** 開擴音

⓭ **panggilan terjawab** 已接來電

⓮ **panggilan dibuat** 已撥電話

⓯ **panggil** 撥號

⓰ **panggilan tidak tersambung** 打不通

⓱ **menyalakan mesin** 開機

⓲ **mematikan mesin** 關機

⓳ **telepon umum** 公共電話

⓴ **telepon kabel** 有線電話

㉑ **gagang telepon** 話筒

㉒ **kabel gagang telepon** 話筒線

㉓ **slot koin** 投幣口

㉔ **slot pengembalian koin** 退幣口

印尼台灣的電話撥打法

從印尼打電話到台灣

➔ 從印尼打回台灣的市內電話：00886＋台灣區域號碼（不須撥 0）＋市內電話號碼

➔ 從印尼打回台灣的行動電話：00886＋行動電話號碼（不須撥頭一碼 0）

例 0088626387764，00886987542765

從台灣打電話到印尼

➔ 從台灣打去印尼的市內電話：0062＋印尼區域號碼（不須撥 0）＋市內電話號碼

➔ 從台灣打去印尼的行動電話：0062＋行動電話號碼（不須撥頭一碼 0）

例 0062244280565，0062983162710

文化專欄：關於印尼人使用手機

截止西元 2020 年為止，印尼人最常使用的手機社交媒體前三名是 Youtube、Whatsapp 和 Facebook。根據統計資料顯示，Youtube 成為 16 歲到 64 歲的印尼手機使用人口的最常使用平台，高達 88% 的手機使用者會下載並使用 Youtube。其次依序是 Whatsapp 高達 84%、Facebook 高達 82% 以及 Instagram 高達 79%。

至於平均使用時間，印尼社會平均使用社交軟體的時間長度為 3 小時 26 分鐘。高度活躍的媒體使用者約 1 億 6 千萬人，約佔印尼人口的百分之 59%。而在這些社交媒體使用人口中，99% 是透過手機。從上述的數據得知，印尼的手機和軟體應用市場仍然是有極大的發展空間。

Youtube 之所以大受歡迎，一方面是大量的影音資料，提供觀看、傳遞和分享的功能。對於喜歡了解新事物的印尼人來說，無疑是一個絕佳的管道。至於 Whatsapp 則是溝通和聊天的應用程式，免費使用而不需要另外付費，很快地成為印尼人最喜歡、最常使用的社交軟體。

除了 Facebook 和 Instagram 之外，印尼人也喜歡使用「Tiktok（抖音）」，這個在西元 2016 年才上市的應用軟體很快俘獲了印尼人的心，尤其是年輕的族群。除此之外，Line 和 Twitter 也是十大常用應用軟體之一。

至於手機品牌，前五名最受歡迎的手機品牌為 Apple、Sony、Samsung、HTC和 LC。而小米、ASUS、Huawei 等也還在十大之列，表現也不錯。這十年來的手機品牌大戰也在印尼上演，Nokia 在 2010 年還是市場龍頭，到了 2013 年已經被 Apple 打敗。然而，Samsung 也一直急起直追，在 2014-18 年間成功成為市場龍頭，直到 2020 年才再次扳回一城。另外 Huawei 和 Xiaomi 在 2015 年以後在印尼市場上表現也來越好。

看來這個手機和應用軟體之戰未來還會繼續上演，未來的發展非常值得期待。

▲ 已經離不開手機的印尼現代生活

在約會地點 Di Tempat Kencan

Pacar:

Halo, Siti, saya Joko.

Siti:

Halo!

Pacar:

Apakah besok ada waktu luang?

Siti:

Ada waktu luang, kenapa ya?

Pacar:

Mau menonton film bersama?

Siti:

Boleh, jam berapa?

Pacar:

Kira-kira jam 3.

Siti:

Enggak bisa, jam 3 saya harus menemani orang tua ke rumah sakit.

Pacar:

Kalau jam 5 bisa?

Siti:

Oke, kita janjian di mana?

Pacar:

Kita janjian di pintu depan Monumen Nasional.

Siti:

Ok paham, sampai jumpa besok.

Pacar:

Sampai besok, dadah.

男朋友：

喂！西蒂，我是佐科。

西蒂：

哈囉！

男朋友：

妳明天有時間嗎？

西蒂：

有時間呀，要幹嘛？

男朋友：

要不要一起去看電影？

西蒂：

好啊，幾點？

男朋友：

3點左右。

西蒂：

不行，3點時我要陪我爸媽去醫院。

男朋友：

那5點可以嗎？

西蒂：

好，那我們約哪裡？

男朋友：

我們約在獨立紀念塔門口見。

西蒂：

好！我知道了，那明天見囉！

男朋友：

明天見，掰掰！

必學單字表現

IA032-13-02.MP3

besok	明天
luang	空閒
kenapa	為什麼
film	電影
bersama	一起
menemani	陪伴
orang tua	父母
rumah sakit	醫院
janjian	（口語）約
pintu	門
depan	前面
paham	明白、知道
dadah	（口語）掰掰

會話重點

IA032-13-03.MP3

重點1 waktu luang

waktu 是「時間」，而 luang 是「空閒」之意。因此要問「有空嗎？」時也可以說「ada luang?」。

例 1. **Apa yang kamu lakukan pada** waktu luang?
你在空閒時間都在做什麼？

2. **Hobi kamu apa saat ada** luang?
你有空時的興趣是什麼？

3. **Ada** luang **tidak?**　有空嗎？

重點2 kenapa

疑問代名詞「kenapa」是「為什麼」之意，還有另一個同義的字是「mengapa」。

例 1. **Kenapa kamu datang terlambat?**
你為什麼遲到？

2. **Kenapa dia tidak mau pergi?**
他為什麼不去？

3. **Mengapa kamu menyakiti aku?**
你為什麼傷害我？

一定要會的約會地點

IA032-13-04.MP3

kota 市區	**restoran** 餐廳	**warung kopi** 咖啡館
mal 購物中心	**taman** 公園	**museum** 博物館
kebun binatang 動物園	**pasar terapung** 水上市場	**toko alat musik** 樂器行
karaoke 卡拉OK	**bioskop** 電影院	**pinggir laut** 海邊

文法焦點

印尼語時間表達 的用法

＊印尼語的時間表達上，時、分、秒的表現方式與中文相似但又不太一樣，為了避免混淆，下方做出明確的說明。首先，在某個（整點）時段的表現如下。

【Jam 點（時）＋數字】＋ 【各時段（早上、中午、下午、晚上）】

例 **Jam + sembilan + malam**
　　點　＋　　9　　＋　　晚上　　━➡ 晚上9點

＊接著是加上分鐘，即「幾點幾分」的應用。這裡要特別注意的是，「jam 點（時）」與「menit 分」在接續數字時，是相互倒置的。

【Jam 點（時）＋數字】＋ 【數字＋ menit 分】

例 **Jam + sembilan + dua puluh + menit**
　　點　＋　　9　　＋　　20　　＋　分　　━➡ 9點20分

＊更進一步增加秒鐘的應用，即「幾點幾分幾秒」的應用。秒鐘是「detik」，與「menit 分」一樣是接續在數字後方。

【Jam 點（時）＋數字】＋ 【數字＋ menit 分】 ＋ 【數字＋ detik 秒】

例 **Jam + sembilan + dua puluh + menit + lima + detik**
　　點　＋　　9　　＋　　20　　＋　分　＋　5　＋　秒
　　　　　　　　　　　　　　　　　　　　　　　　━➡ 9點20分5秒

＊跟中文一樣，「30 分時」也有用「setengah 半（點）」換句話說的說法。但是要注意的是，印尼語是「倒減一半回來」的表達概念。也就是提到某個半點時，該整數的數字必須加 **1**（再倒減一半回來）。

【Jam ＋ setengah ＋ 整點數字（＋1）】

例 **Jam + setengah + sepuluh**
　　點　＋　半　＋　10　　━➡ 9點半

注意　例句中 jam setengah sepuluh 是「9點半」，但整點數字 sepuluh 是「10」的意思。

短會話練習A

IA032-13-06.MP3

約會想法

Hari ini kamu mau ngapain?
今天你想做什麼？

Saya mau nonton film.
我想去看電影。

Saya mau duduk di taman.
我想去公園坐坐。

去動物園

Kita pergi ke kebun binatang, mau gak?
我們去動物園好不好？

Boleh juga, sudah lama tidak lihat jerapah.
說得也是，我很久沒看到長頸鹿了。

Kebun binatang ya! Gak mau deh!
動物園呀！不太想去耶！

探聽行程

Hari ini kamu mau bawa saya ke mana?
今天你要帶我去哪裡？

Pergi berbelanja di mal.
帶妳去購物中心血拼。

Pergi makan.
帶妳去吃美食。

表示無聊

Bosan deh!
好無聊喔！

Saya main gitar untuk kamu.
那我彈吉他給妳聽。

Saya main sulap untuk kamu.
那我表演魔術給妳看。

單字

ngapain （口語）做什麼？	**jerapah** 長頸鹿	**berbelanja** 購物、血拼
main 彈、表演	**gitar** 吉他	**sulap** 魔術

IA032-13-07.MP3

打情罵俏1

Capek deh!
人家好累喲！

Bersandarlah di bahuku.
我的肩膀給妳靠著。

Saya menggendong kamu.
我來抱抱妳。

打情罵俏2

Mau cium-cium!
人家要親親！

Baik dong!
當然好呀！

Gak mau deh, kamu belum sikat gigi. Kotor banget!
不要，妳都沒刷牙！髒死了。

打情罵俏3

Sedih banget deh!
人家現在好難過啦！

Biarkan saya menemani kamu seharian.
那我整天陪著妳。

Saya memeluk kamu. Jangan menangis.
讓我抱抱，不哭不哭。

Oke deh! Aku segera pergi cari kamu.
遵命！我馬上去找妳。

打情罵俏4

Saya mau cepat bertemu dengan kamu.
人家想馬上看到你啦！

Saya masih di Bandung, masih butuh dua jam baru bisa kembali ke sisi kamu.
我還在萬隆，還要兩個小時才能到妳身邊喲！

單字

capek 累	**bahu** 肩膀	**gigi** 牙齒

IA032-13-08.MP3

練習題

1. 請將下列的句子重組。

❶ besok / luang / ada / Apakah / waktu / ?　　　明天有空閒時間嗎？

➡ _____

❷ film / menonton / Mau / bersama / ?　　　要不要一起看電影？

➡ _____

❸ tiga / jam / Kira-kira / .　　　3點左右。

➡ _____

❹ Nasional / Kita / di / bertemu / depan / pintu / Monumen / .

我們約在獨立紀念塔門口見。

➡ _____

2. 請聽音檔，並依下列提示完全所有的句子。

lihat　　menemani　　duduk　　cari　　main

❶ Saya mau _____ di taman.　　　我想去公園坐坐。

❷ Biarkan saya _____ kamu seharian.　　　那我整天陪著妳。

❸ Saya _____ gitar untuk kamu.　　　那我彈吉他給妳聽。

❹ Oke deh! Segera pergi _____ kamu.　　　遵命！我馬上去找妳。

❺ Boleh juga, sudah lama tidak _____ jerapah.

說得也是，我很久沒看到長頸鹿了。

3. 請聽音檔，並依下列的中文做回答練習。

❶ 有時間呀，要幹嘛？

❷ 我想去看電影。

❸ 那我表演魔術給妳看。

❹ 讓我抱抱，不哭不哭。

❺ 我還在萬隆，還要兩個小時才能到妳身邊喇！

約會、情感及婚姻等相關的單字表現

IA032-13-09.MP3

【約會準備】

❶ **pacar** 男朋友、女朋友、情人

❷ **kekasih** （書面語）男朋友、女朋友、情人

❸ **kencan** 約會

❹ **tanggal kencan** 約會日期

❺ **jam kencan** 約會時間

❻ **tempat kencan** 約會地點

【約會活動】

❶ **menjemput dengan mobil** 開車接送

❷ **minum kopi** 喝咖啡

❸ **memakan makanan enak** 吃美食

❹ **menonton film** 看電影

❺ **menari** 跳舞

❻ **menyanyi** 唱歌

❼ **berbelanja** 逛街

❽ **berjalan-jalan** 散步

❾ **foto bersama** 合照

❿ **menonton pertunjukan** 看表演

⓫ **menonton konser** 看演唱會

⓬ **lihat pemandangan malam hari** 看夜景

⓭ **pergi berkemah** 去露營

⓮ **pergi berwisata** 去旅行

【甜蜜互動】

❶ **bersandaran** 依偎、靠肩

❷ **berpegangan tangan** 牽手

❸ **menyisir** 梳頭

❹ **berpelukan** 擁抱

❺ **berpelukan dari belakang** 從背後擁抱

❻ **berciuman** 親吻

❼ **cium pipi** 親吻臉頰

❽ **cium dahi** 親吻額頭

❾ **manja** 撒嬌

❿ **berbicara tentang cinta** 談情說愛

⓫ **kata manis** 甜言蜜語

⓬ **bertengkar** 鬥嘴

⑬ **mengerjai** （親暱性的）作弄

⑭ **berbisik** 講悄悄話

【情感交流】

❶ **menghibur** 安慰

❷ **perhatian** 體恤

❸ **menemani** 陪伴

❹ **memuji** 讚美

❺ **peduli** 關心

❻ **menjaga** 照顧

❼ **mengasihi** 疼愛

【步入禮堂】

❶ **berpacaran** 交往

❷ **melamar** 求婚

❸ **bertunangan / tunangan** 訂婚

❹ **tunangan wanita / calon istri** 未婚妻

❺ **tunangan pria / calon suami** 未婚夫

❻ **menikah** 結婚

❼ **penganten** 新郎

❽ **pengantin** 新娘

❾ **keluarga pengantin** 親家

❿ **bahagia** 幸福

⓫ **hubungan suami istri yang baik**
夫妻關係和睦

【結婚典禮】

❶ **gaun pengantin** 婚紗

❷ **buket bunga** 新娘捧花

❸ **undangan pernikahan** 喜帖

❹ **kue pernikahan** 喜餅

❺ **akta nikah** 結婚證書

❻ **hadiah pernikahan** 結婚禮品

❼ **resepsi perkawinan** 婚宴、喜酒

❽ **tenda pernikahan** 傳統結婚棚架

❾ **stand foto** 結婚照片架

❿ **panggung** 舞台

⓫ **lagu pernikahan** 婚禮音樂

⓬ **menuang sampanye** 倒香檳

⓭ **potong kue** 切蛋糕

⓮ **lempar bunga** 丟捧花

⑮ **mobil pengantin** 禮車

⑯ **ucapan pernikahan** 結婚賀詞

⑰ **penyanyi pernikahan** 婚禮歌手

⑱ **video pernikahan** 婚禮紀錄片

【各種笑容】

❶ **senyum** 微笑

❷ **tertawa kencang** 笑哈哈

❸ **tertawa terbahak-bahak** 哈哈大笑

❹ **tertawa diam-diam** 偷笑

【婚姻問題】

❶ **suami istri bertengkar** 夫妻吵架

❷ **hubungan suami istri yang tidak baik**
夫妻關係不睦

❸ **tinggal bersama pasangan tanpa ikatan
pernikahan** 同居

❹ **pelakor** 第三者

❺ **berselingkuh** 外遇、出軌、偷腥

❻ **tidak tinggal serumah** 分居

❼ **bercerai** 離婚

❽ **putus** 分手

❾ **tidak bahagia** 不幸福

加強表現

❶ **gaun pengantin yang elegan**
設計精美的婚紗

❷ **melempar buket bunga di resepsi
pernikahan** 在婚禮上丟捧花

❸ **mengenakan cincin pernikahan**
戴上結婚戒指

❹ **membagikan undangan** 發喜帖

❺ **mendaftarkan pernikahan** 結婚登記

文化專欄：印尼人的約會行程

　　印尼人對於「約會」這個字有個特殊的說法，即「malam minggu」。「malam」是晚上、「minggu」是「週、星期」的意思，原本指的是「星期六的晚上」。因為大部分的印尼人都在星期六晚上約會，因此慢慢延伸成為「約會」的意思，亦可說「malam mingguan」。

　　那麼，印尼人約會喜歡去哪裡呢？印尼人約會的地點跟台灣會不會有什麼不一樣的地方呢？根據印尼媒體的調查，票選出印尼人最喜歡的約會行程。

　　排名第一的行程是到電影院看電影。在印尼看電影，主要是到大型購物中心的電影院去。而且印尼的電影票不貴，大約在台幣 100 元到 150 元之間。大部分年輕人都可以負擔，成為了年輕人最喜歡的約會行程。看完電影又可以在購物中心裡吃吃喝喝，因此成為很多人周末日的好去處。

　　而排名第二的是到附近有山有水的地方走走。印尼人其實很喜歡親近大自然，他們喜歡到風景優美的地方去走走看看，例如：海邊、溪水、森林、草地等等。所以，只要有廣場或草地的地方，通常就會看到成群結隊的朋友，或情侶坐在草地上聊天約會。

　　排名第三的約會行程毫無意外的就是到咖啡廳喝咖啡。印尼年輕男女也喜歡到各個咖啡館去嘗鮮。因為印尼本身就盛產咖啡，所以喝咖啡可說是不可或缺的甜蜜行程了。

▲ 喝咖啡亦是印尼情侶喜好的約會活動之一

在電影院 Di Bioskop

Ya-Ting:

Saya mau dua tiket film jam tiga.

Karyawan:

Maaf, tiket film jam tiga sudah habis terjual.

Ya-Ting:

Film selanjutnya jam berapa?

Karyawan:

Jam empat.

Ya-Ting:

Kalau begitu, tolong beri saya dua tiket film jam empat.

Karyawan:

Mau duduk di mana?

Ya-Ting:

Kalau bisa yang posisinya di belakang tengah.

Karyawan:

Tidak masalah, ada kartu diskon atau kartu poin?

Ya-Ting:

Ada kartu diskon.

Karyawan:

Setelah diskon dua puluh persen, semuanya tiga ratus ribu rupiah. Ini tiket dan kartu diskonnya.

Ya-Ting:

Bisa bayar pakai kartu kredit?

Karyawan:

Maaf, mesin kartu kredit sedang rusak.

雅婷：

我要兩張3點的電影票。

售票員：

抱歉，3點的票全部都賣完了。

雅婷：

那麼下一場的電影是幾點？

售票員：

4點。

雅婷：

那麼請給我兩張4點的票。

售票員：

您想要坐在哪裡？

雅婷：

盡量給我中間後面的位置。

售票員：

沒問題，請問您有優惠卡或集點卡嗎？

雅婷：

我有優惠卡。

售票員：

打8折後一共是30萬印尼盾。這是您的電影票以及優惠卡。

雅婷：

請問可以刷卡嗎？

售票員：

抱歉，刷卡機已經壞了。

必學單字表現

IA032-14-02.MP3

tiket film	電影票
habis terjual	賣完了
selanjutnya	接下來的
duduk	坐
posisi	位置
belakang	後面
tengah	中間
masalah	問題
kartu diskon	折價卡
kartu poin	集點卡
setelah	之後
diskon	折扣
persen	百分比
semua	全部
bayar	付款
pakai	使用
mesin	機器
rusak	壞

會話重點

IA032-14-03.MP3

重點1　habis

這個詞主要表示「沒了、完了、用盡」等意思。通常指比較具體的東西或物品。如果是抽象的事情結束時，例如課程結束等情況時，會用「selesai」一詞。

例 1. **Beras di rumah sudah habis.**
家裡的米吃（用）完了。

2. **Tiket sudah habis terjual.**
票已經賣完了。

3. **Kelas selesai pada jam sembilan.**
課程在9點結束。

重點2　tidak masalah

masalah 是「問題」之意，但這個「問題」是指「產生問題、出現問題」，而不是課堂上等發生疑問的「問題」。

例 1. **Saya harus mengatasi masalah keuangan.**
我應該要克服金錢上的問題。

2. **Tidak masalah, saya akan mengurusnya.**
沒問題，我會處理。

Tidak masalah, saya akan mengurusnya.

與多寡、早晚相關的表現

IA032-14-04.MP3

banyak 多　　sedikit 少

pagi 早　　malam 晚

IA032-14-05.MP3

環綴詞 **se-nya** 的用法

> ＊環綴 se...nya 主要功能是形成副詞，是由前綴 se- 和後綴 -nya 組合而成。此公式下，環綴詞中間結合的單字可能會是任何詞性，但都有每個詞都是固定的，無法自己靈活套用試圖衍生新詞。常見的有：sebenarnya（其實）、selanjutnya（接著）、seharusnya（應該）、seterusnya（接著）和 sebaiknya（最好）等等。這一類的副詞通常是置於句首或主詞之後。

例

① benar 真、對 ➡ sebenarnya 其實

Sebenarnya saya tidak mencintaimu.　其實我不愛你。

② lanjut 延續、繼續 ➡ selanjutnya 接著

Selanjutnya, apa yang harus saya lakukan?

接著我應該做什麼呢？

③ harus 應該 ➡ seharusnya 應該

Dia seharusnya hadir di rapat ini.　他應該要出席這個會議。

④ terus 繼續 ➡ seterusnya 繼續、接著

Seterusnya, saya akan membahas tentang masalah perkumuhan di Jakarta.

接下來，我將會討論雅加達貧民窟的問題。

Sebenarnya saya tidak mencintaimu.

短會話練習A

IA032-14-06.MP3

電影時間

Mau tiket film yang jam berapa?
您要幾點的電影票？

Tiket film jam enam.
6 點的票。

Kapan saja.
幾點的都可以。

預購

Bisa pesan tiket untuk besok?
明天的票可以預購嗎？

Bisa, apakah Anda mau pesan dulu?
可以，您現在要預購嗎？

Bisa pesan lewat internet.
可以在網路上預購。

確認優惠

Kartu ini ada diskon?
這張卡有打折嗎？

Ya, ada.
是，有的。

Maaf, kartu ini tidak bisa digunakan.
對不起，這張卡不能使用。

折扣數

Bisa diskon berapa persen?
可以打幾折？

Diskon dua puluh persen.
打 8 折。

Maaf, kartu ini tidak ada diskon.
對不起，這張卡不能打折。

單字

pesan 預訂	**diskon** 打折、折扣	**persen** 百分比

短會話練習B

IA032-14-07.MP3

電影時間

Anda mau beli tiket bioskop yang jam berapa?
您要買幾點的電影票？

Jam delapan.
8 點的（電影）。

Yang pagi.
早場的（電影）。

電影票數量

Berapa tiket yang Anda mau?
您要買幾張票？

Saya mau dua tiket.
我要 2 張。

Saya mau tiga.
我要 3 張。

座位

Mau duduk di mana?
您要什麼位置？

Tolong beri saya kursi di baris kelima.
請給我第 5 排的座位。

Tolong beri saya kursi di tepi lorong.
請給我走道旁邊的座位

英文字幕

Ada film yang pakai subtitle bahasa Inggris?
有沒有附英語字幕的電影呢？

Sekarang tidak ada.
現在沒有。

Kalau film yang jam 3 ada.
下午 3 點的那場有。

 單字

bioskop 電影院	**duduk** 坐	**kursi** 椅子
baris 排	**tepi** 旁邊	**lorong** 走道

練習題

1. 請聽音檔，並依下列的提示完成所有的句子。

tiket film　　di mana　　kartu diskon　　habis terjual　　bayar

❶ Saya mau dua _____ jam tiga.　　　　我要兩張3點的電影票。

❷ Tiket film jam tiga sudah _____.　　　　3點的票全部都賣完了。

❸ Mau duduk _____?　　　　您想要坐在哪裡？

❹ Ada _____ atau kartu poin?　　　　請問您有優惠卡和集點卡嗎？

❺ Bisa _____ pakai kartu kredit?　　　　請問可以刷卡嗎？

2. 請聽音檔，並依下列的中文用印尼語做回答練習。

❶ 6 點的票。

❷ 可以在網路上預購。

❸ 是，有的。

❹ 打 8 折。

❺ 8 點的電影。

3. 請將下列中文翻譯成印尼文。

❶ 他應該要出席這個會議。

➡ _____

❷ 有沒有附英語字幕的電影呢？

➡ _____

❸ 下午 3 點的那場有。

➡ _____

❹ 沒問題。

➡ _____

❺ 壞（掉）了。

➡ _____

IA032-14-09.MP3

【基本用語】

❶ **bioskop** 電影院

❷ **layar film** 電影螢幕

❸ **ditayangkan** 上映

❹ **film 2d** 2D電影

❺ **fim 3d** 3D電影

❻ **kacamata 3d** 3D眼鏡

❼ **loket tiket** 售票處

❽ **trailer** 預告片

❾ **poster film** 電影宣傳海報

❿ **jadwal film** 電影時刻表

⓫ **waktu pemutaran** 放映時間

⓬ **waktu pemutaran film** 上映時間

⓭ **tanggal pemutaran perdana** 首映日

⓮ **subteks / subtitle** 字幕

【電影票券】

❶ **tiket** 票

❷ **tiket masuk** 門票、入場券

❸ **biaya masuk** 入場費

❹ **masuk** 入場

❺ **reservasi** 預購

❻ **diskon** 優惠

❼ **memesan tiket** 訂票

❽ **terjual habis** 售罄、賣完

❾ **tempat duduk** 座位

❿ **dewasa** 成人

⓫ **remaja** 青少年

⓬ **anak / balita** 兒童、幼兒

⓭ **diskon pagi** 早場優惠

⓮ **bioskop tengah malam** 午夜場電影

【電影餐飲】

❶ **popcorn** 爆米花

❷ **minuman** 飲料

❸ **makanan** 食物

❹ **dilarang membawa masuk makanan dan mimumah dari luar** 禁帶外食

【電影類型】

❶ **film komedi** 喜劇片

❷ **film laga** 動作片

❸ **film romantis** 愛情片

❹ **film misteri** 懸疑片

❺ **film petualangan** 驚險／冒險片

❻ **film horor** 恐怖電影

❼ **film animasi** 動畫電影

❽ **film dokumenter** 紀錄片

【相關人物】

❶ **sutradara** 導演

❷ **aktor** 演員

❸ **tokoh utama** 主要演員

❹ **tokoh utama pria** 男主角

❺ **tokoh utama wanita** 女主角

❻ **peran pendukung** 配角

❼ **penonton** 觀眾

文化專欄：印尼的電影院及印尼人的電影文化

▲ 進入電影院是印尼人重要的休閒娛樂

承上一課所述，印尼的年輕朋友們喜歡在約會或是跟朋友聚聚時去看場電影。印尼的電影院品質不錯，座位寬大舒適。價格便宜，一輪電影的價格差不多台幣 100 元左右，算是一個便宜又舒適的約會方式。印尼有幾家大型連鎖的電影院，例如：Cineplex 21、CGV、Cinemaxx、Platinum Cineplex 和 New Star Cineplex 等等。

在印尼的電影院，有一種特殊的座位，專門提供給情侶或是夫妻。特別是在 CGV 電影院裡所提供兩人的情人座，還附有柔軟舒服的枕頭，兩人可以互相依偎、緊靠在一起觀看電影，累了還可以小睡一下，真是特別的享受。如果想要訂位，記得選擇「Velvet Class」。兩人座價格是 22 萬到 32 萬印尼盾，大約等於台幣 500 到 600 元之間。跟台灣的電影院相較起來，似乎也不算特別貴。因此，有機會的話，可以特別去尋找有雙人座的電影院喔。

在印尼看電影可謂是一項普遍的休閒活動。所以學會 menonton film（看電影）及 ke bioskop（去電影院）這兩個表現在印尼的人際圈裡可是相當重要的呢！印尼的電影院一樣有爆米花和汽水，只是電影沒有中文字幕，享受電影時雖然有些不便，不過反過來想，也是練習聽力的極佳管道！此外，訂票除了在現場買票，也可以提早線上訂購，只要先搜尋各地的電影院，進入線上訂購就可以了。若你很愛看電影，也能在印尼享受到這項輕鬆愉快的休閒活動呢！

▲ 印尼電影院裡特有的情人座

在咖啡店 Di Warung Kopi

Siti:

Lagi apa, Chi-Wei?

Chi-Wei:

Saya lagi belajar.

Siti:

Emang, kenapa? Besok ada ujian?

Chi-Wei:

Tidak, tapi minggu depan.

Siti:

Oh begitu, masih ada waktu. Yuk, ngopi bareng?

Chi-Wei:

Gitu ya! Baiklah! Yuk!

(Di warung kopi)

Pelayan:

Mau minum apa?

Siti:

Es teh, tidak pakai gula.

Pelayan:

Kalau Mas?

Chi-Wei:

Kopi susu panas dan air putih hangat.

Siti:

Ada camilan apa, Pak?

Pelayan:

Ya, ada pisang goreng, kue legit, dan tempe goreng.

Siti:

Saya mau pisang goreng satu porsi dan tempe goreng dua porsi deh.

Pelayan:

Siap, Mbak.

西蒂：

你在做什麼呢，志偉？

志偉：

我正在念書。

西蒂：

咦，為什麼呢？明天是有考試嗎？

志偉：

不是，但是下禮拜要考。

西蒂：

喔，這樣啊，那還有點時間。走吧，一起去喝杯咖啡？

志偉：

這樣呀！好吧！走吧！

（在咖啡館）

店員：

請問兩位要喝什麼？

西蒂：

我要冰紅茶，不加糖。

店員：

那這位先生呢？

志偉：

我要熱咖啡牛奶和溫的白開水。

西蒂：

先生，請問有點心嗎？

店員：

有的，有炸香蕉、千層糕和炸黃豆餅。

西蒂：

那請給我一份炸香蕉和兩份炸黃豆餅。

店員：

好的，我知道了。

必學單字表現

IA032-15-02.MP3

lagi	正在、再
belajar	學習
besok	明天
ujian	考試
minggu depan	下星期
masih	還
waktu	時間
camilan	點心
ngopi	（口語）喝咖啡
bareng	一起
warung	店
kopi	咖啡
pakai	使用
gula	糖
mas	大哥
susu	牛奶
panas	熱
hangat	溫
porsi	份

會話重點

IA032-15-03.MP3

重點1　pakai

pakai 的原意是「穿」，但在生活上通常用作「使用、用」的意思。

例 1. Tidak pakai gula.　　不放糖。
　　2. Tidak pakai es.　　不加冰。
　　3. Bisa pakai kartu kredit?　可以刷卡嗎？

重點2　mas, mbak

這兩個詞是印尼語中的來自爪哇語的外來詞，mas 用來稱呼「哥哥」，mbak 用來稱呼「姊姊」。一般而言，無論年齡長幼，一般上在社會上大家會習慣這樣子稱呼彼此。

例 1. Selamat pagi, Mas.
　　　先生（哥哥），早安！
　　2. Mbak mau makan apa?
　　　小姐（姊姊）要吃什麼？

印尼的零食小吃

IA032-15-04.MP3

 pisang goreng 炸香蕉

 kue legit 千層糕

 tempe goreng 炸黃豆餅

 kopi susu 咖啡牛奶

 es kopi 冰咖啡

 es teh 冰茶

 air putih 白開水

文法焦點

印尼語年、月、日 的說法

> ＊印尼語的日子，尤其是年、月、日，有幾個主要的概念。第一個是「剛才」、「現在」和「待會兒」。因為印尼語的動詞沒有時態的變化，所以這些時段的表達特別重要，如此才知道是在表達過去式、現在式或未來式。

幾個主要的時段

kemarin 前一陣子	tadi 剛才	sekarang 現在	nanti 待會兒	nanti 再晚一點
kemarin lusa 前天	kemarin 昨天	hari ini 今天	besok 明天	lusa 後天
dua minggu lalu 上上週	minggu lalu 上週	minggu ini 這週	minggu depan 下週	dua minggu kedepan 下下週
dua bulan lalu 上上個月	bulan lalu 上個月	bulan ini 這個月	bulan depan 下個月	dua bulan kedepan 下下個月
dua tahun lalu 前年	tahun lalu 去年	tahun ini 今年	tahun depan 明年	dua tahun kedepan 後年

例 ❶ **Saya sudah mandi** tadi.　　　　　我剛才已經洗澡了。

❷ **Saya sedang mandi** sekarang.　　　我現在正在洗澡。

❸ **Saya akan mandi** nanti.　　　　　我待會兒要洗澡。

❹ **Saya akan pergi ke Indonesia** minggu depan.
我下禮拜會去印尼。

❺ **Saya baru pulang dari Indonesia** minggu lalu.
我上禮拜才剛從印尼回來。

Saya sudah mandi tadi.

短會話練習A

1A032-15-06.MP3

點餐

Anda mau pesan apa?
請問您要點什麼？

Kopi susu panas satu.
我要一杯熱的咖啡牛奶。

Kopi pahit panas satu.
我要一杯熱的黑咖啡。

確認餐點

Kopi susu mau pakai gula tidak?
請問咖啡牛奶要加糖嗎？

Tidak pakai gula.
不加糖。

Ya, tapi sedikit saja.
要，但是加一點就好。

確認餐點

Es teh mau pakai susu tidak?
請問冰茶要加牛奶嗎？

Boleh sih, tapi jangan terlalu banyak.
要加，但不要加太多。

Tidak pakai susu.
不加奶。

確認餐點

Kopinya mau yang besar atau yang kecil?
您的咖啡要大杯的還是小杯的？

Mau yang kecil.
要小杯的。

Mau yang besar.
要大杯的。

單字

pahit 苦	jangan 別	sih （語氣助詞）…啦
terlalu 太過	banyak 多	atau 或

IA032-15-07.MP3

點餐前詢問

Ini apa?
這是什麼？

Ini roti bakar.
這是烤麵包。

Ini martabak manis.
這是甜麥餅。

點餐前詢問

Ini rasanya manis atau asin?
這味道是甜的還是鹹的？

Sedikit manis.
一點甜。

Ini rasanya asin dan asam.
這個味道鹹又酸。

內用或外帶

Makan sini atau bungkus?
這裡吃還是外帶？

Makan sini.
這裡吃。

Bungkus.
外帶。

裝起來或直接吃

Mau kantong untuk dibungkus?
要用袋子裝起來嗎？

Ya, tolong dibungkus.
是，請幫我裝袋。

Tidak, saya langsung makan.
不用，我要直接吃。

 單字

bakar 燒、烤	**asin** 鹹	**asam** 酸
bungkus 包裝、打包	**kantong** 袋子	**langsung** 直接

IA032-15-08.MP3

練習題

1. 請聽音檔，並依下列的提示完成所有的句子。

lagi　　gula　　pakai　　camilan　　panas

❶ Saya _____ belajar.　　　　　　　　我正在念書。

❷ Kopi susu _____ dan air putih hangat.　熱咖啡牛奶和溫的白開水。

❸ Tidak pakai _____.　　　　　　　　　不加糖。

❹ Bisa _____ kartu kredit?　　　　　　請問可以刷卡嗎？

❺ Ada _____ apa?　　　　　　　　　　有點心嗎？

2. 請聽音檔，並依下列的中文用印尼語做回答練習。

❶ 一杯熱咖啡牛奶。

❷ 不加糖。

❸ 不加奶。

❹ 要大杯的。

❺ 一點甜。

3. 請將下列中文翻譯成印尼文。

❶ 我剛才已經洗澡了。

➡ _____

❷ 我現在正在吃飯。

➡ _____

❸ 我待會兒要去睡覺。

➡ _____

❹ 我下禮拜會去印尼。

➡ _____

❺ 我上禮拜才剛從印尼回來。

➡ _____

咖啡廳相關的單字表現

IA032-15-09.MP3

❶ **meja konter** 吧檯

❷ **mesin penyerut es** 削冰機

❸ **mesin pembuat kopi** 咖啡機
  ➥ **panas** 熱
  ➥ **dingin** 冷
  ➥ **es** 冰

❹ **blender** 果汁機

❺ **kulkas** 冰箱

❻ **meja** 桌子

❼ **kursi** 椅子

❽ **asbak** 菸灰缸

❾ **tatakan** 端盤

❿ **cangkir** 杯子

⓫ **dekorasi** 裝飾品

⓬ **mesin kasir** 收銀機

⓭ **menu** 菜單

⓮ **jepitan** 夾子

⓯ **sedotan** 吸管

⓰ **alat penggiling** 磨豆機

⓱ **kopi hitam** 黑咖啡
  ➥ **espreso** 義式濃縮咖啡
  ➥ **latte** 拿鐵
  ➥ **mocha** 摩卡
  ➥ **cappuccino** 卡布奇諾

⓲ **cangkir kecil** 小杯 ⓳ **cangkir sedang** 中杯

⓴ **cangkir besar** 大杯 ㉑ **cangkir XL** 超大杯

【其他飲料】

❶ **air** 水

❷ **teh manis** 甜茶

❸ **teh tawar** 無糖茶

❹ **kopi susu** 咖啡牛奶

❺ **jus** 果汁

❻ **jus jeruk** 柳橙汁

❼ **es teh manis** 冰甜茶

❽ **es teh tawar** 冰無糖茶

❾ **es kopi** 冰咖啡

❿ **es teh susu** 冰奶茶

⓫ **jus nanas** 鳳梨汁

⓬ **es lemon** 檸檬汁

⓭ **es kelapa muda** 椰子汁

⓮ **es cincau** 仙草汁

⓯ **es susu soda** 蘇打牛奶汁

加強表現

❶ menaruh buah di kulkas
將水果放進冰箱

❷ asbak di atas meja 菸灰缸在桌上

❸ silakan lihat menu 請參考菜單

❹ mesin pembuat kopi otomatis
自動咖啡機

文化專欄：印尼的咖啡文化

▲ 印尼的咖啡（豆）

印尼的咖啡相當知名，最主要的原因便是因為這裡就是產地。在蘇門答臘島、爪哇島、蘇拉威西島等高山上都種植著不同品種的咖啡，所以到這些地方旅遊的話，咖啡豆可說是最好的伴手禮喔！

印尼的咖啡的喝法也相當具有特色，通常來說，在路邊會有很多小餐車，提供沖泡咖啡和茶的服務，通常攤販會在攤子的旁邊，擺一些凳子，讓客人可以圍坐在攤子的周圍品嘗咖啡或小點。很多攤販還會使用傳統的火炭來燒水，相當有特色。因此，這裡的咖啡喝起來，多了炭烤的味道。

▲ 喝咖啡配炭烤的印尼式享受

▲ 印尼的古早位攤子

在中爪哇的一些城市，例如 Solo（梭羅）和 Yogyakarta（日惹），還保留了古早味的攤子，這些攤子叫作 angkringan，這個名字的語源來自於爪哇文的 angkring，意思是「兜售小吃的扁擔」。在梭羅，這一類的攤子也被稱為 warung hik（傳統小吃攤子），而名稱中的 hik 是取自 hidangan istimewa kampung 一詞開頭字母的簡寫，意為「家鄉風味的特色美食」。在這些食物中，不乏有 sate（烤肉串）、gorengan（炸物）等美味，其中比較特別的一道珍饌則是 nasi kucing（貓飯），因為這種飯裡的食材有一小包飯，再加上一些魚、辣椒醬或沙嗲，主要是份量很小，像是適合貓咪的美食，所以才被稱作「貓飯」。

攤販賣的東西除了咖啡、茶之外，還有一些零食小吃。通常傍晚到宵夜時分，印尼男人會三三兩兩聚集在攤子周圍，吃些小吃或喝杯咖啡，和隔壁的人聊聊天。儘管不相互認識，有時候也可以聊上一個晚上。這便是印尼爪哇島上的特殊的喝咖啡文化。

▲ 印尼的貓飯

IA032-16-01.MP3 Pelajaran **16**

在電話中—訂餐廳
Membuat Reservasi Lewat Telepon

Resepsionis:

Ini Restoran Locavore Ubud. Ada yang bisa dibantu?

Ya-Ting:

Halo, saya ingin membuat reservasi untuk makan malam.

Resepsionis:

Bisa beritahu kapan Anda akan datang?

Ya-Ting:

Sabtu malam, jam 7:30.

Resepsionis:

Berapa orang yang akan ikut datang?

Ya-Ting:

Kami butuh reservasi untuk enam orang.

Resepsionis:

Baik, Anda mau ruang biasa atau ruang keluarga?

Ya-Ting:

Ruang keluarga saja.

Resepsionis:

Boleh tahu reservasinya atas nama siapa?

Ya-Ting:

Saya Ya-Ting.

Resepsionis:

Ada nomor telepon yang bisa kami hubungi?

Ya-Ting:

1823-456-789.

Resepsionis:

Jadi Bu Ya-Ting, saya ulangi ya, reservasinya untuk enam orang, Sabtu ini, Tanggal 23, jam 7:30, benar?

Ya-Ting:

Benar, terima kasih atas bantuannya.

餐廳人員：

您好，這是烏布的羅卡沃惹餐廳。請問有什麼能為您服務的呢？

雅婷：

你好，我想要晚餐訂位。

餐廳人員：

可以告訴我您什麼時候要來嗎？

雅婷：

星期六晚上，7點半。

餐廳人員：

請問共有幾位？

雅婷：

我們要訂6個人的座位。

餐廳人員：

好的，您要一般座還是包廂？

雅婷：

包廂。

餐廳人員：

請問訂位人的大名是？

雅婷：

我叫雅婷。

餐廳人員：

請留一下您的連絡電話好嗎？

雅婷：

1823-456-789。

餐廳人員：

那麼，雅婷小姐，我重複一次喔！這個星期六，23日（晚上）7點半，您訂了6人座的位置，對嗎？

雅婷：

沒錯，謝謝您的幫忙。

必學單字表現

IA032-16-02.MP3

restoran	餐廳
membuat	做
reservasi	預約
makan malam	晚餐
ikut	跟隨
ruang	空間
biasa	普通
keluarga	家庭
tahu	知道
atas	上
hubungi	聯繫
ulangi	重複
tanggal	日期
benar	對
bantuan	幫忙

會話重點

IA032-16-03.MP3

重點1 beritahu

beri 是「給」，tahu 是「知道」，結合起來變成「告訴」的意思。

例 1. **Jangan beritahu dia.**　　別告訴他。

2. **Tolong beritahu dia untuk lepas sepatu sebelum naik bus dalam bahasa Mandarin.**
請您用中文告訴他脫了鞋後再上客運。

3. **Tolong beritahu saya nama kamu.**
請告訴我你的名字。

Tolong beritahu saya nama kamu.

重點2 Atas nama siapa?

主要用在訂位或預定的時候，用什麼名字來登記時的問句。

例 1. **Reservasinya atas nama siapa?**
預定用誰的名字呢？

2. **Kartu kredit ini atas nama siapa?**
這張信用卡是誰的名字呢？

3. **Beli tiket pesawat atas nama siapa?**
用誰的名字買機票呢？

與口感相關的表現

IA032-16-04.MP3

enak / gurih 美味　　sedap 好吃　　renyah 酥脆　　empuk 很嫩

lengket 黏稠　　mengental 黏牙　　kering 柴、乾　　tidak enak 難吃

IA032-16-05.MP3

印尼語日期 的說法

> ＊印尼語的星期一到星期日大部分的單字來自阿拉伯文，所以算是專有名詞，字首必需大寫。問句也用 Hari apa? 來問，因為詢問的是名詞，所以不是用 berapa（多少）來問。

星期的說法

Senin 星期一　　　　**Selasa** 星期二　　　　**Rabu** 星期三

Kamis 星期四　　　　**Jumat** 星期五　　　　**Sabtu** 星期六　　　　**Minggu** 星期日

例 ❶ **Hari ini hari apa?** 　　　　　今天星期幾？

Hari ini Senin. 　　　　　今天星期一。

日期的問法和說法

tanggal 是「日期」，Tanggal berapa? 用來詢問日期是幾號？

例 ❶ **Hari ini tanggal berapa?** 　　今天幾號？

Hari ini tanggal dua puluh tiga. 　今天是 23 號。

月份的說法

Januari 一月	**Februari** 二月	**Maret** 三月	**April** 四月
Mei 五月	**Juni** 六月	**Juli** 七月	**Agustus** 八月
September 九月	**Oktober** 十月	**November** 十一月	**Desember** 十二月

日期的寫作格式與說法

印尼語的年月日寫法是先寫日期、再寫月份，然後才是年份。即「日／月／年」。

例 **tanggal 17 bulan Agustus tahun 1945**

1945 年 8 月 17 日

短會話練習A

IA032-16-06.MP3

刷卡服務

Apakah kalian menerima pembayaran kartu kredit?
請問你們可以刷卡嗎？

Ya, tentu saja ada.
是，當然可以。

Maaf, kebetulan mesin kartu kredit rusak.
抱歉，刷卡機剛好壞了。

營業時間

Kalian buka sampai jam berapa?
請問你們開到幾點？

Sampai jam sepuluh malam.
到晚上 10 點。

Biasanya sampai jam sembilan.
通常開到 9 點。

晚餐的特餐

Apakah kalian punya menu khusus untuk makan malam?
請問你們有晚餐特別套餐嗎？

Ya, setiap Sabtu malam ada.
是的，每個星期六晚上有。

Ya, setiap malam ada.
是的，每天晚上都有。

套餐選項

Apa menu khusus makan malamnya?
請問晚餐的套餐有什麼呢？

Untuk menu A, ada ayam panggang, roti dan sup.
A 菜單有烤雞、麵包和湯。

Untuk menu B, ada bebek goreng, nasi kuning dan soto ayam.
B 菜單有炸鴨、薑黃飯和雞湯。

單字

menerima	接受	**kebetulan**	剛好	**rusak**	壞
khusus	特別	**panggang**	烤	**goreng**	炸

IA032-16-07.MP3

音樂表演

Dengar-dengar restoran ini ada pertunjukan musik ya?
請問聽說你們的餐廳有音樂演奏表演是嗎？

Maaf, tidak ada.
對不起，沒有耶！

Ya, ada pertunjukan Gamelan.
有，有甘美朗樂隊的表演。

靠窗座位

Bisa kami dapat meja dekat jendela?
我們可以要靠窗的座位嗎？

Baik, nanti saya aturkan.
好的，待會兒我來安排。

Maaf, tinggal meja dekat lorong saja.
抱歉，剩下靠走道的桌子而已。

確認餐點

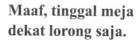

Apakah bistiknya nanti disajikan bersama dengan kentang?
待會兒牛排會和馬鈴薯一起上菜嗎？

Ya, bistik biasanya disajikan bersama dengan kentang goreng.
是的，牛排和炸薯條會一起上菜。

Tidak, bistik disajikan dulu.
不，牛排會先上。

換訂單

Bisa kami mengubah pesanan kami?
我們可以改點別的嗎？

Saya ingin membatalkan nasi goreng ayam.
我想要取消雞肉炒飯。

Baik, saya sampaikan ke dapur.
好的，我跟廚房講一下。

單字

dengar-**dengar** 聽説	**pertunjukan** 表演	**jendela** 窗戶
atur 安排	**dekat** 靠近	**kentang** 馬鈴薯
mengubah 改變	**membatalkan** 取消	**sampaikan** 傳達

IA032-16-08.MP3

練習題

1. 請聽音檔，並依下列的提示完成所有的句子。

beritahu　　nomor telepon　　datang　　reservasi　　nama

❶ Saya ingin membuat _____ untuk makan malam.　　我想要晚餐訂位。

❷ Bisa _____ kapan Anda akan datang?　　可以告訴我您什麼時候要來嗎？

❸ Berapa orang yang akan ikut _____?　　請問共有幾位？

❹ Boleh tahu reservasinya atas _____ siapa?　　請跟我說訂位人的大名是？

❺ Ada _____ yang bisa kami hubungi?　　請留一下您的連絡電話好嗎？

2. 請聽音檔，並依下列的中文用印尼語做發問練習。

❶ 請問你們可以刷卡嗎？

❷ 請問你們開到幾點？

❸ 請問你們有晚餐特別套餐嗎？

❹ 請問晚餐的套餐有什麼呢？

❺ 我們可以改點別的嗎？

3. 請將下列中文翻譯成印尼文。

❶ 剛好壞了。

➡ _____

❷ 到幾點？

➡ _____

❸ 每天晚上（都）有。

➡ _____

❹ 有雞（肉）和麵包。

➡ _____

❺ 有飯和炸雞。

➡ _____

IA032-16-09.MP3

【餐廳類型】

❶ **restoran** 餐廳

❷ **rumah makan** 餐廳

❸ **warung** 小吃店

❹ **pedagang kaki lima**
流動攤販、路邊攤

❺ **warung tegal (warteg)**
印尼自助餐店

【餐點分類】

❶ **sarapan** 早餐

❷ **makan siang** 午餐

❸ **makan malam** 晚餐

❹ **makanan ringan** 小吃

❺ **camilan** 零食；宵夜

【各種料理】

❶ **masakan Indonesia**
印尼料理

❷ **masakan Jepang**
日本料理

❸ **masakan Korea** 韓國料理

❹ **masakan Chinese**
中華料理

❺ **masakan barat** 西式料理

【食材種類】

❶ **daging** 肉

❷ **daging ayam** 雞肉

❸ **daging dada ayam**
雞胸肉

❹ **hati ayam** 雞心

❺ **sayap ayam** 雞翅

❻ **paha ayam** 雞腿

❼ **brutu** 雞屁股

❽ **telur ayam** 雞蛋

❾ **daging sapi** 牛肉

❿ **daging kambing** 羊肉

⓫ **daging bebek** 鴨肉

⓬ **daging angsa** 鵝肉

⓭ **daging burung** 鳥肉

⓮ **makanan laut** 海鮮

⓯ **kepiting** 螃蟹

⓰ **udang** 蝦

⓱ **lobster** 龍蝦

⓲ **ikan** 魚

⓳ **ikan kering** 魚乾

⓴ **abalon** 鮑魚

㉑ **belut sawah** 鱔魚

㉒ **cumi-cumi** 魷魚

㉓ **gurita** 章魚

㉔ **tiram** 蚵仔

㉕ **kerang** 蛤蜊

㉖ **kerang** 蜊仔

㉗ **teripang** 海參

㉘ **daging babi** 豬肉

㉙ **sosis** 香腸

㉚ **daging asap** 火腿

㉛ **bubur** 粥

㉜ **mi** 麵

㉝ **nasi** 飯

❸❹ bihun　米粉

❸❺ misoa　米線

❸❻ bakso　肉丸

❸❼ sayur　蔬菜

【印尼美食】

❶ nasi goreng　炒飯

❺ mi goreng　炒麵

❻ mi bakso　肉丸麵

❼ sate　烤肉串、沙嗲

❽ mi seafood　海鮮麵

❾ sup buntut　牛尾湯

❿ nasi kuning　薑黃飯

⓫ sambal terasi　蝦醬辣椒醬

⓬ tempe goreng　炸黃豆餅

⓭ ikan bakar　烤魚

⓮ rujak　水果沙拉

⓯ nasi uduk　椰漿飯

⓰ opor ayam　椰汁雞

⓱ gulai ayam　咖哩雞

⓲ nasi gudeg　印尼滷肉飯

⓳ bakwan　炸菜餅

⓴ kerupuk udang　蝦餅

㉑ kerupuk ikan　魚餅

㉒ rendang　巴東牛肉咖哩

㉓ otak-otak　魚漿餅

㉔ ketupat　白米粽子

❷ gado-gado　印尼蔬菜沙拉

❸ pecel　印尼燙青菜沙拉

❹ soto ayam　雞湯

文化專欄：印尼的餐廳及特色料理

在印尼，要填飽肚子有很多種選擇，選擇餐廳時，從店名就可以大略猜得到是什麼樣的餐廳。通常稱作 restoran 的是價位較高、走國際化路線的餐廳。餐廳環境也相當講究，例如環境乾淨整潔、附有冷氣等。另外比較一般的就是 rumah makan 或 warung，這一類的便是類似台灣的簡餐店或自助餐店，通常走中低價位的路線。

▲ 印尼較高檔的 restoran

▲ 印尼的 warung tegal

另外，還有 warung tegal（簡稱 warteg），通常是當地人解決午晚餐的選擇，一個小小的店面，放著好幾種不同的菜色，客人可以自行夾取蔬菜或肉類後再結算餐費。若要再隨性一點的話，就是路邊攤了，印尼語稱為 gerobak（行動攤位）。這一種的小攤販通常停在路邊或聚集在某個空地上，賣一些零食小吃，例如炸物、甜點、肉丸等等。

印尼有一種特色餐廳稱為 Rumah Makan Padang（巴東料理）。巴東料

理的店面非常好認，外觀通常會有一些特別的造型，即像船或牛角一樣的尖尖的屋頂外觀。走進餐廳內就會看到各式各樣的菜餚被裝在小碟子裡，客人一進入餐廳，不必看菜單，服務員就會直接把菜餚端上來。這時候不用緊張，客人只需要挑自己想吃的菜餚就可以了。最後結帳的時候，也只會以有吃的料理結帳。「巴東料理」顧名思義，便是源自印尼蘇門答臘西海岸的一個叫 Padang（巴東）的城市。巴東料理在印尼人的

▲ 巴東料理店面的牛角尖外觀

評價中可是一級棒的料理，由於巴東人的天性總是熱情款待來客，而且他們認為讓客人久等是很不禮貌的一件事，因此為了「避免久等」，因此衍生出一口氣將所有的菜餚都獻出來的生活習性，最後進而延伸出這種經營型態的餐廳。

接下來談料理！印尼是一個群島國家，擁有各式的特色料理，非常值得推薦給旅客們。由於印尼盛產香料和椰子，所以在印尼各地的傳統料理都會加入豐富的香料和椰漿，形成特

▲ 巴東料理的擺盤

▲ 印尼炒飯

殊的南洋口味。第一個必須嘗試的印尼料理是國民料理 nasi goreng（炒飯）。印尼炒飯可說是到處都看得到，通常會用一些玉米、青豆、雞蛋加入飯裡一起炒過。在上菜的之前，會再加入一顆荷包蛋、兩片番茄、一兩片黃瓜、以及少許的 kerupuk（蝦餅）。這一道料理在大部分的餐廳裡都找得到，如果您剛到印尼，希望慢慢適應印尼的食物，那麼印尼炒飯絕對是最佳入門菜餚。

　　如果喜歡吃麵，那可以試試看 mi bakso（肉丸麵）。bakso 這個字是「肉丸」的意思，雖然長得像台灣的貢丸，只是印尼的肉丸大部分是用牛肉和雞肉做成的。肉丸麵通常是搭配清湯一起享用，所以如果不嗜辣的話，享受印尼料理可以先從這一道佳餚開始。

　　此外，一定要介紹印尼的蔬菜料理，其中最常見的一道 gado-gado（涼拌蔬菜料理），就是印尼隨處可見的家常小吃。gado-gado 不論是在餐廳裡還

▲ 印尼肉丸麵

是路邊攤等都吃得到。gado 是「攪拌」的意思，也就是說，這道菜餚是把各種蔬菜如：「紅蘿蔔、豆芽、空心菜、玉米、雞蛋、豆腐」等燙熟了之後，再加入特製花生醬，攪拌在一起之後，就成了一道印尼的涼拌蔬菜料理了。喜歡吃蔬菜的人千萬不能錯過。

　　另外，還有許多的雞肉料理，例如：soto ayam（雞湯）、sate ayam（烤雞肉串）、opor ayam（椰汁雞）等等，都是各種用不同方式去料理出來的雞肉佳餚，喜歡雞肉的人保證食指大動，值得前往印尼一試。

▲ 印尼的gado-gado

IA032-17-01.MP3 Pelajaran **17**

在餐廳 Di Restoran

Pelayan:

Selamat datang, ada berapa orang?

Budi:

Dua orang.

Pelayan:

Apakah sudah membuat reservasi?

Budi:

Tidak, ada meja untuk dua orang?

Pelayan:

Mohon tunggu sebentar. Silakan duduk di sini.

Budi:

Terima kasih.

Pelayan:

Ini menunya, Anda mau makan apa?

Budi:

Saya mau makan rendang sapi.

Pelayan:

Rendang sapi sedikit pedas, apakah Anda bisa makan makanan yang pedas?

Budi:

Gitu ya! Saya tidak terlalu bisa makan pedas.

Pelayan:

Anda bisa pesan nasi goreng, tidak terlalu pedas.

Budi:

Baiklah, saya pesan ini.

Istri Budi:

Saya juga pesan yang sama.

Pelayan:

Siap!

服務生：

歡迎光臨，請問有幾位？

布迪：

兩位。

服務生：

請問有訂位了嗎？

布迪：

沒有，請問有兩個人的位子嗎？

服務生：

請稍等…，請這裡坐？

布迪：

謝謝。

服務生：

這是菜單。您要點什麼呢？

布迪：

我要吃巴東牛肉。

服務生：

巴東牛肉的話會有點辣，您能吃辛辣的嗎？

布迪：

這樣呀！我不太能吃辣。

服務生：

那您可以點炒飯，炒飯就不會太辣。

布迪：

好的，那我就點這個。

布迪的妻子：

那也給我來一份一樣的。

服務生：

好的，我知道了。

必學單字表現

IA032-17-02.MP3

membuat	做
reservasi	訂位
meja	桌子
menu	菜單
rendang	仁當咖哩料理
sapi	牛
sedikit	一點點
pedas	辣
terlalu	太過
nasi goreng	炒飯
pesan	訂購、點餐
sama	一樣
siap	準備好

會話重點

IA032-17-03.MP3

重點1 reservasi

到餐廳去，通常需要先訂位。在印尼語中與「訂」有關的動詞是 pesan，但因為它準確的意思是「訂購」，沒辦法完整表達「預先訂（位）」的意思，因此採用了外來語的 reservasi（預約）一詞。

例 1. **Apakah sudah membuat reservasi?**
已經有預約了嗎？

2. **Saya mau membuat reservasi untuk dua orang.**
我要預約兩個人的位子。

重點2 meja

meja 的原義是「桌子」，但訂位時可以用 meja（桌子）連接 untuk（為了）來表達需要的座位數。

例 1. **Ada meja untuk dua orang?**
有兩個人的位子嗎？

2. **Saya mau beli meja untuk anak.**
我要買桌子給孩子。

Pelajaran 17　在餐廳

與味覺相關的表現

IA032-17-04.MP3

asam 酸　　manis 甜　　wangi 香　　asin 鹹　　berminyak 油膩

menyengat 臭　　pahit 苦　　pedas 辣　　asam pedas 酸辣　　pedas gila 超辣

IA032-17-05.MP3

terlalu、sedikit 的用法

> ＊在之前 12 課的文法焦點裡我們曾經學習過幾個程度副詞，還有幾個在這一課一併學習。terlalu（太過）通常程度上已經超過「非常」，因此通常用在比較負面的狀況。另外，印尼人比較含蓄，所以很多時候也會使用 sedikit（一點點）來表示某些輕微的狀況。

例　**Nasi goreng ini terlalu asin.** 這炒飯太鹹。

　　Cuaca hari ini terlalu panas. 今天的天氣太熱。

　　Saya cuma bisa sedikit bahasa Indonesia. 我只會一點印尼語。

　　Rendang sapi ini sedikit pedas. 這巴東牛肉有一點辣。

> ＊若結合其他學習過的程度副詞，我們或許可以用下列圖示來說明不同程度的副詞。

sedikit 一點點　　**kurang** 不太　　**sangat** 很　**sungguh** 很　**sekali** 非常　**banget** 很　**amat** 很、非常　　**terlalu** 太過

注意　表達印尼語「很、非常」的單字很多，其中比較正式的書面語是 amat 和 sungguh。書面語和口語都通用的是 sekali 和 sangat，口語的是 banget。其中只有 sekali 和 banget 是置於形容詞的後面，其他都是置於形容詞的前面。

短會話練習A

IA032-17-06.MP3

招牌菜

Makanan apa yang paling enak di sini?
請問在這裡什麼菜最好吃？

Gado-gado paling enak.
印尼蔬菜沙拉最好吃。

Nasi kuning paling enak.
薑黃飯最好吃。

菜餚的口味

Ada apa saja masakan yang tidak pedas?
請問有什麼不辣的料理？

Ada mi goreng.
有炒麵。

Ada soto ayam.
有雞湯。

添加小菜

Apakah ada hidangan yang lain?
請問有其他的菜餚嗎？

Ini menunya.
這是菜單。

Masih ada bermacam-macam lauk.
還有很多種配菜。

找洗手間

Permisi, toilet di mana ya?
請問洗手間在哪裡？

Lurus saja, di sebelah kanan.
請直走，在右手邊。

Naik tangga di sebelah kiri.
從樓梯走上去，在左邊。

單字

hidangan 菜餚	**bermacam-macam** 多種	**lauk** 配菜、餐點

IA032-17-07.MP3

點菜

Apakah Anda sudah mau pesan?
請問您要點菜了嗎？

Saya satu mi bakso.
我要一碗肉丸麵。

Nanti baru pesan.
我等一下再點 。

飲料

Minuman apa yang Anda mau?
請問您需要什麼飲料？

Kasih saya air mineral saja.
給我開水就可以了。

Tolong berikan saya coca cola.
請給我可樂。

加點菜餚

Mau pesan lagi?
請問還要加點什麼嗎？

Ya, minta menunya.
要，請給我菜單。

Tidak usah lagi.
不必了。

付款方式

Bayarnya gimana?
請問您要怎麼付款？

Bayar bareng.
一起結帳。

Bayar masing-masing.
分開算。

usah 需要	**bayar** 付	**masing**-**masing** 各自、分開

IA032-17-08.MP3

練習題

1. 請聽音檔，並依下列的提示完成所有的句子。

dua orang   reservasi   pesan   sama   pedas

❶ Apakah sudah membuat _____ ?   請問有訂位了嗎？

❷ Ada meja untuk _____ ?   有兩個人的位子嗎？

❸ Rendang sapi sedikit _____ .   巴東牛肉有點辣。

❹ Anda bisa _____ nasi goreng.   您可以點炒飯。

❺ Saya juga pesan yang _____ .   我也點一樣的。

2. 請聽音檔，並依下列的中文用印尼語做發問練習。

❶ 請問在這裡什麼菜最好吃？

❷ 請問有什麼不辣的料理？

❸ 請問有其他的菜餚嗎？

❹ 請問洗手間在哪裡？

❺ 請問您要點菜了嗎？

3. 請將下列中文翻譯成印尼文。

❶ 要吃什麼？

➡ _____

❷ 這雞湯太鹹。

➡ _____

❸ 這炒飯有一點辣。

➡ _____

❹ 請問洗手間在哪裡？

➡ _____

❺ 請直走，在右手邊。

➡ _____

IA032-17-09.MP3

❶ **mangkuk** 碗、湯碗

❷ **piring** 盤子

❸ **pisau makan** 餐刀

❹ **garpu** 叉子

❺ **sendok** 湯匙
　➥ **sendok sup** 勺子

❻ **cangkir** 杯子
　➥ **gelas kaca** 玻璃杯
　➥ **mug** 馬克杯
　➥ **air dingin** 冷水
　➥ **air panas** 熱水

❼ **cangkir kopi** 咖啡杯

❽ **gelas wine** 高腳杯

❾ **nampan besar** 大托盤

❿ **mangkuk** 碗

⓫ **sumpit** 筷子
　➥ **tangan** 手

⓬ **tempat sumpit** 筷架

⓭ **tusuk gigi** 牙籤

⓮ **tisu** 紙巾

⓯ **nota** 帳單
　➥ **bawa pulang** 外賣
　➥ **pesan antar** 外送

【調理方式】

❶ **goreng** 煎

❷ **masak** 煮

❸ **tumis** 炒

❹ **goreng** 炸

❺ **kukus** 蒸

❻ **bakar** 烤

❼ **rebus** 汆燙

❽ **hidangan dingin** 涼拌

加強表現

❶ **mencuci mangkuk** 洗碗

❷ **menuang wine ke dalam gelas**
將酒倒進杯子

❸ **menusuk pakai garpu** 用叉子叉

❹ **memakai piring untuk menaruh makanan**
用盤子裝食物

❺ **menjepit dengan sumpit** 用筷子夾

❻ **mengambil kuah dengan sendok sup**
用勺子舀湯

❼ **makan nasi dengan sendok** 用湯匙吃飯

❽ **mengambil nasi dengan tangan**
用手抓飯

文化專欄：印尼飲食小常識及餐桌禮儀

▲ Tegal市的一隅

若生活在印尼，我們可能常會碰到需要和印尼朋友在餐廳裡會面的場合。因此，以食會友地了解一些飲食小常識能增進與印尼人之間的關係；而了解餐桌禮儀及相關禁忌可說是非常重要的一項功課，不然稍不留意，說不定還會誤踩地雷喔！

首先，在上一課有大致提到的，一般印尼人解決午晚餐，類似台灣的自助餐的地方，叫做 warung tegal，簡稱 warteg。而這個名稱中的「Tegal」指的是印尼爪哇島上中爪哇地區的一座小鎮，相傳是因為該地的地料理相當美味，因此久而久之大家也就把自助餐店名稱叫做 warung tegal（tegal 小店），但料理就並不一定是源自於該地了。

印尼社會是以米飯為主、麵食為輔。一般上很多餐廳會提供白飯或炒飯。在自助餐店裡，一樣可以自由選擇想要吃的配菜。一般上能看到各式的肉類，例如雞肉、牛肉甚至是羊肉（但若在穆斯林的社區裡，絕對找不到豬肉料理），另外也能找使用油炸或咖哩的方式製作的魚類、海鮮等料理。如果您沒辦法吃辣，那可能要特別注意，用餐前要先跟店家講一下，因為幾乎所有料理都會搭配辣椒或是咖哩，所以大部分都是辣的。

▲ 印尼餐桌上有一小茶壺狀的水，是用來給用餐者洗手使用

一般米飯用盤子裝、用湯匙和叉子來進食。通常桌上會擺著一壺水，要特別注意，這壺水是不能喝的，因為在印尼人們也常常習慣用手抓飯吃，所以這一壺水是用來洗手的。

印尼人習慣喝的飲料是 teh（茶）。印尼的茶大部分都是加了糖的，對印尼人而言，無法想像無糖茶要怎麼飲用。如果您想要喝冰的，就說「es teh」就好。另外像前兩課提到的一樣，印尼人也喝 kopi（咖啡），通常是喝黑咖啡或是直接泡用三合一咖啡。印尼人的美好的下午茶時光，通常是在享用茶、咖啡或一些小零食的時光中渡過。

▲ 印尼餐廳裡仍有小費文化

除了上述提到的小常識之外，在與餐廳連繫上，印尼一些比較著名的餐廳、或走高端路線的餐廳仍然是以接受預約為主。現在有很多線上訂位的手機應用程式，也可以直接打電話去預約。另外，要記得印尼有給小費的文化，如果餐廳內有專屬的服務人員，別忘了要慷慨大方給點小費，並同時外加一句 terima kasih（謝謝）喲！

在通訊行 Di Toko HP

Ya-Ting:

Saya orang luar negeri, bisa beli HP?

Karyawan:

Tolong perlihatkan KITAS. Apakah Anda memiliki nomor rekening di Indonesia?

Ya-Ting:

Ya, ada.

Karyawan:

Kalau begitu boleh, silakan pilih satu dari jenis HP berikut ini.

Ya-Ting:

Apakah yang ini ada kamera?

Karyawan:

Jelas ada.

Ya-Ting:

Bisa menonton video?

Karyawan:

Kalau HP yang ini bisa.

Ya-Ting:

Kalau begitu saya mau HP ini. Bagaimana dengan kartu SIMnya? Kartu yang mana koneksinya paling bagus?

Karyawan:

Kartu Simpati koneksi internetnya lebih cepat.

Ya-Ting:

Baik, saya mau yang ini.

雅婷：

請問我是外國人可以申辦手機嗎？

店員：

麻煩請出示一下居留證。您在印尼有銀行帳戶嗎？

雅婷：

有的，我有。

店員：

那麼可以申辦手機，請從這些手機中挑選一款手機。

雅婷：

請問這一款有相機功能嗎？

店員：

當然有。

雅婷：

也可以看影片嗎？

店員：

這支手機可以。

雅婷：

那我要這一支手機。請問SIM卡怎麼辦理呢？哪一張卡的連線狀態最好呢？

店員：

Simpati 卡的網路連線比較快。

雅婷：

好的，那我要這支。

必學單字表現

IA032-18-02.MP3

perlihatkan	出示
memiliki	擁有
nomor rekening	銀行帳號號碼
pilih	選擇
jenis	種類
HP	手機
berikut	以下的
kamera	相機
jelas	清楚、顯然
video	影片
kartu SIM	SIM卡
koneksi	連線
paling	最
lebih	比較
cepat	快

 ## 會話重點

IA032-18-03.MP3

重點1 berikut

這個詞主要表示「以下的」選擇，一般常出現在公文、書信或考題上。通常也會加上 ini，形成 berikut ini 意思相同。

例 1. **Berikut ini adalah beberapa hal yang harus diperhatikan.**
以下是幾件需要注意的事。

2. **Berikut ini adalah pertanyaan yang sering ditanya ketika wawancara kerja.**
以下是在工作面試時經常被問到的問題。

重點2 memiliki

較正式的「擁有」之意。通常置於人的主詞之後。其他有「有」字義的是（偏口語）ada、punya 及（較正式）mempunyai 及 terdapat。而 terdapat 比較接近「有著」，一般置於句首和被動狀態中。

例 1. **Saya ada uang.**　　　我有錢。

2. **Sudah punya pacar belum?**
已經有情人了沒？

3. **Saya memiliki sebuah mobil.**
我擁有一台車。

 ## 不同的喜好程度副詞

IA032-18-04.MP3

paling tidak 最不　　tidak begitu 沒那麼　　lumayan 相當　　sangat 很　　paling 最

 ## 與難易度、花俏感相關的表現

IA032-18-05.MP3

mudah 容易　　susah / sulit 困難

corak warna-warni 花俏　　corak polos 樸素

IA032-18-06.MP3

yang mana 的用法

＊通常是在有選擇之下的問句，主要表示「哪一個？」或「哪一種？」。經常也會倒裝，變成 mana yang。

例 **Yang mana paling seru?**　　　　哪一個最刺激？

Yang mana paling pas untuk kamu?　　哪一個最適合你？

Yang mana?　　　　哪一個？

yang 的用法

＊yang 通常是連接名詞和形容詞，但可以在沒有名詞的情況下直接接上形容詞，有強調的意思、表達選擇，類似中文的「的」。

例 **Saya mau yang biru itu.**　　　　我要那個藍色的。

Yang muda tidak mau kerja ini.

年輕（的）人都不想要做這份工作。

Yang baik datang dari Allah, yang buruk datang dari diri saya sendiri.

好的來自阿拉，不好的來自我自己。

短會話練習A

IA032-18-07.MP3

手機價格

HP ini harganya berapa?
請問這支手機多少錢？

Sepuluh juta Rupiah.
一千萬印尼盾。

Lima belas juta Rupiah.
一千五百萬印尼盾。

資費

Berapa kira-kira biaya berlangganannya?
請問資費大概是多少錢？

Biaya setiap perusahaan berbeda.
每間公司的收費不同。

Simpati harganya lima puluh lima ribu.
Simpati 電信是 55,000 印尼盾。

其他功能

Ada fitur apa lagi?
有什麼其他的功能嗎？

Dapat merekam suara.
可以錄音。

Ada fitur MP3.
有 MP3 的功能。

何時可用

Kapan bisa mulai digunakan?
什麼時候可以開始使用？

Sekarang sudah bisa digunakan.
現在就可以使用。

Baru bisa digunakan setelah seminggu.
一週以後才可以使用。

單字

biaya berlangganan 資費	**setiap** 每一個	**berbeda** 不一樣
fitur 功能　　**merekam** 錄	**digunakan** （被）使用	**baru** 才

IA032-18-08.MP3

選擇手機款式

Anda ingin HP yang mana?
您想要哪一款的手機？

Saya mau yang ini.
我要這一款。

Saya mau yang itu.
我要那一款。

申辦

Apakah mau berlangganan sekarang?
請問要現在申辦嗎？

Ya, saya mau berlangganan.
要，我要申辦。

Saya pertimbangkan dulu.
我再考慮一下。

選擇電信公司

Perusahaan telekomunikasi mana yang ingin Anda gunakan?
您打算使用哪一家電信公司的門號？

Saya ingin menggunakan telekomunikasi Simpati.
我要使用 Simpati 電信。

Saya ingin menggunakan telekomunikasi IM3.
我要使用 IM3 電信。

網路訊號

Sinyal WiFinya bagaimana?
網路的訊號如何？

Kalau di sini, agak lemah.
在這裡比較弱。

Kalau di kota, sinyalnya pasti lebih kuat.
如果是在市區裡，訊號肯定會比較強。

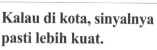

單字

perusahaan 公司	**pertimbangkan** 考慮	**menggunakan** 使用
sinyal 訊號	**lemah** 弱	**kuat** （指訊號、身體等）強

IA032-18-09.MP3

練習題

1. 請將下列的句子重組。

❶ perlihatkan / Tolong / KITAS / .　　　　　　　麻煩請出示一下居留證。

➡ _____

❷ pilih / dari / Silakan / berikut / satu / HP / ini / jenis /.

請從這些手機中挑選一款手機。

➡ _____

❸ kamera / yang / Apakah / ada / ini?　　　　　　請問這一款有相機功能嗎？

➡ _____

❹ bisa / HP / ini / yang / Kalau.　　　　　　　　這支手機可以。

➡ _____

❺ koneksinya / Kartu / paling / yang mana / bagus?　哪一張卡連線狀態最好呢？

➡ _____

2. 請聽音檔，並依下列的提示完成所有的句子。

merekam　　kira-kira　　perusahaan　　berapa　　Ada

❶ HP ini harganya _____?　　　　　　這支手機多少錢？

❷ Berapa _____ biaya berlanggananya?　請問資費大概是多少錢？

❸ Biaya tiap _____ berbeda.　　　　　每間公司的收費不同。

❹ _____ fitur lain apa lagi?　　　　　有什麼其他的功能嗎？

❺ Dapat _____ suara.　　　　　　　可以錄音。

3. 請聽音檔，並依下列的中文用印尼語做發問練習。

❶ 什麼時候可以開始使用？

❷ 您想要哪一款手機？

❸ 要現在加入嗎？

❹ 網路的訊號如何？

219

IA032-18-10.MP3

❸ tablet 平板

❶ HP 手機
➡ **kartu prabayar**
儲值型預付卡手機

❷ smartphone
智慧型手機

❹ kartu sim
SIM卡

❺ kartu top-up
儲值卡

❻ baterai 電池
➡ **alat penyimpan daya** 電源

❼ layar 螢幕

❽ tombol 按鍵

❾ tombol panggil 通話鍵

❿ tombol bintang 米字鍵

⓫ tombol pagar 井字鍵

⓬ tombol angka 數字鍵

⓭ pesan suara 語音信箱
➡ **meninggalkan pesan** 語音留言

⓮ panggilan video 視訊通話

⓯ mode pesawat 飛航模式

⓰ lubang headphone 耳機插孔

⓱ software komunikasi 通訊軟體

⓳ mengirim sms
傳簡訊

㉑ mengetik di HP
在手機上打字

㉓ panggil nomor telepon
撥電話號碼

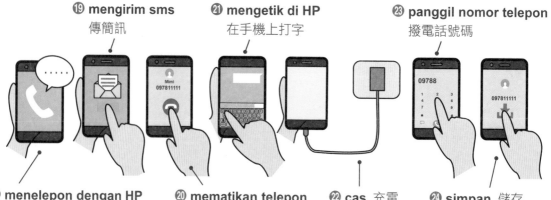

⓲ menelepon dengan HP
用手機講電話

⓴ mematikan telepon
把手機掛掉

㉒ cas 充電

㉔ simpan 儲存
➡ **menyimpan nomor telepon**
儲存電話號碼

㉖ menyetel nada dering　設定鈴聲
　→ mengubah nada dering　換鈴聲
　→ nada dering panggilan　來電鈴聲
　→ unduh nada dering　下載電話鈴聲
　→ panggilan tak terjawab　未接來電

㉘ tidak dapat terhubung ke internet　連不上網路

㉚ setel ke mode getar 轉為震動模式
　→ bergetar　震動

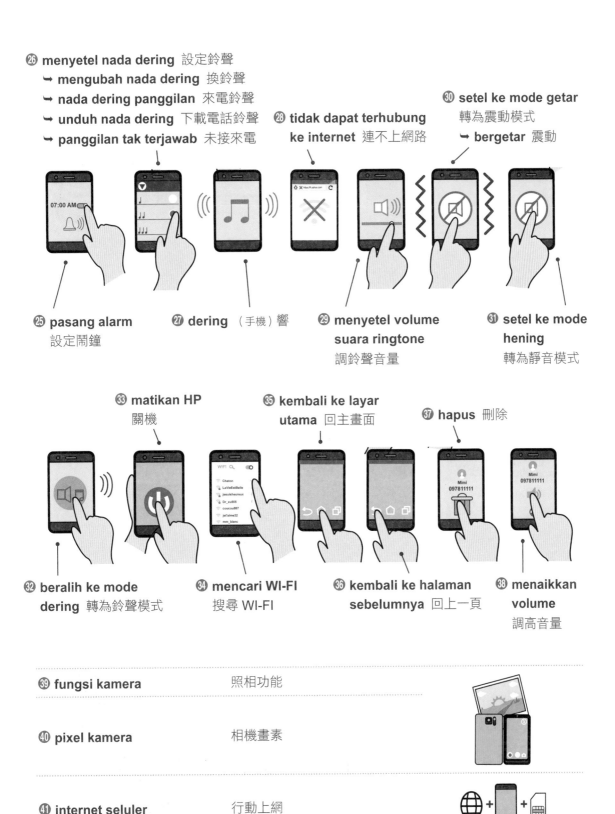

㉕ pasang alarm 設定鬧鐘

㉗ dering （手機）響

㉙ menyetel volume suara ringtone 調鈴聲音量

㉛ setel ke mode hening 轉為靜音模式

㉝ matikan HP 關機

㉟ kembali ke layar utama 回主畫面

㊲ hapus 刪除

㉜ beralih ke mode dering 轉為鈴聲模式

㉞ mencari WI-FI 搜尋 WI-FI

㊱ kembali ke halaman sebelumnya 回上一頁

㊳ menaikkan volume 調高音量

㊴ fungsi kamera	照相功能
㊵ pixel kamera	相機畫素
㊶ internet seluler	行動上網

㊷ **tanpa batas** 吃到飽

㊸ **biaya bulanan** 月租費

㊹ **memperbarui kontrak** 續約

㊺ **pengguna** 用戶
→ **pelanggan** 加入者（用戶）
→ **biaya berlangganan**
　（初次加入該家電信所需支付的費用）資費
→ **KTP (Kartu Tanda Penduduk)** 身分證
→ **harian** 一天（為單位）
→ **mingguan** 一週（為單位）
→ **bulanan** 一個月（為單位）

㊻ **perusahaan telekomunikasi** 電信公司

㊼ **langganan** 訂購
→ **tambah** 增加

㊽ **biaya telepon** 電話費
→ **uang muka** 預付
→ **jumlah pembayaran prabayar**
　預付卡金額
→ **pembayaran melalui kartu kredit**
　信用卡付款
→ **bayar di tempat** 貨到付款
→ **bayar cicilan** 分期付款
→ **diskon** 打折
→ **nota biaya telepon** 電話費帳單
→ **paket internet** 上網方案

㊾ **jaminan** 保固
→ **masa garansi** 保固期
→ **periode pemakaian** 使用期限
→ **berlaku** 有效
→ **sampai dengan (s.d.)**
　到（某個時間或日期）
→ **tukar barang** 換貨

㊿ **sistem kerja** 作業系統
→ **sms** 簡訊
→ **wallpaper layar** 螢幕桌布
→ **tidak ada sinyal** 無訊號
→ **berhenti** 停止
→ **cek status** 查詢狀態
→ **kata sandi** 密碼

51 **aksesoris HP** 手機配件
→ **casing HP** 手機殼
→ **barang bekas** 二手貨、中古貨

文化專欄：印尼的電信業現況

▲ 印尼使用的 SIM 卡之一（Telkomsel）

印尼的電信業主要由三大巨頭佔據 2.7 億人口的通信市場。其中包括國有企業 Telkom 旗下的子公司 Telkomsel、國有合資企業 Indosat 和私營公司 XL Axiata 公司。在行動網路的業務上，Telkomsel 大約占了 60%，其餘的由另外兩家平分市場。

一般來說，如果是到印尼去做短期旅行，或許直接先在台灣辦好手機 SIM 卡和網卡是比較明智的選擇。主要是因為在當地辦 SIM 卡，需要以當地國民的身分證來做登記。外國人自然沒有當地身分證，有的時候，用護照又未必能登記成功，再加上若語言不通的話，可能會比較麻煩。因此外國人很有可能有辦不到 SIM 卡的風險。

但是如果是需要在印尼待比較長的時間，可能就需要在當地購買 SIM 卡了。基本上，在印尼目前不太流行台灣的吃到飽方案。其中一個主要的原因是因為大部分的用戶，仍然習慣以預付卡的形式，或者現買現付儲值的方式來進行通話或網路的加值。

具體作法就是在印尼買了一般手機 SIM 卡之後，再用手機操作，購買上網方案。首先第一步是先輸入操作的號碼（各家電信業者稍有不同），接下來就會看到「paket internet（上網方案）」的選單。一般上不同業者會為用戶提供好幾個不同的上網方案，依客戶不同的上網需求而定。

接下來第二步，是選擇上網天數，選項包含「harian（一日）」、「mingguan（一週）」、「bulanan（一個月）」。接下來就是選擇流量，通常業者會提供很多選擇，有些人一個月 1-2GB 就夠用，有些人可能選擇高達 8GB 也不一定。選擇了流量之後，接著就是到確認頁面。在這裡還可以再做增加流量的選擇。若已經確認，就會到選擇付款方式的頁面，這時便選擇「sekali beli」，表示「一次付清」。

其實，在印尼的上網和話費並不算太貴，只是使用方式和台灣很不一樣。目前的方式，算是相當符合印尼人的消費習慣。而加值或儲值其實也可以在便利商店內進行，整體來說還算是相當便利。

▲ 印尼的通訊行

IA032-19-01.MP3 Pelajaran **19**

在商場 Di Mal

Budi:

Celana ini boleh dicoba?

Karyawan:

Ya, silakan dicoba. Kamar gantinya di sana.

Budi:

Apakah ada warna lain?

Karyawan:

Ada biru dan hitam.

Budi:

Saya mau coba warna biru.

(Setelah mencoba)

Karyawan:

Bagaimana, pas gak?

Budi:

Tidak, agak kebesaran. Apakah ada ukuran
yang lebih kecil?

Karyawan:

Ada, sini.

(Setelah mencoba lagi)

Budi:

Ini bisa, harganya berapa?

Karyawan:

Harganya 150.000 Rupiah, ditambah pajak.

Budi:

Kalau ada masalah, apakah boleh dikembalikan?

Karyawan:

Boleh sih, tapi harus dalam tiga hari.

Budi:

Baik, saya mau yang ini. Bayar di mana?

Karyawan:

Bayar di kasir sebelah sana.

布迪：
請問這件褲子可以試穿嗎？

店員：
當然可以，請。更衣室在那裡。

布迪：
請問還有其他的顏色嗎？

店員：
有藍色和黑色。

布迪：
那我要試穿藍色。

（試穿後）

店員：
如何，您覺得合身嗎？

布迪：
不，稍大了一點。有更小號的嗎？

店員：
有，在這裡。

（再試穿後）

布迪：
這件可以，請問多少錢？

店員：
15萬印尼盾，含稅。

布迪：
請問如果買回去後若有問題的話可
以退換嗎？

店員：
可以，但要在3天內。

布迪：
好，那我要這件，請問在哪結帳？

店員：
請在那邊的收銀處結帳。

必學單字表現

IA032-19-02.MP3

celana	褲子
dicoba	試
warna	顏色
biru	藍色
hitam	黑色
pas	合適
kebesaran	太大
lebih	比較
kecil	小
pajak	稅
masalah	麻煩、問題
dikembalikan	退換
bayar	付款
kasir	收銀台
sebelah	邊、旁邊

會話重點

IA032-19-03.MP3

重點1　Ada ... lain?

此句型用在詢問其他的選項。用名詞 +lain（其他），便能詢問各種不同的選擇。

例　1. **Ada warna lain?**
　　　有其他顏色嗎？

　　2. **Ada ukuran lain?**
　　　有其他尺寸嗎？

　　3. **Ada corak lain?**
　　　有其他圖案嗎？

　　4. **Ada merek lain?**
　　　有其他品牌嗎？

重點2　pas

主要表達「合適、剛剛好」的意思。除了用在試穿衣服上，還能用在錢、價格、生活情況等場合上。

例　1. **Ini harga pas.**　　　這是不二價。

　　2. **Uang pas saja.**
　　　只限剛好的錢（不找零錢）。

　　3. **Pas jam enam.**　　　剛好六點。

　　4. **Kehidupan saya pas-pasan saja.**
　　　我的生活剛剛好而已。

與顏色相關的表現

IA032-19-04.MP3

 kuning　黃色 　　 emas　金色 　　 merah　紅色

 merah muda / pink　粉紅色 　　 cokelat　褐色 　　 ungu　紫色

 putih　白色 　　 perak　銀色 　　 hitam　黑色

 abu-abu　灰色 　　 biru　藍色 　　 krem　米色

 oranye　橘色 　　 nila　靛色 　　 hijau　綠色

文法焦點

被動詞前綴 **di-** 的用法

> * 印尼語的一般被動式用前綴 di- 來表達。印尼語在很多情況下，當沒有明確的主詞或做動作的人的時候，都會採用被動式的方式。

例

❶ pakai 使用 ➡ **dipakai**（被）使用

Kartu ini tidak bisa dipakai. （這張卡無法被使用＝）這張卡無法使用。

❷ coba 試 ➡ **dicoba**（被）嘗試

Baju ini boleh dicoba?

（這件衣服可以被嘗試嗎？＝）這件衣服可以試穿嗎？

Baju ini boleh dicoba?

❸ tambah 增加 ➡ **ditambah**（被）增加

Harga ini sudah ditambah pajak.

（這個價格已經被增加稅金＝）這個價格已經加了稅金。

❹ tukar 換 ➡ **ditukar**（被）換

Baju ini boleh ditukar? （這件衣服可以被換嗎？＝）這件衣服可以換嗎？

注意 本文法中的例句中譯裡（ ）的部分將印尼語語性在表達時的思考模式忠實呈現出來，藉此使讀者可以得知印尼人表達時是這樣想的，並熟悉以中文理解印尼語時該如何轉換角度思考。

> * 要注意的是，被動詞 di- 和介系詞 di（在）是完全不一樣的。介係詞 di 應該和其他字根是分開的。而被動詞 di- 會和其所連接的字連在一起。

Di mana?

例

被動詞前綴 di-	介系詞 di（在）
dijual 被賣	**di mana** 在哪裡
dibeli 被買	**di sana** 在那裡
dicoba 被試	**di sini** 在這裡

短會話練習A

IA032-19-06.MP3

換貨

Kalau tidak ada nota, apakah bisa tukar barang?
請問沒有發票的話，可以換貨嗎？

Kalau tidak ada nota, tidak bisa.
沒有發票的話不行。

Boleh saya lihat barangnya dulu?
能先讓我看一下商品嗎？

其他顏色

Apakah ada warna lain?
請問有其他顏色嗎？

Maaf, sekarang tidak ada warna lain.
對不起，現在沒有其他顏色了。

Saya cek gudang dulu.
我查一下庫存。

退貨

Saya ingin mengembalikan yang ini.
這件我想退貨。

Ok, tolong tunjukkan notanya.
好，請給我看一下發票。

Maaf, barang ini tak bisa dikembalikan.
對不起，這個不能退貨。

換貨之後

Saya mau yang ini.
我要這件。

Anda hanya perlu tanda tangan di sini.
您只要在這邊簽名就可以了。

Harus bayar dua puluh ribu Rupiah lagi.
再補 2 萬印尼盾就可以了。

單字

nota 發票	**tukar** 換	**cek** 檢查

IA032-19-07.MP3

尋找適合的款式

Baju seperti apa yang kamu mau?
您要什麼樣的衣服？

Tolong kasih saya warna yang lebih cerah.
請給我更亮一點的顏色。

Tolong kasih saya desain lain.
請給我其他的款式。

不可換貨

Maaf, barang ini tidak bisa dikembalikan.
對不起，這個不能換貨。

Benar?
是嗎？

Kenapa tidak boleh?
為什麼不行？

換貨原因

Ada masalah apa?
請問有什麼問題呢？

Ukurannya tidak pas.
尺寸不合。

Warnanya tidak cocok.
顏色不合適。

沒有現貨

Sekarang tidak ada barangnya.
現在沒有現貨。

Apakah bisa pesan dulu?
那麼可以訂貨嗎？

Kapan bisa ada barangnya?
那麼大概什麼時候會有貨？

單字

| **cerah** 晴朗、亮麗 | **desain** 設計 | **cocok** 合適 |

IA032-19-08.MP3

練習題

1. 請聽音檔，並依下列的提示完成所有的句子。

Kamar　　biru　　pilihan　　hadiah　　Celana

❶ _____ ini boleh dicoba?　　　　　　　這褲子可以試穿嗎？

❷ _____ ganti baju di sana.　　　　　　更衣室在那裡。

❸ Tolong berikan warna _____ .　　　請給我藍色。

❹ Ini _____ untuk teman.　　　　　　這是要給朋友的禮物。

❺ Di sebelah sini masih ada banyak _____ .　在那邊還有很多選擇。

2. 請聽音檔，並依下而的中文用印尼語做回答練習。

❶ 請給我更亮一點的顏色。

❷ 為什麼不行？

❸ 顏色不適合。

❹ 那麼可以訂貨嗎？

❺ 能先讓我看一下商品嗎？

3. 請將下列中文翻譯成印尼文。

❶ 紅色和白色。

➡ _____

❷ 在那裡。

➡ _____

❸ 多少錢？

➡ _____

❹ 在哪裡付錢？

➡ _____

❺ 有其他的顏色嗎？

➡ _____

IA032-19-09.MP3

pakaian 服飾
baju 衣服

❶ **pakaian pria** 男裝

❷ **pakaian wanita** 女裝

❸ **pakaian anak-anak** 童裝

❹ **ruang ganti** 更衣室

❺ **kaus oblong** T恤

❻ **sweater** 毛衣

❼ **kaus kutang** 背心

❽ **jaket** 夾克；外套

❶ **kemeja** 襯衫

❷ **jas** 西裝
　➥ **ikat pinggang** 腰帶

❸ **rok** 裙子

❹ **kemeja wanita** 女性襯衫

❶ **kaos Polo** Polo衫

❷ **celana pendek** 短褲

❸ **celana** 褲子

❹ **celana jeans** 牛仔褲

❺ **baju tidur** 睡衣

❶ **pakaian dalam** 內衣

❷ **celana dalam pria** （男）內褲
　➥ **celana dalam** 三角褲
　➥ **boxer** 四角褲

❸ **pakaian dalam wanita** （女）內衣
　➥ **celana dalam wanita** （女）內褲

❹ **sepatu** 鞋子

❺ **kaus kaki** 襪子

❻ **stocking** 褲襪
　➥ **stocking** 絲襪

❼ **sepatu kulit** 皮鞋

❽ **sepatu hak** 高跟鞋

❾ **sepatu boot pendek** 短靴

❿ **sepatu boot panjang** 長靴

1 **aksesoris** 配件

2 **topi** 帽子

3 **syal / selendang** 圍巾

4 **syal / selendang** 絲巾

5 **syal / selendang** 披肩

6 **sabuk** 皮帶

7 **dasi** 領帶

8 **sarung tangan** 手套

9 **jepit rambut** 髮夾

1 **perlengkapan olahraga** 運動用品

2 **sepatu olahraga** 運動鞋

3 **baju renang** 泳衣

4 **topi renang** 泳帽

5 **celana renang** 泳褲

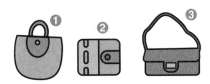

1 **tas tangan** 手提包

2 **dompet** 皮夾

3 **tas kulit** 皮包

4 **ransel** 背包

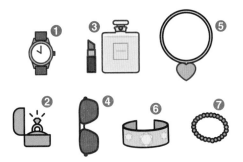

1 **jam tangan** 手錶

2 **cincin** 戒指

3 **alat dandan / make up / rias** 化妝用品

4 **kacamata** 眼鏡

5 **kalung** 項鍊

6 **gelang** 手鐲

7 **gelang** 手鍊

【各種商店】

❶ **toko buku** 書店

❷ **apotek** 藥局

❸ **toko baju** 服裝店

❹ **toko mainan** 玩具店

❺ **toko kue** 蛋糕店

❻ **toko buah** 水果店

❼ **toko kelontong** 雜貨店

❽ **toko bunga** 花店

❾ **toko kacamata** 眼鏡行

❿ **toko alat tulis** 文具用品店

⓫ **toko buah dan sayur segar**
　生鮮蔬果店

⓬ **toko kosmetik** 化妝用品店

⓭ **toko produk elektronik**
　3C商品專賣店

⓮ **toko perabotan** 家具行

⓯ **toko teh susu** 奶茶店

⓰ **toko sepatu** 鞋子專賣店

⓱ **mal** 百貨公司、商場

⓲ **toko es krim** 冰淇淋店

⓳ **toko serba ada** 便利商店

⓴ **supermarket** 超市

【描述商品】

❶ **harga** 價格

❷ **desain** 設計

❸ **ukuran** 大小（尺寸）

❹ **warna** 顏色

❺ **corak** 圖案

❻ **merek** 品牌

【退換貨】

❶ **barang, produk** 產品、商品

❷ **struk belanja** 購物明細

❸ **tukar barang** 換貨

❹ **pengembalian barang** 退貨

❺ **tidak boleh menukar barang dan
　mengembalikan barang** 概不換貨、退貨

❻ **buku garansi** 保證書

❼ **periode garansi** 保固期

❽ **pemasok (supplier)** 製造公司、製造商

❾ **gudang** 庫存

❿ **selisih harga** 差額

加強表現

❶ **ada lubang di baju saya** 衣服破了一個洞　❸ **memanjangkan celana** 把褲腳改長

❷ **benang keluar dari jahitan** 衣服脫線了　❹ **melebarkan celana** 把褲子改寬

文化專欄：印尼的商場與超市

▲ 印尼國民們消費能力日益增強

印尼的零售市場潛力很大，因為人口高達 2.7 億，僅次於中國、印度和美國，是東南亞最大的經濟體，內需市場相當龐大，近年中產階級的消費能力也快速提升，根據中經院東協中心統計，全印尼的人均約 3,500 元美金，在雅加達卻是 1 萬 4000 美元，高出 4 倍之多。除了突顯城鄉差距和貧富差距之外，也印證了印尼大城市中產階級的崛起。

除了龐大的內需市場及總體消費力提升外，印尼的 15 歲到 64 歲的勞動人口占總人口 68%，是印尼經濟成長的另一個「人口紅利」，就算周邊國家不買印尼產品，印尼靠著本身的內需市場，也可以存活下來。因此，這樣的消費力展現在各大城市的超市、購物中心和四處林立的便利商店裡。

在印尼的的大型購物中心，很多都是複合式的建築，它具有能滿足購物需求和休閒需求的實力，又常見與公寓住宅區共構結合。因此一間購物中心裡內含的各種商店，包括電影院、健身房，甚至是銀行、美容院等，這些店家往往都能夠滿足當地住戶一家人各個成員不同的所有需求，另外也有許多的土本及外資的百貨商場角逐內需市場這塊

▲ 印尼本土的 Mal Matahari 商場

大餅，其中 Mal Matahari（太陽商場）便是最具代表性，也最常見的印尼本土連鎖商場，其他投入競爭的外資商場的更是不勝枚舉。

▲ 印尼的主流超商之一（Alfamart）

至於便利商店，也漸漸成為都市人購買日用品的地方。印尼兩大知名便利商店即為 Indomaret 和 Alfamart。裡面賣的商品跟在台灣的差不多，以日常用品或食物為主。但是目前印尼便利商店仍然沒有太普及，許多傳統雜貨店和流動攤販依然印尼人民購買生活日用品時的重要選項，因此有人預測零售市場未來前景亦是很樂觀的。

IA032-20-01.MP3

Pelajaran **20**

在傳統市場 Di Pasar Tradisional

Penjual:

Selamat pagi, Bu. Hari ini mau beli apa?

Siti:

Selamat pagi, Pak. Saya mau kangkung sekilo, setengah kilo cabai dan kentang.

Penjual:

Ini belanjaannya Bu. Mau yang lainnya lagi?

Siti:

Saya pikir sudah semuanya.

Penjual:

Mau dagingnya tidak?

Siti:

Oh ya, saya mau beli daging sapi. Ada tidak?

Penjual:

Tentu saja ada.

Siti:

Ngomong-ngomong, daging yang dijual di sini benar-benar segar?

Penjual:

Ya, saya hanya menjual daging yang segar saja.

Siti:

Oh begitu. Berapa harga semuanya?

Penjual:

Semuanya 125.000 Rupiah.

Siti:

Bisa kurang sedikit? Kasih diskon deh!

Penjual:

Saya berikan diskon 5.000 Rupiah.

Siti:

Terima kasih banyak.

攤販：

小姐，早。請問今天要買什麼？

西蒂：

先生，早。我要買一公斤的空心菜，半公斤的辣椒和馬鈴薯。

攤販：

你要買的在這。還要其他的嗎？

西蒂：

我想應該是差不多了。

攤販：

需要買肉嗎？

西蒂：

喔！是的，我需要買牛肉。你有嗎？

攤販：

當然有。

西蒂：

對了，這裡賣的肉真的很新鮮對吧？

攤販：

是的，我只賣新鮮的肉。

西蒂：

喔，這樣啊！全部多少錢？

攤販：

全部共 125,000 印尼盾。

西蒂：

可以算便宜一點嗎？給個折扣吧！

攤販：

那少算 5,000 印尼盾。

西蒂：

非常感謝。

說明 印尼購物時以「公斤」為主要的計量方式。1公斤等於1.667台斤。

234

必學單字表現

IA032-20-02.MP3

kangkung	空心菜
sekilo	一公斤
setengah	一半
cabai	辣椒
kentang	馬鈴薯
belanjaan	採購品
pikir	想
daging	肉
ngomong-ngomong	（口語）對了
dijual	被賣
segar	新鮮
hanya	只
kasih	給
diskon	折扣

會話重點

IA032-20-03.MP3

重點1 ngomong-ngomong

主要用在口語表達上，意思類似「對了」，用在開啟或轉換話題的時候。字根是 omong（說）。

例 1. **Ngomong-ngomong, tadi kamu bilang apa?**
對了，你剛説什麼？

2. **Ngomong-ngomong, nama kamu siapa?**
對了，你叫什麼名字？

Ngomong-ngomong, nama kamu siapa?

重點2 Bisa kurang sedikit?

這句話主要用在詢問可否便宜一些或減價的慣用語。亦可改使用 murah（便宜）。

例 1. **Bisa kurang sedikit?**　可以減少一點嗎？
2. **Bisa murah sedikit?**　可以便宜一點嗎？

上菜市場所需要的相關表現

IA032-20-04.MP3

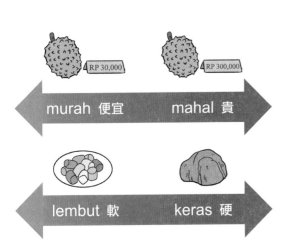

murah 便宜　　mahal 貴

lembut 軟　　keras 硬

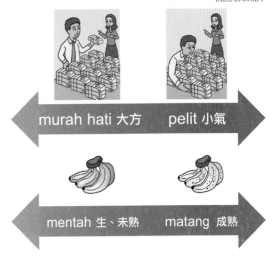

murah hati 大方　　pelit 小氣

mentah 生、未熟　　matang 成熟

235

文法焦點

印尼語的祈使句 的用法

IA032-20-05.MP3

> ＊印尼語的祈使句常見的有下列幾項：恭請他人進行某事時的 silakan（請）；請求他人協助時的 tolong（請幫忙）；表達請求（同意）時的 izinkan（請允許）和 minta（敬請、要求）；表達警示及欲阻止他人時的 jangan（別）和 dilarang（禁止）等等。

silakan（請）

例 ❶ **Silakan** makan.　　　　　　　請吃。

❷ **Silakan** menonton film ini.　　請欣賞這部電影。

tolong（請幫忙）

❸ **Tolong** beri saya satu tiket.　　請給我一張票。

❹ **Tolong** bantu saya menerjemahkan buku ini.
請幫我翻譯這本書。

izinkan（請允許）

❺ **Izinkan** saya telepon manajer.　請允許我打電話給經理。

❻ **Izinkan** saya minta cuti besok.　請允許我明天請假。

minta（敬請、要求）

❼ **Minta** maaf.　　　　　　　　　請原諒。

❽ **Minta** garpu yang baru.　　　　請給我新的叉子。

jangan（別）

❾ **Jangan** berlari.　　　　　　　不要跑。

❿ **Jangan** menyerah.　　　　　　別放棄。

dilarang（禁止）

⓫ **Dilarang** masuk.　　　　　　禁止進入。

⓬ **Dilarang** mengemudi dalam keadaan mabuk.
禁止酒後開車。

短會話練習A

IA032-20-06.MP3

詢問價錢

Berapa harga sekilo kubis?
高麗菜一公斤多少錢？

Kalau kubis, sekilo Rp. 9.000.
高麗菜一公斤 9,000 印尼盾。

Sekarang lebih mahal, sekilo Rp. 15.000.
現在比較貴，一公斤 15,000 印尼盾。

比較價錢

Harganya lima ribu lebih mahal dibanding bulan lalu ya?
跟上個月比起來貴了 5,000 印尼盾對吧？

Ya, ada sedikit kenaikan.
是的，價格有點上漲。

Benar karena bulan ini hujan.
是的，因為這個月下雨。

購物地選擇

Kenapa tidak pergi ke supermarket saja?
為什麼不去超市（買）就好？

Pasar tradisional jauh lebih lengkap.
因為傳統市場比較齊全。

Pasar tradisional jauh lebih murah.
因為傳統市場比較便宜。

尋找特定商品

Saya cari wadah plastik. Kamu jual tidak?
我要找塑膠容器。你有賣嗎？

Ya, ada.
是的，有。

Yang kamu cari seperti apa?
你要找哪一種的？

單字

kubis 高麗菜	**dibanding** 比較	**kenaikan** 上漲
lengkap 完整、齊全	**plastik** 塑膠	**seperti** 像是

237

IA032-20-07.MP3

比較價錢

Kalau yang kedua ini, harganya berapa?

那這兩個要多少錢？

Yang paling kecil, Rp. 15.000 satu.

最小的要 15,000 印尼盾。

Yang paling besar, Rp. 25.000 satu.

最大的要 25,000 印尼盾。

選擇商品

Saya mau beli mi instan.

我要買泡麵。

Kamu mau rasa apa?

你要什麼口味的？

Satu kardus Rp. 150.000.

一箱是 150,000 印尼盾。

殺價

Bisa enggak Rp. 120.000 saja?

可以算（賣我）120,000 印尼盾嗎？

Enggak bisa, nanti saya enggak dapat untung.

不行，這樣子我就沒得賺了。

Enggak bisa, saya rugi.

不行，那我就虧本了。

要求品質

Kasih yang matang dan bagus-bagus ya.

要挑熟一點的和好的給我喔！

Baik, semuanya segar-segar.

放心，全部都是新鮮的。

Baik, semuanya baru datang dari ladang.

放心，全都是才剛從農場運來的。

單字

rasa 味道	**kardus** 箱子	**untung** 利潤
rugi 損失	**matang** 成熟、（煮）熟	**ladang** 農場

IA032-20-08.MP3

練習題

1. 請聽音檔，並依下列的提示完成所有的句子。

lain　　daging　　segar　　kurang　　kangkung

❶ Saya mau _____ sekilo.　　　　　　我要買一公斤的空心菜。

❷ Mau yang _____ lagi?　　　　　　還需要其他的嗎？

❸ Mau _____ tidak?　　　　　　需要肉類嗎？

❹ Daging yang dijual di sini benar-benar _____?

這裡賣的肉真的很新鮮對吧？

❺ Bisa _____ sedikit?　　　　　　可以算便宜一點嗎？

2. 請聽音檔，並依下列的中文用印尼語做發問練習。

❶ 高麗菜一公斤多少錢？

❷ 跟上個月比起來貴了 5,000 印尼盾對吧？

❸ 為什麼不去超市（買）就好？

❹ 可以算（賣我）120,000 印尼盾嗎？

❺ 要給我熟的和好的喔！

3. 請將下列中文翻譯成印尼文。

❶ 非常感謝。

➡ _____

❷ 請給我一張票。

➡ _____

❸ 禁止進入。

➡ _____

❹ 可以算便宜一點嗎？

➡ _____

❺ 請吃。

➡ _____

蔬果及雜貨相關的單字表現

IA032-20-09.MP3

【常見蔬菜】

❶ **sayuran** 蔬菜類

❷ **tomat** 番茄

❸ **wortel** 紅蘿蔔

❹ **ubi jalar** 地瓜

❺ **jagung** 玉米

❻ **kangkung** 空心菜

❼ **rebung** 竹筍

❽ **kubis** 高麗菜

❾ **kembang kol** 花椰菜

❿ **jamur** 香菇

⓫ **cabai** 辣椒

⓬ **kentang** 馬鈴薯

⓭ **sawi** 小白菜

⓮ **jahe** 薑

⓯ **kunyit** 薑黃

⓰ **daun ubi jalar** 地瓜葉

【常見水果】

❶ **buah-buahan** 水果

❷ **mangga** 芒果

❸ **stroberi** 草莓

❹ **apel** 蘋果

❺ **anggur** 葡萄

❻ **nanas** 鳳梨

❼ **semangka** 西瓜

❽ **rambutan** 紅毛丹

❾ **kelapa** 椰子

❿ **pepaya** 木瓜

⓫ **durian** 榴槤

⓬ **lengkeng** 龍眼

⓭ **pisang** 香蕉

⓮ **jeruk** 柳橙

⓯ **jambu biji** 芭樂

⓰ **salak** 蛇皮果

⓱ **manggis** 山竹

⓲ **nangka** 菠蘿蜜

【其他物品】

❶ **bunga** 花

❷ **daun** 葉子

❸ **rempah** 香料

❹ **kantong** 袋子

❺ **kantong plastik** 塑膠袋

❻ **keranjang** 籃子

加強表現

❶ **dua ikat kangkung** 兩把空心菜

❷ **setengah kol** 半顆高麗菜

❸ **seikat anggur** 一串葡萄

❹ **tiga buah nanas** 三顆鳳梨

文化專欄：必須去一趟的印尼傳統市場

　　每到一個地方，請一定要去參觀當地最傳統的市場。因為只有在傳統市場裡，才有機會看到最在地的風景、風俗和文化，而在印尼也不例外。印尼的傳統市場的確是一個很有活力、很特別的場所，雖然印尼的傳統菜市場一般只賣蔬菜、水果、肉類，但通常周遭也會群聚販各種日用品、食物、甜點及熟食的店家，形成一個可看可買的逛街區域。

　　印尼的傳統市場大部分都在市中心，而且大多都是集中在一棟建築物裡，各類攤販有固定的攤位，在攤位上會將商品堆得高高的，讓客人來選購。由於是傳統市場，通常都沒有標價，若想要買，都是用秤的或是口頭詢問價錢。因此傳統市場絕對是一個可以練習口說和聽力的好地方。

　　印尼文的市場為「pasar」，因此當地華人也會說成「巴剎」。這個「pasar」實際上包含傳統市場、菜市場等涵義之外，有時候也指現代超級市場。而印尼的市場種類也相當多元，其中包括了許多的特色市場，到了雅加達，不參觀一下這些台灣看不到的特色市場未免太可惜了。以下做一些大致的分類：

1. Pasar Sayur：即一般的菜市場。
2. Pasar Ikan：以食用魚為主的魚市場。
3. Pasar Batu Aji Rawa Bening：位於東雅加達，主要販售各式珠玉、寶石的玉石市場。
4. Pasar Taman Puring：位於南雅加達，主要販售各種便宜鞋類的為主的鞋市場。
5. Pasar Tanah Abang：位於雅加達市中心，主要販售各種蠟染衣及具地方特色紀念品的特色市場。

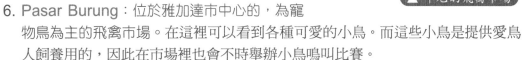
▲ 印尼的飛禽市場

6. Pasar Burung：位於雅加達市中心的，為寵物鳥為主的飛禽市場。在這裡可以看到各種可愛的小鳥。而這些小鳥是提供愛鳥人飼養用的，因此在市場裡也會不時舉辦小鳥鳴叫比賽。

▲ 日惹的柏靈哈究市場

　　若是到日惹去旅遊，那就必定去拜訪在日惹市中心的「Pasar Beringharjo（柏靈哈究市場）」。它是日惹歷史最悠久的市場，除了自古便具有人民交易市集的實質意義，也有體現印尼古代王朝在神聖空間規劃上的象徵意義。在日惹蘇丹國建立之後，皇室將這個地方訂為平民交易的市集。從它的建築外觀可以看到殖民和爪哇建築風格的融合，以及早期皇室規劃古代城市時，連同皇宮、清真寺、村莊和市場，四合一的空間概念。

在家裡 Di Rumah

Tukang ledeng:

Selamat sore, saya tukang ledeng yang bertugas untuk servis ledeng rumah Anda.

Siti:

Silakan masuk.

Tukang ledeng:

Ada masalah apa ledengnya?

Siti:

Keran air saya rusak, sudah bocor.

Tukang ledeng:

Baik, saya cek dulu. Kayaknya lem karetnya sudah aus.

Siti:

Apakah bisa diperbaiki?

Tukang ledeng:

Ya, saya gantikan yang baru saja.

Siti:

Saya juga membutuhkan servis cat rumah.

Tukang ledeng:

Baik, saya akan mengecat dinding rumah ini. Apakah ada lainnya yang rusak juga?

Siti:

Jamban juga tersumbat. Sudah dicoba beberapa kali masih tidak bisa dipakai.

Tukang ledeng:

Baik, nanti saya periksa.

水電工：

午安，我是布特拉，我是來修理水電的（水電工來服務您的家）。

西蒂：

請進。

水電工：

請問家裡有什麼問題？

西蒂：

我的水龍頭壞掉，在漏水了。

水電工：

好的，我先檢查一下。好像是墊圈已經老化了。

西蒂：

請問可以修理嗎？

水電工：

可以的，我換個新的就好了。

西蒂：

還有，我的房子也需要做粉刷。

水電工：

好的，我會幫您油漆這間房子的牆壁。請問還有其他壞掉的東西嗎？

西蒂：

還有，馬桶也塞住了。已經試過好幾次了，但還是不通。

水電工：

好，待會兒我檢查一下。

必學單字表現

IA032-21-02.MP3

tukang	師傅
tukang ledeng	水電工
servis	服務
masalah	問題
keran air	水龍頭
bocor	漏洞
cek	檢查
kayaknya	好像
lem	膠水
karet	橡膠
aus	耗損
diperbaiki	（被）修理
gantikan	替換
mengecat	油漆
dinding	牆壁
jamban	馬桶
tersumbat	堵塞
periksa	檢查

會話重點

IA032-21-03.MP3

重點1 rusak

這個詞主要表示各種東西的「損壞」，通常用於具體的物品上。至於其他「壞」的表現，尚有 mati（表示電器類物品壞了）、jahat（表示壞人），buruk（表示抽象的事情）。

例
1. **HP saya sudah rusak.** 我的手機壞了。
2. **TV di rumah sudah mati.**
   家裡的電視壞了。
3. **Dia orang yang jahat.** 他是壞人。
4. **Hal yang buruk terjadi pada orang yang baik.**
   壞事發生在好人身上。

Dia orang yang jahat.

重點2 diperbaiki

這個詞的字根是 baik（好），而 diper-i 的環綴有表示「更…」之意。當兩個詞加在一起後變成了「更好」，因此用在此方面延伸出了「修理」的意思。

例
1. **Tukang pipa air sudah memperbaiki keran air itu.**
   水電工已經修理了水龍頭。
2. **Apakah jamban bisa diperbaiki?**
   馬桶能夠修好嗎？

與技術、新舊相關的表現

IA032-21-04.MP3

mahir 擅長、靈巧　　canggung 笨拙

baru 新　　lama 舊

文法焦點

動詞前綴 menge- 的用法

> ＊**動詞前綴 meN- 總共有六種形式，即：me-、mem-、men-、meng-、meny- 和 menge-。每一形式會固定搭配不同的字首，形成動詞。**

各個 meN- 前綴所搭配的字首組合：

類型	搭配的字首	類型	搭配的字首
me-	l, m, n, r, w, y, ng, ny	meng-	k*, g, h, kh, a, e, i, o, u
mem-	p*, b, f, v	meny-	s*
men-	t*, d, c, j	menge-	所有單音節的字

注意 標了 ＊ 號字母開頭的單字，在加上各自的前綴 meN- 時，除了某些例外的字以外，其字首都會被省略掉。

這一課，我們來學習六種 meN- 前綴之中的其中之一，即 menge- 形式所搭配的字首，以及一些例子。動詞前綴 menge- 的形式：

類型	字首	字根 ➜ 加上meN-
menge-	單音節的字	cat 油漆 ➜ mengecat 粉刷油漆
		bom 炸彈 ➜ mengebom 炸毀、轟炸

例 ❶ **Saya akan mengecat dinding rumah**.
我會粉刷屋子的牆壁。

❷ **Militer mengebom markas musuh**.
軍方轟炸了敵方的基地。

短會話練習A

IA032-21-06.MP3

到達時間

Kapan Anda bisa datang?

請問您什麼時候能來？

Paling lambat jam tiga sore ke sana.

最晚今天下午 3 點過去。

Besok jam sepuluh pagi ke sana.

明天上午 10 點去。

請求修理

Bisa datang lebih cepat?

能不能趕快過來？

Saya akan coba.

我會盡量。

Maaf, sebelum jam tiga agak susah.

對不起，3 點之前比較困難。

修理費用

Biaya servisnya kira-kira berapa?

請問修理費大概多少錢？

Kira-kira satu juta Rupiah.

大概是 100 萬印尼盾。

Gratis.

免費。

何時可用

Apakah bisa langsung dipakai setelah diservis?

請問修好後就可以馬上使用嗎？

Setelah selesai diservis sudah boleh langsung digunakan.

如果修理完後就可以馬上使用。

Dua sampai tiga jam baru bisa digunakan.

要過 2 到 3 個小時才可以使用。

單字

paling lambat 最晚	**lebih cepat** 快一點	**coba** 試圖、嘗試
susah 困難	**gratis** 免費	**langsung** 直接；馬上、立刻

IA032-21-07.MP3

出現故障的時間

Kapan rusak?
什麼時候壞掉的？

Sudah dua hari.
兩天了。

Sudah seminggu.
一個星期了。

問題所在

Apakah dulu pernah terjadi masalah yang serupa?
之前也有過這樣的問題嗎？

Ya, dulu pernah.
有，之前有過。

Tidak, dulu tidak pernah.
沒有，之前沒有過。

支付修理費用

Siapa yang akan bayar biaya perbaikannya?
請問誰會支付修理費？

Saya yang bayar.
我會支付。

Pemilik kos yang bayar.
房東會支付。

其他問題

Apakah tempat lainnya juga tidak keluar air?
請問其他地方也不出水嗎？

Ya, tempat lain juga airnya tidak keluar.
是的，其他地方也不出水。

Tidak, tempat lain lancar.
不會，其他地方都正常。

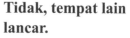

單字

terjadi 發生	**serupa** 一樣	**perbaikan** 修理
pemilik 擁有者、房東	**keluar** 出去、出來	**lancar** 順暢、流暢

IA032-21-08.MP3

練習題

1. 請聽音檔，並依下列的提示完成所有的句子。

tersumbat　　masalah　　diperbaiki　　rusak　　membutuhkan

❶ Ada apa _____ di rumah?　　　　請問家裡有什麼問題？

❷ Keran air saya _____, sudah bocor.　　我的水龍頭壞掉，在漏水了。

❸ Apakah bisa _____?　　　　請問可以修理嗎？

❹ Saya juga _____ servis cat rumah.　　我的房子也需要做粉刷。

❺ Jamban juga _____.　　　　馬桶也塞住了。

2. 請聽音檔，並依下列的中文用印尼語做發問練習。

❶ 請問您什麼時候能來？

❷ 請問維修費大概多少錢？

❸ 請問修好後就可以馬上使用嗎？

❹ 什麼時候壞掉的？

❺ 能不能趕快過來？

3. 請將下列中文翻譯成印尼文。

❶ 水電工

➡ _____

❷ 馬桶塞住了。

➡ _____

❸ 水龍頭壞了。

➡ _____

❹ 水管破了。

➡ _____

❺ 請幫忙檢查。

➡ _____

IA032-21-09.MP3

【維修用語】

❶ **pusat layanan purna jual** 售後服務中心

❷ **toko servis** 修理店

❸ **tukang reparasi** 修理技師

❹ **tukang pipa air** 水管工人

❺ **tagihan** 帳單

❻ **buku instruksi** 產品說明書

❼ **periode garansi** 保固期

❽ **gratis** 免費

❾ **biaya tambahan** 加錢

❿ **biaya material** 材料費

⓫ **memperbaiki** 維修

⓬ **datang ke rumah untuk memperbaiki**
到府維修

⓫ **sekring putus** 保險絲燒掉

⓬ **lampu rusak** 燈管壞掉

⓭ **starter lampu rusak** 燈管啟動器壞掉

⓮ **soket listriknya tidak dapat dibuka**
電源打不開

⓯ **soket listriknya tidak dapat ditutup**
電源關不掉

⓰ **percikan api dari soket** 插座冒出火花

⓱ **alat pemanas airnya rusak** 熱水器故障

⓲ **AC rusak** 空調故障

⓳ **toilet rusak** 馬桶故障

⓴ **jendela pecah** 窗戶破了

㉑ **jaring jendela ada lubang** 紗窗破掉

㉒ **pintunya terkunci** 門被鎖上了

㉓ **terdengar bunyi berisik** 聽到有雜音

㉔ **gambarnya tidak jelas** 畫面不清晰

【描述問題】

❶ **retak** 裂開

❷ **patah** 斷裂

❸ **mampet** 堵塞

❹ **tersumbat** 堵塞

❺ **air menetes** 滴水

❻ **bocor** 漏水、漏氣

❼ **kebocoran listrik** 漏電

❽ **tidak keluar air** 沒（出）水

❾ **tidak ada listrik** 沒有電

❿ **mati lampu** 停電了

【各種工具】

❶ **kotak alat** 工具箱

❷ **senter** 手電筒

❸ **martil** 槌子

❹ **paku** 釘子

❺ **linggis** 鐵撬

❻ **obeng kembang** 螺絲起子

❼ **obeng pipih** 一字起子

❽ **sekrup** 螺絲

❾ **sekrup topi** 螺帽

❿ **spanner / kunci pas** 扳手

⑪ **tang** 老虎鉗

⑫ **tang gunting** 尖嘴鉗

⑬ **kabel** 電線

⑭ **bor listrik** 電鑽

⑮ **gergaji** 鋸子

⑯ **gergaji listrik** 電鋸

⑰ **alat menutupi kabel** 壓條

⑱ **kuas cat rol** 滾筒油漆刷

⑲ **pita pengukur** 捲尺

⑳ **lem kuat** 強力接著劑

文化專欄：印尼居家相關的事務

若需要在印尼長居，要找個舒適的房子住下來可是一件大事。通常會建議先到當地去住旅館，然後熟悉了週邊環境之後再選擇想要住的房型、區域和價位。若有租屋需求，可以先到 www.rumah.com、www.rumah123.com 或 sewa-apartemen.net 這三個租屋網站去尋找合適的區域和房子。

接下來，我們也必須先大致了解市場的行情價格。房子的類型和價格絕對成正比，以雅加達市高層公寓的平均租金來說，一個公寓套房的大約是台幣 10,000 元左右，因為這種類型的房子，還附有保安人員、管理人員、公共設施等，所以這類的居住選擇自然相對的舒適。但若預算有限的話，則可以考慮一般印尼人習慣居住的社區型住宅，即兩層樓平房式的租屋「rumah kos」或「kos-kosan」，這類的房子月租可低至約台幣 1,500 元至 4,000 元不等。

在租屋之前，也必須確認房租是否包含押金、管理費、水電費、網路費等。在印尼的水電費大約台幣 1,000 元左右，網路費也大約落在台幣 800 元到 2,000 元之間不等。累積下來是不小的數目，因此也選擇租房上也必須謹慎小心。

若是房子出現狀況，除了連絡屋主之外，也會需要尋找水電工。在網路上已經有很多線上諮詢和預約的服務。在印尼有需要時，只要輸入 jasa perbaikan（維修服務），就可以針對不同的居家修繕服務請求到府維修服務。不過便利歸便利，在家中的設備出問題時也要有心理準備，因為這些服務「也不是隨傳隨到的」，通常都需要好幾天的耐心等候，才可能等到相關維修人員的到來，所以這時候一定要發揮「sabar（耐心）」和「santai（放輕鬆）」的精神囉！

常見的維修服務有：pipa bocor（水管破了）、WC tumpat（馬桶塞住）、pasang tangki air（安裝蓄水桶）等。在印尼，所有與水管、水箱、洗手間、廚房等相關的問題發生時，請不用擔心，不論如何，都能找到 tukang（師傅）來修！

▲ 在印尼居家有問題時，都可以找修理商店求援

在美髮沙龍 Di Salon Rambut

Siti:

Permisi, saya ingin mengubah gaya rambut saya.

Penata rambut:

Mohon tas dan baju ditaruh di sini untuk disimpan.

Siti:

Baik.

Penata rambut:

Gaya rambut seperti apa yang Anda inginkan?

Siti:

Saya kurang tahu. Saya ingin menghadiri pernikahan teman saya malam ini.

Penata rambut:

Apa yang akan Anda pakai pada pernikahan nanti malam?

Siti:

Saya akan memakai gaun panjang hitam.

Penata rambut:

Baik, saya akan memotong rambut Anda untuk menyesuaikan dengan wajah dan gaun Anda.

Siti:

Poninya tolong dirapikan saja.

Penata rambut:

Baik, ayo kita cuci rambut dulu.

(setalah potong rambut)

Penata rambut:

Sudah selesai. Silakan melihat ke cermin, Anda puas?

Siti:

Sangat puas, saya suka gaya rambut ini, terima kasih.

西蒂：

不好意思，我想要換髮型。

理髮師：

請將包包和衣服放在這裡保管。

西蒂：

好的。

理髮師：

您想換什麼樣的髮型？

西蒂：

我現在沒想法。我今晚要出席我朋友的婚禮。

理髮師：

您出席婚禮會如何穿搭呢？

西蒂：

我會穿黑色的晚禮服。

理髮師：

好的，那我會依照您的樣貌和禮服來幫您換髮型（剪您的頭髮）。

西蒂：

瀏海稍微修一下就好。

理髮師：

好的，讓我們先來洗頭髮吧！

（整個剪完頭髮後）

理髮師：

剪好了。請看看鏡子。您還滿意嗎？

西蒂：

非常滿意，我喜歡這個髮型。

必學單字表現

IA032-22-02.MP3

mengubah	改變
gaya	風格
rambut	頭髮
tas	包包
ditaruh	（被）放
disimpan	（被）收藏
menghadiri	出席
pernikahan	婚禮
teman	朋友
pakai / memakai	穿
gaun panjang	晚禮服
potong / memotong	剪
menyesuaikan	使合適
wajah	樣貌
dirapikan	被修飾、被整理
cuci	洗
selesai	完成

會話重點

IA032-22-03.MP3

重點1 potong

這個詞有兩個意思，除了「剪」之外，還有「切」的意思。

例 1. **Saya pergi ke salon rambut untuk potong rambut.**
　　我去理髮廳去剪頭髮。

2. **Ibu cuci dan potong sayur di dapur.**
　　媽媽在廚房裡洗菜和切菜。

重點2 menghadiri

這個詞是「出席」的意思，字根是 hadir（出席）。通常用在正式的慶典、儀式、會議等。

1. **Saya akan menghadiri pesta ulang tahun teman saya.**
　　我會出席我朋友的生日宴會。

2. **Jangan menghadiri pernikahan kalau Anda tidak diundang.**
　　若是沒收到婚禮邀請便請勿出席。

與外觀相關的表現

IA032-22-04.MP3

cantik 美　　　jelek 醜

tinggi 高　　　pendek 矮

文法焦點

動詞前綴 **mem-** 的用法

> ＊動詞前綴 meN- 總共有六種形式，即：me-、mem-、men-、meng-、meny-
> 和 menge-。每一形式會固定搭配不同的字首，形成動詞。

各個 meN- 前綴所搭配的字首組合：

類型	搭配的字首	類型	搭配的字首
me-	l, m, n, r, w, y, ng, ny	meng-	k*, g, h, kh, a, e, i, o, u
mem-	p*,b, f, v	meny-	s*
men-	t*, d, c, j	menge-	所有單音節的字

注意 標了＊號字母開頭的單字，在加上各自的前綴 meN- 時，除了某些例外的字以外其字首都會被省略掉。

在這一課，我們學習 mem- 形式所搭配的字首，以及一些例子。

類型	字首	字根 ➡ 加上meN-
mem-	p*	potong 剪、切 ➡ memotong 剪、切
	b	beli 買 ➡ membeli 買
	f	foto 照片 ➡ memfoto 拍照
	v	vonis 定罪 ➡ memvonis 定罪

注意 1. punya（擁有）和 perkara（事情）是例外，不需要去掉字首。
2. f 和 v 的單字比較少見，所以 mem- 以 p 和 b 的單字為主。

例 ❶ **pakai** 穿、使用 ➡ **memakai** 穿、使用
Bisa bayar pakai kartu kredit? 　可以刷卡嗎？
Saya suka memakai baju merah. 　我喜歡穿紅色的衣服。

❷ **beli** 買 ➡ **membeli** 買
Mau beli apa? 　要買什麼？
Ibu membeli sayur dan buah-buahan di pasar.
媽媽在市場買蔬菜和水果。

短會話練習A

IA032-22-06.MP3

沒有預約

Waktu tunggunya berapa lama?
請問需要等多久？

Sekitar 20 menit lagi.
再等 20 分鐘左右即可。

Harus tunggu satu jam.
需要等一個小時。

推薦髮型

Tolong rekomendasikan gaya rambut yang cocok untuk saya.
請您推薦適合我的髮型。

Akhir-akhir ini model rambut ini paling nge-trend.
最近流行這種髮型。

Biarkan saya lihat dulu.
先讓我看看。

選擇髮型

Saya masih tak terpikir mau potong gaya rambut apa?
我還沒有想好要做什麼髮型。

Boleh dipilih dari foto di bawah sini.
可以在這些照片中挑選看看。

Bagaimana dengan gaya rambut ini?
這個髮型怎麼樣？

價格

Berapa biaya keriting rambut?
請問燙髮多少錢？

Meluruskan rambut harganya satu juta Rupiah.
燙直是 100 萬印尼盾。

Harganya beda-beda, tergantung gaya keritingnya.
依燙的髮型不同，價格也不一樣。

單字

rekomendasikan 推薦	**nge-trend** 流行	**foto** 照片
biaya 費用	**beda** 不同	**tergantung** 依據

IA032-22-07.MP3

髮型設計

Anda mau gaya rambut apa?
您要做什麼樣的髮型？

Tolong dipotong pendek dan di-rebonding.
請幫我把頭髮剪短並燙直。

Tolong dipotong dengan gaya paling nge-trend.
請幫我做最流行的髮型。

染髮

Kamu mau disemir warna apa?
你要染什麼顏色？

Tolong disemir warna cokelat terang.
請幫我染亮褐色。

Tolong disemir warna hitam.
請幫我染黑色。

修飾髮型

Bagaimana dengan potongan rambut samping?
旁邊的頭髮要幫您怎麼處理？

Tolong dipotong sampai segini.
請幫我剪到這裡。

Tolong jangan potong rambut samping.
請不要剪旁邊的頭髮。

理髮之後

Apakah Anda puas?
您滿意嗎？

Ya, puas, terima kasih.
是的，我很滿意，謝謝。

Rambut belakang tolong dipotong lagi.
請再剪一下後面的頭髮。

 單字

samping 旁邊	**puas** 滿意	**belakang** 後方、後面

IA032-22-08.MP3

練習題

1. 請聽音檔，並依下列的提示完成所有的句子。

memakai　　mengubah　　puas　　Poni　　menghadiri

❶ Saya ingin _____ gaya rambut saya.　　　　　我想要換（我的）髮型。

❷ Saya ingin _____ pernikahan teman saya malam ini.

我今晚要出席我朋友的婚禮。

❸ Saya akan _____ gaun panjang hitam.　　　　我會穿黑色的晚禮服。

❹ _____ mohon dirapikan saja.　　　　瀏海稍微修一下就好。

❺ Silakan melihat ke cermin, Anda _____ ?　　　請看看鏡子。您還滿意嗎？

2. 請聽音檔，並依下面的中文用印尼語做回答練習。

❶ 請幫我把頭髮剪短並燙直。

❷ 先讓我看看。

❸ 請幫我染亮褐色。

❹ 請不要剪旁邊的頭髮。

❺ 是的，我很滿意，謝謝。

3. 請將下列中文翻譯成印尼文。

❶ 請幫我剪到這裡。

➡ _____

❷ 還沒想好。

➡ _____

❸ 請推薦適合我的。

➡ _____

❹ 請問需要等多久？

➡ _____

❺ 請剪短。

➡ _____

IA032-22-09.MP3

❶ **rambut panjang** 長髮

❷ **rambut pendek** 短髮

❸ **rambut sedang**
中等長度的頭髮

❹ **rambut panjang sepinggang** 髮長及腰

❺ **rambut panjang sebahu**
髮長及肩

❻ **rambut lurus** 直髮

❼ **rambut ikal /
rambut bergelombang** 捲髮

❽ **rambut keriting** 爆炸頭

❾ **rambut belah tengah**
中分頭

❿ **rambut belah samping**
旁分頭

⓫ **rambut pendek** 平頭

⓬ **botak** 光頭

⓭ **rambut kepang** 辮子

⓮ **rambut ekor kuda** 馬尾

⓯ **sanggul** 髮髻、包頭

⑯ **bob** 鮑伯頭

⑰ **cat rambut** （名詞）染髮
→ **semir rambut** 染髮

⑱ **rambut pirang** 金髮

⑲ **rambut merah** 紅髮

⑳ **rambut berkilap**
有光澤的頭髮

㉑ **rambut yang lurus dan lembut** 柔順的頭髮

㉒ **uban** 白髮

㉓ **rambut berwarna hitam**
黑髮

㉔ **ketombe** 頭皮屑

㉕ **rambut berminyak**
頭髮出油

㉖ **rambut pecah-pecah**
頭髮分岔

㉗ **rambut kering** 頭髮乾燥

㉘ **jambang** 鬢角

㉙ **ujung rambut** 髮尾

㉚ **poni** 瀏海

㉛ kondisioner 潤絲精

㉜ minyak rambut 護髮油、護髮乳

㉝ gunting 剪刀

㉞ pewarna rambut 染劑

㉟ gel rambut 髮膠

㊱ cermin 鏡子

㊲ sisir sasak 梳子

㊳ sisir 按摩梳

㊴ jepitan rambut 髮夾

㊵ catokan rambut 電棒捲

㊶ pencukur rambut 電動理髮器

㊷ sampo 洗髮精

㊸ cuci rambut 洗頭髮

㊹ handuk 毛巾

㊺ kursi salon 美髮椅

㊻ kursi salon untuk mencuci rambut
洗髮沖水椅

㊼ rambut palsu 假髮

㊽ rambut ekor kuda 馬尾

㊾ kepang 辮子

㊿ rambut bergelombang 捲髮

(51) mengeringkan rambut 吹頭髮

52 pengering rambut 吹風機

53 mewarnai rambut 染頭髮

54 perm rambut 燙頭髮

55 potong rambut layer 打層次
➡ **ditipiskan** 打薄

56 catok 燙直

㊼ perm highlight
挑染

㊹ potong poni
剪瀏海

㊽ cuci rambut
沖洗（頭髮）

㊾ sisir rambut 梳頭髮

㊿ jangan potong poni 留瀏海
⑳ potong gaya bob 剪鮑伯頭短髮

㉑ manikur 美甲

【美髮沙龍】

❶ **salon kecantikan** 美髮沙龍

❷ **toko potong rambut** 理髮店

❸ **ahli kecantikan** 美容師

❹ **penata rambut** 理髮師

文化專欄：印尼的理髮廳

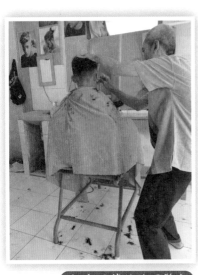

▲ 印尼傳統的理髮店

在印尼剪頭髮依價位和服務可以有很多種不同的選擇。若在比較鄉下的地方，家庭式經營的理髮廳比較常見，設備等當然也就不能要求太高，這樣的剪髮服務業相對比較便宜，可能約 30,000 印尼盾（約台幣 63 元）就有了。

若在都會區的話，很多理髮廳會位於購物中心裡面，因此也就包含冷氣服務、按摩服務、洗臉服務等等。剪完之後，也會幫客人吹頭髮、再上一些髮蠟，讓客人帥氣地離開。若是這樣的理髮廳，最低的費用則是從 60,000 印尼盾起跳（約台幣 126 元）。有些理髮廳會主動提供按摩服務，要不要接受就看客人自己的選擇。

在印尼剪髮、修指甲等等服務，都算方便。服務完之後，要記得給服務員一些小費。給小費的方式也相當隱晦，通常是將紙鈔折起來放在手心裡，與對方握手致謝時，對方就會順勢收下來。基本上，在印尼的小費沒有特別的金額規定，全看客戶的滿意程度自由決定。一般而言，若在雅加達男士剪髮，費用可能 80,000 到 100,000 印尼盾不等，小費的話大體上給個約 10,000 印尼盾（約台幣 21 元）即可。

在3C用品店 Di Toko Peralatan Elektronik

Penjual:

Selamat datang.

Budi:

Saya ingin beli laptop.

Penjual:

Ingin laptop merek apa Mas?

Budi:

Yang bagus itu merek apa?

Penjual:

Begini Mas, semua merek ada kelebihan dan juga ada kekurangannya.

Budi:

Oh, begitu.

Penjual:

Tetapi sekarang yang paling laris itu ASUS. Akhir-akhir ini banyak diminati.

Budi:

Agak mahal, ada yang lebih murah?

Penjual:

Ya, sebentar saya ambilkan dulu.

Budi:

Apakah ada yang lebih ringan?

Penjual:

Ini yang paling ringan, juga ada garansi satu tahun.

Budi:

Spesifikasinya apa saja?

Penjual:

Ada wifi, bluetooth, memory 2 GB, monitor 14 inci dan masih banyak lagi.

Budi:

Terima kasih, saya keliling dulu nanti kembali lagi.

店員：

歡迎光臨。

布迪：

我想要買筆電。

店員：

請問先生想要什麼牌子的筆電呢？

布迪：

什麼牌子的比較好？

店員：

先生，是這樣的，各種牌子都有他們的優劣之處。

布迪：

喔，是這樣呀！

店員：

不過現在最流行的是華碩。最近的詢問度很高。

布迪：

有點貴，請問有沒有便宜一點的？

店員：

有，等一下我先去拿一下。

布迪：

有比較輕的嗎？

店員：

這個是最輕的了，也有一年的保固。

布迪：

它有什麼配備呢？

店員：

除了有網路、藍芽、2GB的記憶體、14吋的螢幕外，還有很多。

布迪：

謝謝，我先去逛一逛後再回來。

必學單字表現

IA032-23-02.MP3

laptop	筆電
merek	品牌
kelebihan	優點
kekurangan	缺點
laris	暢銷
diminati	備受喜愛的
agak	蠻
mahal	貴
murah	便宜
ringan	輕
garansi	保固
spesifikasi	配備
inci	吋
keliling	周圍、繞繞

會話重點

IA032-23-03.MP3

重點1 paling

表示「最」的意思，可連接形容詞或動詞。

 1. **Saya paling suka makan nasi goreng.**
   我最喜歡吃炒飯。
2. **Pulau Bali adalah pulau yang paling terkenal di dunia.**
   峇里島是世界上最著名的島。

重點2 agak

表示「蠻」的意思。通常連接形容詞。

 1. **Komputer ini agak mahal.**
   這台電腦蠻貴的。
2. **Perjalanan itu agak menarik.**
   那趟旅程蠻有趣的。

 操作電腦時相關的表現

IA032-23-04.MP3

- ★ **mengetik** 打字
- ★ **menekan** 按壓
- ★ **menghapus** 刪除
- ★ **klik** 點擊
- ★ **sentuh** 觸碰
- ★ **membuka** 打開、載入
- ★ **tempel** 貼上
- ★ **memindai** 掃瞄
- ★ **mencolok USB** 插入USB
- ★ **burning CD** 燒錄光碟

- ★ **mengeklik** 按
- ★ **memasukkan** 插入
- ★ **menekan tombol huruf kapital** 開大寫燈
- ★ **klik dua kali** 快點兩下
- ★ **menyimpan** 儲存
- ★ **salin** 拷貝
- ★ **mencetak** 列印
- ★ **memproyek** 投影
- ★ **mencabut USB** 拔出USB
- ★ **input suara** 語音輸入

文法焦點

環綴 **ke-an** 的用法

> ＊印尼語有大約五種名詞前綴、後綴或環綴，即後綴 -an、前綴 pe-、環綴 peN-an、環綴 per-an 和環綴 ke-an。字根（各詞性）再加上上述的前綴、後綴或環綴之後，即可形成名詞。

　　在這一課，我們來學習環綴 ke-an。環綴 ke-an 其實具有多功能，除了形成名詞，也會形成形容詞和動詞。在這一課，我們先來認識環綴 ke-an 所形成的名詞。

　　環綴 ke-an 所形成的名詞，通常是抽象名詞或概念，所以也可以說通常是由形容詞加上 ke-an 之後所形成的名詞。

例 ❶ **lebih** 比較（多）➠ **kelebihan** 優點

Apa kelebihan laptop ini? 　　這筆電的優點是什麼？

❷ **kurang** 缺少 ➠ **kekurangan** 缺點

Saya masih ada banyak kekurangan. 　我還有很多缺點。

❸ **mati** 死 ➠ **kematian** 死亡

Saya masih merasa sedih dengan kematian kucing saya.

我養的貓死掉了，我仍然很傷心。

❹ **hidup** 活 ➠ **kehidupan** 生活

Kehidupan di sana tidak mudah. 　　在那邊的生活不容易。

短會話練習A

IA032-23-06.MP3

其他款式

Apakah ada model lain?
請問有其他款式嗎？

Di sini ada model lain.
這邊還有別的款式。

Maaf, tidak ada model lain.
對不起，沒有其他的款式了。

試用

Apakah bisa dicoba?
請問可以試用嗎？

Tentu saja boleh, silakan dicoba.
當然可以，請試用。

Maaf, tidak bisa.
對不起，不行。

保固期

Ada garansi berapa tahun?
提供多久的售後保證服務？

Satu tahun.
1 年。

Enam bulan.
6 個月。

信用卡付款

Apa bisa dibayar dengan kartu kredit?
請問可以刷卡嗎？

Ya, bisa.
是的，可以。

Maaf, kami hanya menerima uang tunai.
對不起，我們只收現金。

單字

model 款式	**garansi** 保證	**dengan** 跟
hanya 只、只是	**menerima** 接受	**uang tunai** 現金

短會話練習B

IA032-23-07.MP3

品牌名稱

Anda sedang mencari produk merek apa?
您在找什麼品牌的產品呢?

Saya sedang mencari Ipad.
我在找 iPad。

Saya sedang mencari ASUS.
我在找 ASUS。

顏色

Warna apa yang Anda cari?
請問您要找哪種顏色?

Warna putih.
白色。

Warna hitam.
黑色。

推薦產品

Apakah mau saya perlihatkan produk lainnya?
您要看一下其他的產品嗎?

Ya, mohon perlihatkan kepada saya.
好,請給我看一下。

Tidak perlu.
不必了。

使用者

Siapa yang mau menggunakannya?
請問是哪一位要使用?

Saya yang mau menggunakannya.
是我要用。

Rencananya mau kasih teman.
我打算送給朋友。

單字

produk 產品	**lainnya** 其他	**rencananya** 打算

IA032-23-08.MP3

練習題

1. 請聽音檔，並依下列的提示完成所有的句子。

merek　　laptop　　kembali　　ringan　　murah

❶ Saya ingin beli _____ .　　　　　　　我想要買筆電。

❷ Ingin laptop _____ apa mbak?　　　請問您想要什麼牌子的筆電呢？

❸ Ada yang lebih _____ ?　　　　　　有沒有便宜一點的？

❹ Apakah ada yang lebih _____ ?　　有比較輕的嗎？

❺ Saya keliling dulu nanti _____ lagi.　我先去逛一逛待會兒再回來。

2. 請聽音檔，並依下列的中文用印尼語做發問練習。

❶ 請問有其他款式嗎？

❷ 請問可以試用嗎？

❸ 請問可以刷卡嗎？

❹ 您要看一下其他的產品嗎？

❺ 請問是哪一位要使用？

3. 請將下列中文翻譯成印尼文。

❶ 一年保固

➡ _____

❷ 要什麼品牌的筆電？

➡ _____

❸ 最暢銷的。

➡ _____

❹ 最輕的。

➡ _____

❺ 有其他產品嗎？

➡ _____

265

3C用品及家電相關的單字表現

【3C購物用語】

❶ **toko elektronik** 電子產品商場

❷ **periode diskon** 折扣期間

❸ **harga diskon** 折扣價

❹ **cuci gudang** 清倉（大拍賣）

【3C產品】

❶ **kamus digital** 電子辭典

❷ **kalkulator** 計算機

❸ **radio** 收音機

❹ **perekam suara** 錄音機

❺ **lampu meja** 檯燈

❻ **proyektor** 投影機

❼ **komputer** 電腦
  ➥ **laptop** 筆電
  ➥ **tablet** 平板電腦

❽ **keyboard** 鍵盤

❾ **mouse** 滑鼠

❿ **usb** 隨身碟
  ➥ **harddisk** 外接式硬碟

⓫ **pencetak** 印表機
  ➥ **pencetak laser** 鐳射印表機
  ➥ **pencetak inkjet** 噴墨印表機

⓬ **earphone** 耳機
  ➥ **headphones** 頭罩式耳機

⓭ **kamera web** 攝像機

⓮ **kamera** 相機
  ➥ **kamera digital** 數位相機

⓯ **peralatan audio** 音響設備

【一般家電】

❶ **penghisap asap** 抽油煙機

❷ **kipas penyedot udara** 抽風機

❸ **mesin pengering piring** 烘碗機

❹ **mesin pengaduk** 攪拌機

❺ **pemanggang roti** 烤麵包機

❻ **ketel listrik** 電熱壺

❼ **lemari es** 冰箱

❽ **panci listrik** 電鍋

❾ **microwave** 微波爐

❿ **kompor induksi** 電磁爐

⓫ **blender** 果汁機

⓬ **pemurni air** 淨水器

⓭ **teko listrik** 熱水瓶

⓮ **televisi** 電視機

⓯ **pemutar DVD** DVD播放器

⓰ **AC** 空調、冷氣

⓱ **kipas outdoor** （空調的）室外機

⓲ **kipas angin** 電風扇

⓳ **kipas penghangat ruangan** 電熱扇

⓴ **selimut penghangat elektrik** 電熱毯

㉑ **mesin penyaring udara** 空氣清淨機

㉒ **mesin pengering udara** 除溼機

㉓ **mesin penyedot debu** 吸塵器

㉔ **mesin pengering rambut** 吹風機

㉕ **alat pemanas air mandi** 熱水器

㉖ **setrika** 熨斗

㉗ **mesin pencuci baju** 洗衣機

㉘ **mesin pengering baju** 乾衣機

㉙ **mesin penyapu lantai otomatis** 掃地機器人

文化專欄：印尼人對3C產品的使用習性

▲ 年輕消費群在購買3C用品時往往不手軟

　　截至西元 2021 年 6 月止，印尼人口高達約 2.7 億人，且人口結構年輕，即 15 歲至 34 歲的人口佔總人口的 55%，年輕人口數達 1.3 億人，使得國內消費力旺盛。進一步影響到了商業模式和行銷方式。印尼社會本來就樂天知命，反映在消費能力上更是積極消費、及時享樂的社會觀。由於印尼年輕人的成長過程中正處於印尼經濟起飛的時代，使得年輕人普遍擁有「對未來樂觀」、「敢於消費」、「積極消費」等特性。

　　在針對印尼的消費市場研究分析的報告中，將 20 到 29 歲的印尼年輕人歸類為「炫耀吸睛族」，具體的消費行為是「追求個人風格」、「只要看對眼，再貴也買得下手」，這個年齡層的年輕族群重視並強調外在的美勝於內在的心靈，因此願意花錢在穿搭及追求時尚潮流上，當然也包含網路世代所追求的 3C 產品，尤其是手機、平板電腦等等。

　　近年來，印尼的經濟穩定成長亦成功創造了新的中產階級，使得印尼年輕人晉身中產階級的人數增加。這個經濟因素導致民眾對手機等 3C 消費產品的需求進一步顯著擴大。在印尼很多人擁有兩隻以上的手機。而印尼群島眾多，基礎建設未必完善的情況下，網路世代、4G 世代、智慧型手機的普及，使得這些離島的民眾從市話時代跳級進入 4G 甚至於是 5G 的時代。

　　在消費族群的年齡層上，印尼的手機消費族群大多集中在 15 到 39 歲的年齡層中。這當中使用頻率最高的是 15 到 19 歲的青少年。這類型的消費者，雖然喜好追求新潮流，但有限於其消費力，因此對於價格的高低敏感度很高，也傾向常更換手機品牌或電信商，用不斷更換手機的方式達到社交的目的或功能。

　　印尼人愛交友的個性也延伸到社群網站的使用和黏著度。印尼人喜歡上 Facebook 和 Twitter，也經常在上面從事商業網購的消費行為。因此，深入了解印尼人的喜好，對 3C 產品的需求，或許更能精準打入印尼的 3C 市場。

▲ 印尼人也常在社群網站展現家人及自我

IA032-24-01.MP3 Pelajaran **24**

在健身房 Di Pusat Kebugaran

Karyawan:

Apakah Anda mau bergabung di pusat kebugaran? Bergabung di pusat kebugaran bisa memberi Anda motivasi untuk berolahraga.

Budi:

Ya. Rencananya bulan depan saya mau mulai berolahraga. Sebulan berapa biayanya ya?

Karyawan:

Biaya pendaftaran keanggotaan 300.000 Rupiah, biaya bulanannya 1.200.000 Rupiah.

Budi:

Waktu operasionalnya dari jam berapa sampai jam berapa?

Karyawan:

Dari jam enam pagi sampai sepuluh malam.

Budi:

Tanggal merah buka?

Karyawan:

Tetap buka, tapi hanya sampai jam delapan malam. Oh ya, setiap hari Senin minggu pertama tutup.

Budi:

Boleh saya melihat ke dalam?

Karyawan:

Boleh, ayo lewat sini.

健身房人員：

請問您要加入健身房嗎？加入健身房可以增強您運動的動力喲。

布迪：

是的，我打算從下個月開始健身。請問一個月費用多少錢？

健身房人員：

入會費是30萬印尼盾，每個月的費用是120萬印尼盾。

布迪：

請問營業時間是從幾點到幾點？

健身房人員：

從早上6點到晚上10點。

布迪：

請問例假日也有營業嗎？

健身房人員：

例假日也有營業，但只營業到晚上8點。此外，我們每個月第一週的週一休息。

布迪：

請問可以參觀一下內部嗎？

健身房人員：

當然可以，這邊請。

必學單字表現

IA032-24-02.MP3

pusat	中心
kebugaran	健身房
motivasi	動力
berolahraga	運動
sebulan	一個月
biaya	費用
pendaftaran	註冊
keanggotaan	會員
operasional	營業
waktu	時間
tetap	持續、一直
buka	開
hanya	只是
tutup	關

會話重點

IA032-24-03.MP3

重點1 bergabung

這個詞為加入團體，例如網路上的社團或交友網站等時會使用的字，為「加」之意。

例 1. Selamat bergabung! 歡迎加入。

2. Mengundang teman untuk bergabung dengan Facebook.　邀請朋友加入臉書。

重點2 ayo

ayo（來吧）為邀請、催促某人做某件事時的語助詞。亦可寫成 yuk、ayuk 等。

例 1. Ayo, kita pergi!　來吧！我們走！

2. Ayo, kita menikah!　來吧！我們結婚！

重點3 tanggal merah

這個詞指「國定假日」，較正式的說法是 liburan nasional。liburan 是「假日」、nasional 則是「國家」，合起來即「國定假日」之意。因國定假日在日曆上會以紅色標記，因此也稱為 tanggal merah（紅日）。

例 Tanggal merah jatuh di hari Selasa.
國定假日在星期二。

與強度、耐力相關的表現

IA032-24-04.MP3

kuat 強　　lemah 弱

santai 輕鬆　　keras 辛苦

文法焦點

動詞前綴 men- 的用法

> **＊動詞前綴 meN- 總共有六種形式，即：me-、mem-、men-、meng-、meny-和 menge-。每一形式會固定搭配不同的字首，形成動詞。**

各個 meN- 前綴所搭配的字首組合：

類型	搭配的字首	類型	搭配的字首
me-	l, m, n, r, w, y, ng, ny	meng-	k*, g, h, kh, a, e, i, o, u
mem-	p*, b, f, v	meny-	s*
men-	t*, d, c, j	menge-	所有單音節的字

注意 標了 ＊號字母開頭的單字，在加上各自的前綴 meN- 時，除了某些例外的字以外，其字首都會被省略掉。

這一課，我們來學習 men- 形式所搭配的字首，以及一些例子。動詞前綴 men-的形式：

類型	字首	字根 ➞ 加上meN-
men-	t*	tonton 看、觀賞 ➞ menonton 看、觀賞
	d	dapat 得到 ➞ mendapat 得到
	c	coba 嘗試 ➞ mencoba 嘗試
	j	jual 賣 ➞ menjual 賣

例 ❶ **tonton** 看、觀賞 ➡ **menonton** 看、觀賞
Saya suka menonton film.　　　　我喜歡看電影。

❷ **dapat** 得到 ➡ **mendapat** 得到
Kamu akan mendapat uang.　　　　你將會得到錢。

❸ **coba** 嘗試 ➡ **mencoba** 嘗試
Saya akan terus mencoba.　　　　我會繼續嘗試。

❹ **jual** 賣 ➡ **menjual** 賣
Saya menjual rokok di pasar.　　　　我在市場賣菸。

短會話練習A

IA032-24-06.MP3

健身房設施

Ada fasilitas apa saja?
請問有什麼設施？

Lantai tiga ada ruang tari.
三樓有舞蹈練習室。

Lantai satu ada ruang ganti baju.
一樓有更衣室。

淋浴間

Ada kamar mandi?
請問有淋浴間嗎？

Tentu saja ada, Anda mau lihat?
當然有，您想要看一下嗎？

Tidak ada kamar mandi pribadi.
沒有個人淋浴間。

個人置物櫃費用

Biaya lokernya berapa ya?
請問個人置物櫃的使用費是多少錢？

Setiap bulannya 50.000 Rupiah.
每個月是 5 萬印尼盾。

Ini gratis.
是免費的。

健身時間

Dari jam berapa mulainya?
請問從什麼時候可以開始？

Kapanpun bisa mulai.
隨時都可以開始。

Bisa mulai dari tanggal satu setiap bulannya.
可以在每個月的 1 號開始。

單字

ruang	空間	**loker**	置物櫃	**gratis**	免費

271

IA032-24-07.MP3

健身開始時間

Rencananya kapan mau mulai?
請問您打算從什麼時候開始？

Rencananya mulai minggu depan.
我打算從下週開始。

Rencananya mulai bulan depan.
我打算從下個月開始。

會員類型

Apa jenis keanggotaan yang kamu mau daftar?
您想要申請哪一種會員？

Ada berapa jenis?
有哪幾種會員呢？

Saya mau daftar keanggotaan biasa.
我要申請普通會員。

會員經歷

Apakah sudah pernah datang berolahraga ke sini?
請問之前有來過這裡做運動嗎？

Ya, tahun lalu pernah.
有，去年我來過。

Tidak, sama sekali tidak pernah.
沒有，我從來都沒有來過。

健身經歷

Apakah Anda baru pertama kali ngegym?
請問您是第一次上健身房嗎？

Ya, pertama kali.
是的，我是第一次。

Tidak, dulu sudah pernah.
不是，我以前有上過（健身房）。

注意　「ngegym」是健身的口語說法。

單字

sama sekali 完全、從來	**pernah** 曾經	**pertama kali** 第一次

IA032-24-08.MP3

▊ 練習題

1. 請聽音檔，並依下列的提示完成所有的句子。

libur　　berolahraga　　bergabung　　motivasi　　sampai

❶ Apakah Anda mau ＿＿＿＿＿＿ di pusat kebugaran?　　　您要加入健身房嗎？

❷ Rencananya bulan depan saya mau mulai ＿＿＿＿＿.

我打算從下個月開始健身。

❸ Waktu operasionalnya dari jam berapa ＿＿＿＿＿ jam berapa?

請問營業時間是從幾點到幾點？

❹ Hari ＿＿＿＿＿ nasional buka?　　　　　請問例假日也有營業嗎？

❺ Bergabung di pusat kebugaran bisa memberi Anda ＿＿＿＿＿ untuk berolahraga.

加入健身房可以增加您運動的動力喲。

2. 請聽音檔，並依下面的中文用印尼語做發問練習。

❶ 請問有什麼設施？　　　　　　　　❷ 請問有淋浴間嗎？

❸ 請問個人置物櫃的使用費是多少錢？　❹ 請問什麼時候可以開始？

❺ 請問您打算從什麼時候開始？

3. 請將下列中文翻譯成印尼文。

❶ 請問月費多少錢？

➡ ＿＿＿＿＿＿＿＿＿＿＿＿＿＿＿＿＿＿＿＿＿＿

❷ 我想要運動。

➡ ＿＿＿＿＿＿＿＿＿＿＿＿＿＿＿＿＿＿＿＿＿＿

❸ 每天都有開（放）。

➡ ＿＿＿＿＿＿＿＿＿＿＿＿＿＿＿＿＿＿＿＿＿＿

❹ 可以看（參觀）一下嗎？

➡ ＿＿＿＿＿＿＿＿＿＿＿＿＿＿＿＿＿＿＿＿＿＿

❺ 我要加入健身房。

➡ ＿＿＿＿＿＿＿＿＿＿＿＿＿＿＿＿＿＿＿＿＿＿

IA032-24-09.MP3

❶ treadmill 跑步機

【體育項目】

❶ berenang 游泳

❷ menari 跳舞

❸ yoga 瑜珈

❹ lari 跑步

❺ bersepeda 騎腳踏車

❻ berjalan kaki 走路

❼ bermain bola 玩球

❽ olahraga kardio 有氧運動

❾ bersenam 做體操

❿ angkat beban / angkat berat 舉重

⓫ push up 伏地挺身

⓬ pukul samsak 打沙包

⓭ sit up 仰臥坐起

⓮ pull up 拉單槓

【相關用品與狀況】

❶ baju olahraga 運動服

❷ sepatu olahraga 運動鞋

❸ handuk 毛巾

❹ botol minum 水瓶

❺ kunci 鑰匙

❻ six-pack 六塊腹肌

【櫃檯事務】

❶ konsultasi 諮詢

❷ bergabung 加入

❸ izin 許可

❹ daftar 申請

❺ perpanjangan 延期、延長

❻ bergabung keanggotaan 加入會員

❼ keluar dari keanggotaan 退出會員

❽ pelatih 教練

【基本相關設備】

❶ klub gym 健身俱樂部

❷ kolam renang 游泳池

❸ aula 大廳

❹ kasir 櫃台

❺ lorong 走廊

❻ kamar ganti 更衣室

❼ loker 置物櫃

❽ kamar mandi 淋浴間

❾ ruang sauna 蒸氣房

❿ kursi angkat beban 舉重椅

⓫ barbel 啞鈴

⓬ samsak 沙包

⓭ sepeda statis 健身腳踏車

文化專欄：印尼人最風靡的國家運動

▲ 印尼國民對運動的愛好度相當驚人

　　說到運動，讓印尼人民舉國上下為之瘋狂的兩項運動便是 sepak bola（足球）和 bulu tangkis（羽毛球）了。只要有國際級的賽事在印尼本土舉行，體育館附近肯定是萬頭攢動，周邊交通就會擠得水洩不通。而且不管輸贏，雙邊球迷粉絲肯定都會很激動，過去甚至曾經發生過球迷暴動事件。

　　在印尼的羽毛球界曾經出過不少好手，在西元 1990 年代時期，Rudy Hartono Kurniawan、Susi Susanti、Taufik Hidayat 等及之後在西元 2016 年奧運會取得混雙金牌的 Tontowi Ahmad 和 Liliyana Natsir 都是知名的羽毛球戰將。在羽毛球的賽事中，除了奧運、共和聯邦運動會、亞運、東南亞運動會之外，最令人矚目的就是 Thomas Cup（湯姆斯杯）世界羽球男子團體錦標賽了。

　　在 1990 年代，印尼還是這類錦標賽的常勝軍，由於大部分選手都是華人，有心人士將羽毛球與族群扯上關係，使得羽毛球國內熱度慢慢降低，直到西元 2016 年奧運會，由爪哇族男子和華裔女子的組合獲得冠軍之後，印尼國民才又重新燃起對羽毛球的支持與熱愛。印尼媒體更將這兩個跨族群的組合喻為是印尼多元文化的象徵。在印尼，我們能看到運動也和政治及族群密不可分的牽連關係。

▲ 印尼的國球－羽毛球

　　至於足球，印尼人雖然喜愛踢足球，但是國家隊的表現卻一直沒有太特殊的表現。一直到西元 2016 年的東協盃的比賽後，國家隊破天荒地取得建國以來最好的亞軍成績衣錦榮歸後，足球隊的成員們受到英雄式的歡迎與總統的接見，這也讓印尼舉國上下又再一次地燃起對足球隊的重視與熱愛。在台灣，也有許多的印尼移工組成的足球隊伍，他們不僅在周末時固定練習，更不定期舉辦比賽。有機會的話可以留意一下移工的比賽資訊，並到現場去感受一下印尼人對足球的熱愛。

▲ 印尼的國球－足球

在租車中心 Di Pusat Sewa Mobil

Budi:

Saya ingin menyewa mobil.

Karyawan:

Anda mau menyewa mobil manual atau matic?

Budi:

Saya mau mobil matic.

Karyawan:

Ukuran mobil seperti apa yang Anda inginkan? Kita punya mobil berukuran kecil, berukuran sedang, dan berukuran besar dan mewah.

Budi:

Berapa harga mobil yang berukuran besar itu?

Karyawan:

Kalau yang ini satu juta untuk sehari.

Budi:

Baik, saya mau yang ini.

Karyawan:

Boleh saya melihat Surat Izin Mengemudi Anda?

Budi:

Ini. Apakah Anda memiliki asuransi untuk mobil sewaan ini?

Karyawan:

Ya, tentu saja ada.

Budi:

Kapan saya harus mengembalikan mobilnya?

Karyawan:

Sebaiknya sebelum jam 6 sore.

布迪：

您好，我想要租車。

租車中心人員：

您想要租手排車還是自排車？

布迪：

我要租自排車。

租車中心人員：

您想要什麼樣車型的車呢？我們有小型、中型和大型且豪華的車子。

布迪：

請問租那台大型車要多少錢呢？

租車中心人員：

如果是這台的話，一天是100萬印尼盾。

布迪：

好的，那我要租這台。

租車中心人員：

可以借我看一下您的駕照嗎？

布迪：

（在這，）請看。請問這台租車有保險嗎？

租車中心人員：

當然有。

布迪：

我應該在什麼時間還車呢？

租車中心人員：

最好是傍晚6點之前歸還。

必學單字表現

IA032-25-02.MP3

mobil	車子
menyewa	租
manual	手排
matic	自排
ukuran	尺寸
sedang	中
mewah	豪華
Surat Izin Mengemudi	駕照
memiliki	擁有
asuransi	保險
mengembalikan	還、歸還
sebaiknya	最好
sebelum	之前

會話重點

IA032-25-03.MP3

重點1 menyewa

menyewa 的字根是 sewa（租）。基本上大部分的「承租」都可以使用這個字。

例 1. Saya mau menyewa apartemen.
我要租公寓。

2. Saya mau menyewa mobil saat berlibur di Bali.
我在峇里島度假時要租車。

重點2 tentu saja

這個詞主要表示肯定的意思。tentu 原意是「確定、肯定」的意思，加上 saja 便形成特殊的意思，即「當然」之意。

例 1. Tentu saja saya sadar.　我當然了解。
2. Tentu saja saya senang.　我當然開心。
3. Tentu saja saya akan pergi.
我當然會去。

違反交通規則的表現

IA032-25-04.MP3

- ★ pelanggaran lalu lintas　違反交通規則
- ★ tidak memiliki Surat Izin Mengemudi
  無照駕駛
- ★ tidak mengenakan sabuk pengaman
  未繫安全帶
- ★ tidak mengenakan helm Standar Nasional Indonesia
  未戴上印尼國家標準的安全帽
- ★ tidak menyalakan lampu utama saat berkendara pada waktu malam
  晚上駕駛時未開大燈
- ★ berbelok atau balik arah tanpa menyalakan lampu sein
  轉彎或迴轉時未打方向燈
- ★ menggunakan ponsel saat berkendara　開車時使用手機
- ★ menerobos lampu merah　闖紅燈

文法焦點

動詞前綴 **meny-** 的用法

> * 動詞前綴 meN- 總共有六種形式，即：me-、mem-、men-、meng-、meny- 和 menge-。每一形式會固定搭配不同的字首，形成動詞。

各個 meN- 前綴所搭配的字首組合：

類型	搭配的字首	類型	搭配的字首
me-	l, m, n, r, w, y, ng, ny	meng-	k*, g, h, kh, a, e, i, o, u
mem-	p*,b, f, v	meny-	s*
men-	t*, d, c, j	menge-	所有單音節的字

注意　標了 * 號字母開頭的單字，在加上各自的前綴 meN- 時，除了某些例外的字以外，其字首都會被省略掉。

之前我們學過了 mem-、men-、menge- 和 meng-，這一課，我們來學習新形式 meny- 所搭配的字首，以及一些例子。動詞前綴 meny- 的形式：

類型	字首	字根 ➡ 加上meN-
meny-	s*	sewa 租 ➡ menyewa 承租
		setir 駕駛 ➡ menyetir 駕駛

例　❶ **Saya mau menyewa mobil**.　　　　　我要租車。

　　❷ **Saya menyetir mobil ke kantor setiap hari**.　　我每天開車去上班。

短會話練習A

IA032-25-06.MP3

租車期間

Mau sewa untuk berapa lama?
請問要租多久？

Untuk lima hari.
我要租五天。

Untuk seminggu.
我要租一個星期。

詢問價錢

Berapa harganya?
請問要多少錢？

300.000 Rupiah sehari, tanpa batas jarak perjalanan.
一天 30 萬，不限行車里程數。

400.000 Rupiah sehari termasuk sopir dan BBM.
一天 40 萬，包括司機和燃料。

燃料種類

Mobil ini pakai bensin atau diesel?
請問這台車是加汽油的還是柴油的？

Pakai bensin.
加汽油的。

Pakai diesel.
加柴油的。

確認國際駕照

Apakah Anda memiliki SIM internasional?
請問您有國際駕照嗎？

Tidak ada, jadi saya juga memerlukan sopir.
沒有，所以我也需要租司機。

Ya, ada.
有，我有。

單字

batas 限制	**jarak** 距離	**BBM (Bahan Bakar Minyak)** 燃料
bensin 汽油	**diesel** 柴油	**memerlukan** 需要

IA032-25-07.MP3

每日價錢

Berapa biayanya per hari?
請問一天要多少錢？

400.000 Rupiah termasuk sopir.
40 萬印尼盾，包括司機。

300.000 Rupiah tidak termasuk sopir dan BBM.
30 萬印尼盾，不包括司機和燃料。

提供租車服務

Ini kartu nama saya.
這是我的名片。

Saya akan menghubungi Anda kalau saya membutuhkan program tur.
如果我需要旅遊服務時會聯絡您。

Terima kasih, saya akan menelepon kamu besok.
謝謝，明天我會打給你。

確認車子的設備

Mobil ini ada GPS?
請問這台車有衛星導航嗎？

Ya, ada.
有的。

Maaf, tidak ada.
抱歉，沒有。

確認車子設備

Bagaimana cara membuka tangki bensin mobil?
如何打開車子的油箱蓋？

Tekan sini.
按這裡。

Pakai kunci.
用鑰匙。

單字

program tur 團體旅遊行程	**tangki bensin** 油箱	**kunci** 鑰匙

IA032-25-08.MP3

練習題

1. 請聽音檔，並依下列的提示完成所有的句子。

besar　　Ukuran　　menyewa　　mengembalikan　　melihat

❶ Saya ingin _____ mobil.　　　　　　　　我想要租車。

❷ _____ mobil yang seperti apa yang Anda inginkan?

你想要什麼樣車型（尺寸）的車呢？

❸ Berapa harga mobil yang berukuran _____ itu?

請問租那台大型車要多少錢呢？

❹ Boleh saya _____ Surat Izin Mengemudi Anda?

可以借我看一下您的駕照嗎？

❺ Kapan saya harus _____ mobilnya?　　　我應該在什麼時間還車呢？

2. 請聽音檔，並依下列的中文做回答練習。

❶ 我要租一個星期。　　　　　　　**❷** 謝謝，明天我會打給你。

❸ 加柴油的。　　　　　　　　　　**❹** 沒有，所以我也需要租司機。

❺ 抱歉，沒有。

3. 請將下列中文翻譯成印尼文。

❶ 我要租車。

➡ _____

❷ 如何打開車子的油箱蓋？

➡ _____

❸ 加汽油的還是柴油的？

➡ _____

❹ 駕照

➡ _____

❺ 保險

➡ _____

IA032-25-09.MP3

【車體相關】

❶ lampu mobil 車燈

❷ rem 煞車

❸ ban 輪胎

❹ AC 冷氣

❺ lampu sein 方向燈

❻ pintu mobil 車門

❼ cermin mobil 車內後視鏡

❽ kunci 鑰匙

❾ klakson 車子喇叭

❿ kaca depan mobil 擋風玻璃

⓫ wiper 雨刷

⓬ tangki bensin 油箱

⓭ setir mobil 方向盤

⓮ persneling 排檔

⓯ sabuk pengaman 安全帶

⓰ akselerator 油門

⓱ bagasi mobil 後車廂

【行車上路】

❶ menyetir （稍口語）駕駛

❷ mengemudi 駕駛

❸ mengendarai 駕駛

❹ jalan lurus 直行

❺ belok kiri 左轉

❻ belok kanan 右轉

❼ putar balik 迴轉

❽ ban bocor 爆胎

❾ berhenti 停止

❿ tarik rem tangan 拉手剎車

⓫ mengisi bensin 加油

⓬ dongkrak 千斤頂

⓭ kerucut lalu lintas 三角錐

【路上標誌】

❶ hati-hati 小心

❷ berhenti 停止

❸ dilarang masuk 禁止進入

❹ satu arah 單行道

❺ tempat parkir 停車場

❻ jalan tol 高速公路

❼ lampu merah 紅燈

❽ lampu kuning 黃燈

❾ lampu hijau 綠燈

【行車問題】

❶ mesin mobil mati 熄火

❷ aki mobil kering 電瓶沒電

❸ jendela mobil macet 車窗搖不動

❹ pintu mobil tidak bisa dibuka
車門打不開

⑤ **AC mobil tidak dingin**　冷氣不涼

⑥ **tangki mobil kehabisan air**　水箱沒水

⑦ **mobil kehabisan bensin**　車子沒油

⑧ **kecelakaan**　車禍

⑨ **menabrak**　相撞、追撞

⑩ **ngebut**　超速

⑪ **lawan arah**　逆向行駛

文化專欄：在印尼租車時的注意事項

▲ 雅加達的BRT公車

　　在印尼各地旅遊，有多元的交通方式可以選擇。以雅加達來說，公共交通比較發達，若是在市區內行動的話，則可以搭「Transjakarta」，即雅加達 BRT 公車。而聯接外縣市的長途客運巴士也很多，通常是當地民眾跨縣市行動的首選。但對於到印尼旅遊或洽公人士，或許適用公共交通太費時，包括對路線、價格不熟悉、時間不易掌控等因素，仍傾向使用租車服務。以下簡單介紹在印尼的租車服務。

　　首先，在印尼的大城市雅加達、泗水、萬隆、棉蘭等地，以及世界著名旅遊景點，例如峇里島和日惹，都有相當完善的租車服務。在印尼租車叫「sewa mobil」，通常分為兩種，即包含司機或不包含司機的租車方案。通常外國人因為對路況不熟悉，會直接選擇含司機的租車服務，再加上此方案的租車費用並不會太貴，故在整體考量下，包含司機的租車更符合外國人的需求。

　　在印尼租車的服務很多，接下來的問題就是自己的預算和天數、一天幾個小時、要不要連司機一起租用等各種考量。在確認好價錢之後，記得要詢問費用有沒有包含車子的保險、油費等。而這些細節都是租車之前要事先要確認好的。

　　因此，先認識租車相關的單字也蠻重要的，例如：「sopir」是司機、「BBM」是燃料、「asuransi」是保險、「harga sewa」是租車價格等。一般來說，大城市的租車服務已經相當完整，甚至可以在抵達之前就先完成租賃的契約，一下飛機就有司機在入境大廳恭候了。由於印尼大城市的交通經常容易塞車，為了移動的舒適度和安全性，還是選擇租車外加司機的服務吧！

▲ 租車時連車帶人一起租，是比較推薦的入門租車方案

在旅遊中心 Di Pusat Pariwisata

Agen perjalanan:

Selamat pagi, apa yang bisa saya bantu?

Ya-Ting:

Saya dan keluarga saya ingin berwisata ke Candi Borobudur minggu depan. Paket perjalanan apa yang Anda tawarkan?

Agen perjalanan:

Kami memiliki beberapa penawaran serupa. Berapa orang yang akan pergi?

Ya-Ting:

Kami ada delapan orang.

Agen perjalanan:

Kalau begitu, paket wisata dengan mobil van keluarga ini cocok untuk Anda.

Ya-Ting:

Ada apa hiburan di dalam van?

Agen perjalanan:

Selama perjalanan, Anda bisa bernyanyi dan menonton film.

Ya-Ting:

Kami akan menginap di mana?

Agen perjalanan:

Kami bekerja sama dengan beberapa hotel di Magelang dan Yogyakarta. Anda bisa pilih dari hotel-hotel tersebut.

(Setelah memilih paket)

Ya-Ting:

Saya merasa sangat puas dengan paket ini.

Agen perjalanan:

Setelah perjalanan, tolong berikan ulasan tentang layanan kami.

旅行社人員：

早，請問有什麼是我能幫忙的呢？

雅婷：

我們全家下星期想要到婆羅浮屠佛寺去旅遊。您有提供什麼旅遊配套方案？

旅行社人員：

我們有幾項類似的配套行程。請問你們幾個人要去？

雅婷：

我們總共有8個人。

旅行社人員：

那麼家庭箱型車的旅遊配套適合您。

雅婷：

請問在車子裡有提供什麼娛樂嗎？

旅行社人員：

在旅途中，您可以在車內唱歌和看電影。

雅婷：

請問我們會住在哪裡？

旅行社人員：

我們有跟在馬格朗和日惹的好幾個飯店都有合作，您可以從那些飯店中挑選（自己想要的飯店）。

（選好了配套方案之後）

雅婷：

我對這個配套方案感到很滿意。

旅行社人員：

當您的行程結束之後，請對我們的服務做出評價。

必學單字表現

IA032-26-02.MP3

berwisata	旅遊
candi	寺廟
paket	配套
perjalanan	行程
tawar	提供
memiliki	擁有
beberapa	幾個、一些
penawaran	提供的選項
serupa	相似、類似
cocok	合適
hiburan	娛樂
selama	長達
bernyanyi	唱歌
menonton	觀賞
menginap	住宿
bekerja sama	合作
tersebut	該

會話重點

IA032-26-03.MP3

重點1　selama

這個詞主要表示一個時間的長度。這個介系詞在印尼語中特別重要，通常在表達時間的長度時，都要加上 selama（長達）。

例 1. **Saya akan pergi ke Indonesia selama seminggu.**

我會去印尼（長達）一個星期。

2. **Saya tidak pernah tidur selama perjalanan ini.**

在整趟旅途上，我都沒睡覺。

重點2　tersebut

這個詞主要表示在前述句子所提及過的東西、物品、名詞等。基本上相當於 itu（那），只是 tersebut（該）比較正式。

例 1. **Saya belum mendapat informasi apa pun mengenai kejadian tersebut.**

我還沒得到任何關於該事件的資訊。

2. **Kapal tersebut digerakkan oleh mesin diesel.**

該船由柴油機械推動。

旅遊所需要的相關表現

IA032-26-04.MP3

senang 開心　　sedih 難過

mengharapkan 期待　mengecewakan 掃興

menarik 精采　　membosankan 乏味

terang 明亮　　　gelap 黑暗

文法焦點

IA032-26-05.MP3

動詞前綴 **me-** 的用法

> ＊ 動詞前綴 meN- 總共有六種形式，即：me-、mem-、men-、meng-、meny-
> 和 menge-。每一形式會固定搭配不同的字首，形成動詞。

各個 meN- 前綴所搭配的字首組合：

類型	搭配的字首	類型	搭配的字首
me-	l, m, n, r, w, y, ng, ny	meng-	k*, g, h, kh, a, e, i, o, u
mem-	p*,b, f, v	meny-	s*
men-	t*, d, c, j	menge-	所有單音節的字

注意 標了 * 號字母開頭的單字，加上各自的前綴 meN- 時，除了某些例外的字以外其字首會被省略掉。

這一課來學習 **me-** 形式所搭配的字首及一些例子。動詞前綴 **me-** 的形式：

類型	字首	字根 ➡ 加上meN-
me-	l	**lihat** 看 ➡ **melihat** 看
	m	**makan** 吃 ➡ **memakan** 吃
	n	**nilai** 分數 ➡ **menilai** 評鑑
	r	**rasa** 感覺 ➡ **merasa** 感覺、覺得
	w	**warna** 顏色 ➡ **mewarnai** 上色
	y	**yakin** 確信 ➡ **meyakini** 確信
	ng	**ngeri** 可怕 ➡ **mengerikan** 使感到可怕
	ny	**nyanyi** 唱歌 ➡ **menyanyi** 唱歌

例

❶ **Saya suka melihat pertandingan sepak bola.** 我喜歡看足球賽。

❷ **Perjalanan ini memakan waktu 2 jam.** 這行程需耗費兩個小時。

❸ **Guru menilai prestasi murid dengan ujian.** 老師用考試評鑑學生。

❹ **Saya merasa senang.** 我覺得很開心。

❺ **Saya mau mewarnai rambut.** 我要染頭髮。

❻ **Pelatih meyakini peluang meraih piala dunia.**
教練確信有贏得世界杯的機會。

❼ **Film horor itu sangat mengerikan.** 那部恐怖片很令人害怕。

❽ **Ibu saya suka menyanyi.** 我媽媽喜歡唱歌。

短會話練習A

IA032-26-06.MP3

詢問住宿

Bagaimana dengan akomodasinya?
請問住宿該怎麼辦？

Kami bekerja sama dengan beberapa hotel.
我們跟幾間飯店有合作。

Ada banyak hotel di sekitar sini.
在附近有很多飯店。

詢問景點

Apakah ada objek wisata di sekitar sini?
請問在這附近有旅遊景點嗎？

Candi Borobudur ada di sekitar sini.
在這附近有婆羅浮屠佛寺。

Kalau jalan kaki 10 menit, kamu akan melihat Candi Prambanan.
如果走路 10 分鐘，您會看到普蘭巴南寺廟。

詢問套票

Apakah ada tiket terusan?
請問有套票嗎？

Ya, ada, harganya 800.000 Rupiah.
有的，價格是 80 萬印尼盾。

Ya, kamu mau jenis yang mana?
有的，您要哪一種？

參觀導覽

Apakah ada pemandu wisata di sini?
請問這裡有參觀導覽嗎？

Tergantung pada jumlah pengunjung.
有達到一定的人數時才有提供。

Ya, kami menawarkan pelayanan pemandu tur nirkabel.
是，我們提供語音導覽服務。

單字

objek wisata 旅遊景點　　　**tiket terusan** 套票　　　**harga** 價格

短會話練習B

IA032-26-07.MP3

詢問語音導覽

Apakah Anda punya pemandu suara?
請問您有語音導覽嗎？

Ya, ada. Biaya sewanya 100.000 Rupiah.
有的，租金是 10 萬印尼盾。

Ya, ada dan pelayanan ini gratis.
有的，而且這項服務是免費的。

導覽手冊

Apakah ada brosur dengan dua bahasa?
請問有雙語手冊嗎？

Ya, ada bahasa Mandarin Tradisional.
有的，而且還有繁體中文版的

Maaf, cuma ada bahasa Inggris.
抱歉，只有英語的。

詢問閉館時間

Jam berapa museum tutup hari ini?
請問今天博物館幾點關門？

Jam enam sore.
傍晚 6 點。

Jam dua belas siang.
中午 12 點。

詢問免費地圖

Apakah ada peta kota yang gratis?
請問有免費的市區地圖嗎？

Ya, ada. Kami juga punya brosur informasi gratis.
有的，我們也有免費的資訊手冊。

Tentu saja, ini.
當然有，在這裡。

單字

pemandu suara 語音導覽	**brosur** 手冊	**dua bahasa** 雙語
bahasa Mandarin Tradisional 繁體中文	**peta** 地圖	

IA032-26-08.MP3

練習題

1. 請聽音檔，並依下列的提示完成所有的句子。

paket wisata   selama   tidur   tersebut   berwisata

❶ Keluarga saya ingin _____ ke Candi Borobudur minggu depan.

我們全家下星期想要到婆羅浮屠佛寺去旅遊。

❷ _____ dengan menggunakan mobil van keluarga ini cocok untuk Anda.

那麼家庭箱型車的旅遊配套適合你們。

❸ Saya akan pergi ke Indonesia _____ seminggu.

我會去印尼（長達）一個星期。

❹ Saya belum mendapat informasi apa pun mengenai kejadian _____.

我還沒得到任何關於該事件的資訊。

❺ Saya tidak pernah _____ selama perjalanan ini.

在整趟旅途中，我都沒有睡覺。

2. 請聽音檔，並依下列的中文用印尼語做發問練習。

❶ 請問有雙語手冊嗎？　　　　　❷ 請問住宿該怎麼辦？

❸ 請問在這附近有旅遊景點嗎？　❹ 請問有套票嗎？

❺ 請問今天博物館幾點關門？

3. 請將下列中文翻譯成印尼文。

❶ 英語

➡ _____

❷ 市區地圖

➡ _____

❸ 資訊手冊

➡ _____

❹ 配套行程

➡ _____

各種印尼語的禁止標語

IA032-26-09.MP3

❶ **dilarang memotret** 禁止拍照

❷ **dilarang masuk** 禁止進入

❸ **dilarang parkir** 禁止停車

❹ **dilarang merokok** 禁止吸菸

❺ **jangan sentuh** 請勿觸摸

❻ **dilarang membakar** 禁止煙火

❼ **dilarang berenang** 禁止游泳

❽ **dilarang memancing** 禁止釣魚

❾ **dilarang memanjat** 禁止攀爬

❿ **jangan mendekat** 禁止靠近

⓫ **dilarang makan dan minum** 禁止飲食

⓬ **dilarang membuat keributan** 禁止喧嘩

⓭ **dilarang menginjak rumput**
禁止踐踏草坪

⓮ **dilarang menggunakan HP** 禁用手機

⓯ **dilarang membawa hewan peliharaan**
禁帶寵物

⓰ **dilarang membawa makanan dari luar**
禁帶外食

⓱ **dilarang membawa masuk sepeda**
禁止自行車進入

⓲ **dilarang memarkir mobil** 禁止汽車停放

⓳ **dilarang memetik bunga** 禁止攀折花木

⓴ **dilarang membuang sampah**
sembarangan 禁止亂丟垃圾

各種在印尼觀光區常進行的觀光模式

IA032-26-10.MP3

❶ **danau** 湖

❷ **jalan-jalan keliling danau** 環湖散步

❸ **kolam** 池塘

❹ **air terjun** 瀑布

❺ **sungai** 河

❻ **berlayar di sungai** 遊河

❼ **baju pelampung** 救生衣

❽ **berperahu** 划船

⑨ **laut** 海
  ↪ **pinggir laut** 海邊
⑩ **pantai** 海灘
⑪ **bermain air** 玩水
⑫ **makan seafood** 吃海鮮
⑬ **pulau** 島
⑭ **berenang** 游泳

⑮ **gunung** 山
⑯ **pegunungan** 山脈
⑰ **mendaki gunung** 爬山
⑱ **matahari terbit** 日出
⑲ **matahari terbenam** 日落
⑳ **berbelanja** 購物
㉑ **menawar harga** 殺價

㉒ **taman** 公園
㉓ **lari santai** 慢跑
㉔ **berolahraga** 做運動

㉕ **masjid** 清真寺
㉖ **candi** 印度教寺廟

㉗ **vihara** 華人寺廟
  ↪ **kelenteng** 宮廟
㉘ **sembahyang** 拜拜

㉙ **gereja** 教堂
㉚ **museum** 博物館
㉛ **barang pameran** 展覽品
㉜ **berkunjung** 參觀

33 **taman bunga** 花園

34 **keraton** 皇宮

35 **plaza** 廣場

36 **monumen** 紀念碑

37 **kota tua** 老街

38 **pertunjukan budaya** 文化表演

39 **pemandu wisata** 導遊

40 **pusat informasi wisata** 旅遊資訊中心

→ **agen perjalanan** 旅行社

→ **melayani** 服務

→ **jasa pariwisata** 旅遊服務

→ **paket domestik** 國內旅遊

→ **paket internasional** 國際旅遊

→ **paket bulan madu** 蜜月配套

41 **oleh-oleh** 伴手禮

42 **cendera mata** 紀念品

加強表現

1 **merusak cagar budaya** 破壞古蹟

2 **buang air sembarangan** 隨地大小便

3 **mengotori / mengecat tembok** 在牆壁上塗鴉（亂畫）

4 **mengenakan pakaian terbuka di kompleks masjid** 穿著暴露進入清真寺

5 **memanjat sembarangan** 隨意攀爬

6 **memotret karya seni menggunakan blitz** 拍攝藝術品使用閃光燈

7 **tidak mematuhi peraturan setempat** 不遵守當地規定

8 **sembarangan menangkap hewan liar** 胡亂抓捕野生動物

文化專欄：印尼景點的知識及旅遊

▲ 泗水市的一隅

【主要島嶼爪哇島】

印尼 Pulau Jawa（爪哇島）可說是世界上人口密度最高的地方。爪哇島土地面積約有台灣 2.7 倍大，但是卻聚集了 1.5 億人口，全印尼約六成的人都居住在這個島嶼上。爪哇島區分為西部、中部與東部。若是要開車從最東邊到最西邊，可能要至少十五到二十個小時，才有可能一路到底。

首都 Jakarta（雅加達）就位於西爪哇，是西爪哇最主要的城市，因此也是世界上塞車嚴重的地方。雅加達發跡得早，由於位於出河口，因此自古以來就是古王國和殖民政權的首都。在雅加達近郊，還有另一座城市 Bandung（萬隆），是 1955 年第一次由亞洲及非洲部分國家召開的國際會議「萬隆會議」的所在地。萬隆位於海拔 768 公尺的高原上，四季如春，氣候涼爽，因此是西爪哇人的避暑勝地。

而印尼的第二大城市 Surabaya（泗水）位於東爪哇，由於其地理位置絕佳，是一座經貿重鎮。因此，很多商人經常來往此地。通常大家會從這裡到一個著名的火山景點 Gunung Bromo（布羅莫火山）去觀光旅遊。這座火山的海拔高達 2,329 公尺，有個直徑很寬大的火山口，讓人看得怵目驚心。

▲ 布羅莫火山

另外在中爪哇，還有 Solo（梭羅）、Yogayakarta（日惹）及 Semarang（三寶瓏）等城市，也值得去走一走。尤其是日惹，有著世界上最大的 Candi Borobudur（婆羅浮屠佛寺）和 Candi Prambanan（普拉巴南印度教寺廟），兩者都是聯合國世界文化遺產。

▲ 普拉巴南印度教寺廟

整座爪哇島因為土地肥沃，大部分土地都還是種植稻米、咖啡等經濟作物的農地。除了大城市所看得到的工業區和都市之外，大部分人還過著簡樸的生活。因此在爪哇島上可以體驗完全不同風貌的印尼，不妨規劃一趟爪哇島探索，把這幾座城市全都逛一逛吧！

▲ 沿著吉利翁河發展起來的市鎮

【印尼的首都雅加達】

印尼的首都是 Daerah Khusus Ibukota Jakarta（雅加達）首都特別行政區。雅加達位於爪哇島上西爪哇的北部，過去一直是重要的港口。因是首都特區，故由印尼中央政府直轄，特區再分五市一縣，並以東、西、南、北、中雅加達分市，構成五市；而最後的縣則為千島縣。雅加達的面積大約是 664 平方公里，但卻有超過 1 千萬的人口在此居住，故雅加達的人口密度之高便不難想像。

早從十五世紀開始，雅加達以 Sungai Ciliwung（吉利翁河）為中心向外發展，從一片近出海口的平原，慢慢蛻變成人口密集的大都市。過去也有過不同的名稱，在 karajaan Sunda（巽他王國）時期的舊名是 Sunda Kelapa，到了荷蘭殖民時代時又被改稱為 Batavia，後來才又改成荷語拼音的 Djakarta，漸漸地才演變成最後的 Jakarta。

對於第一次造訪雅加達的旅客，kota tua（舊城區）是一個值得推薦的景點。因為舊城區於荷蘭殖民時代時為貿易中心，所以仍有許多當代的建築物被保存至今。當地能看到的 Museum Nasional（國家博物館）、Museum Bank Indonesia（印尼央行博物館）和 Toko Merah（紅店）等建築，皆富有舊時濃郁的歷史氣息，值得一訪。

▲ 印尼央行博物館

▲ 獨立紀念碑

會有很多人對印尼華人文化很感興趣，因此在雅加達唐人區，也變成一個值得慢遊的景點。雅加達人稱唐人街為 Glodok 街區，而它位於雅加達西邊的 Taman Sari 區。在這裡可以找到許多如北京老婆餅店、中藥行、包子饅頭店等華人風格的老店。當然若你很習慣使用華人的商品，需要時也是可以這裡來找找。

除了舊城區和唐人街，另外可以到訪的就是市中心的 Monas（獨立紀念碑）以及在 Bundaran HI（印尼大飯店圓環）附近的大型購物中心了。雅加達以擁大型購物中心聞名，因為裡面應有盡有，能滿足所有吃喝玩樂的需求，所以一般印尼人週末的休閒活動一般也都是到購物中心裡去逛逛。

有這麼多精彩的地方，趕快來規劃一個 5 天 4 夜的行程吧！

【古代強權的蘇門答臘島】

▲ 曾經權傾一時的亞齊蘇丹王國
的模擬遺址

印尼 Sumatera（蘇門答臘）是世界第五大島，是呈西北向東南走向的狹長島嶼，東面隔著馬六甲海峽與馬來半島相鄰。而馬六甲海峽自七世紀開始就是東、西方海洋貿易重要的航道。因此，在這個島上有很多重要的城市，包括在南部的 Palembang（巨港）、中部的 Padang（巴東）和北部的 Medan（棉蘭）。

蘇門答臘島的最北部是 Aceh（亞齊）特別行政區。在 17 世紀時，亞齊是在馬六甲海峽具有聲望和權力的 Kesultanan Aceh（亞齊蘇丹王國）。一直到西元 1945 年印尼宣布脫離荷蘭殖民之後，亞齊也被納入印尼的版圖當中。然而，因為有著與其他島嶼不同的歷史背景，亞齊在西元 1970 年代到西元 1990 年代之間一直反覆發生著獨立運動，與中央政府的衝突不斷。到了西元 2004 年，至今令許多人餘悸猶存的南亞大海嘯衝擊了亞齊，造成嚴重的傷亡。這場災難卻也成為了化解衝突事件的轉機，因為這一場意外的災難中，亞齊的人民因為印尼中央政府適時的援助也漸漸放下芥蒂，雙方亦開始努力重建家園，亞齊人民也開始逐漸對印尼這個國家產生了認同感，獨立訴求的抵抗力量逐漸削弱，為長久下來地方及中央的紛爭劃下了休止符。因此，若有機會到亞齊去，也可以去參觀 Museum Tsunami Aceh（亞齊海嘯博物館）。

▲ 亞齊海嘯博物館

▲ 多巴湖

從亞齊往南走，距離車程大約十二小時的地方，便是蘇門答臘的門戶 Medan（棉蘭）。棉蘭是雅加達、泗水和萬隆之後，第四大人口密集的城市。棉蘭是一個廣大的平原，族群很多元，包括 Batak（巴塔族）、Melayu（馬來族）、Minangkabau（米南加保族）和華人等。在棉蘭的華人使用福建話、客家話、潮州話等，只不過與對岸馬來西亞的檳城相似，溝通時往往混雜當地的語言，聽起來也別有一番風趣。一般人到棉蘭去的話，一定會被推薦去參觀世界最大的火山湖 Danau Toba（多巴湖）。多巴湖風光明媚、島上居住著印尼的少數民族巴塔族，島上充滿著別開生面的文化特色。

而另一個值得一去的地點是位於中部的 Padang（巴東）了。巴東是西蘇門答臘最大的城市。到巴東來別的先不說，務必要準備好打開你的胃，品嘗過印尼最知名的巴東料理才算來過巴東囉！（巴東料理的介紹請參照第 16 課的文化篇，本課不贅述）

【風情萬種的峇里島】

　　峇里島可謂是印尼，甚至是全世界最有名的島嶼之一。不僅僅是擁有遼闊的天然海景、富有千年文化的農業灌溉系統、優美的稻田景色以及古老迷人的印度教的信仰風格，再加上價格合理的 SPA 按摩服務、設備完善的飯店服務等等。峇里島可謂是世界上獨一無二，同步交織著古今特色的一處旅遊勝地。

▲ 阿貢山

▲ 布拉妲水神廟

　　如果從地理環境來看，峇里島是火山噴發後所形成的小島，在峇里島東北角的地方是全島最高的山，即 Gunung Agung（阿貢山）。峇里島的人們深信阿貢山是神聖的，反之，大海則是邪惡、危險的象徵。印度教對於峇里島人有很深的影響，到了此處，無時不刻皆能感受到信仰的力量明確地反應在峇里島各地居民們的日常生活當中。只要從峇里島隨處可見的寺廟，以及沒幾天就舉辦的祭祀活動來看，便可得知參與宗教活動一事已經完全融入了峇里島人的生活核心當中。如果要用「如果我不在寺廟，那就是在去寺廟的路上」這一句話來形容，峇里島人可謂是當之無愧。

　　如果要體驗峇里島的文化氣息，那就一定要往中部 Ubud（烏布）出發。烏布著名的景點是 Istana Ubud（烏布皇宮）、Pasar Seni Ubud（烏布傳統市場）、Pura Taman Saraswati（蓮花園神廟）、Pura Ulun Danu Beratan（布拉妲水神廟）、Mandala Suci Wenara Wana（聖猴森林）以及 Nasi babi guling（烤豬飯）。這幾個景點都是在烏布市區內步

▲ 蓮花園神廟

行可到達的景點。由於烏布還保存許多傳統風格的建築，所以在人們的認知中其具有峇里島文化藝術中心的地位。此外，這裡也有許多大大小小的博物館和美術館，讓你有機會徜徉在峇里島的藝術世界當中。

　　凡是到過峇里島的人，都一定會想要一來再來，因為峇里島的面向實在太過多

元，不論是為了山、海、藝術、美食、放鬆等不同需求而來，此行通通可以得到滿足。所以，強烈建議您來趟峇里島的自由行吧！

【古今交錯的日惹】

如果說印尼著名的旅遊景點是峇里島，那麼第二有名的，肯定是 Yogyakarta（日惹）了。日惹位於中爪哇，被喻為是爪哇文化的中心和歷史發源地，長久以來孕育著爪哇的古典文化和藝術，不論是 Gamelan（甘美朗音樂）或是 Batik（峇迪蠟染藝術）等，都可以在這裡看得到。

▲ 印尼傳統音樂演奏

從台北到日惹，目前沒有直飛，可以到雅加達或是馬來西亞吉隆坡後轉機。日惹機場距離市區不遠，約 30 公里左右，也有公車可直達市區。由於日惹是一個觀光勝地，因此在市中心靠近 Jalan Malioboro（馬力歐波羅）路上便可找到許多大大小小、價位不一的青年旅館或五星級飯店。通常觀光客都會群聚住在這裡，而這裡通往日惹的任何旅遊觀光景點都相當便利。

▲ 婆羅浮圖佛寺

通常在日惹建議來個五天四夜的行程。建議第一天到達日惹後，即可在市區先逛逛，一整條馬力歐波羅路都販賣各式各樣的伴手禮、藝術品等。這時候可以到巷弄內的旅行社詢問隔天到 Candi Borobudur（婆羅浮圖佛寺）的費用。大體來說，行程面有分為日出行程或一般行程。強烈建議可以參與在婆羅浮圖寺看日出的行程，一來是世界上難得的景色，二來是早一點去參觀比較不會太熱。

婆羅浮圖佛寺和另一座印度教的寺廟 Candi Prambanan（普蘭巴南寺廟）齊名，皆為日惹附近的世界文化遺產，始建於 8 到 10 世紀之間。其中婆羅浮圖可說是世界上最大的佛寺，約 2500 平方公尺，共有約 1460 個石板雕刻。來到婆羅浮圖，可以讓您遙想一千多年前，曾深深受到佛教和印度教的影響的古代王國，生生不息地存在於在這片土地上。印尼的這個文化古國就是以這樣的姿態，在這全世界的舞台上發光發熱。

接下來第三和第四天則可以到市區內的 Keraton Yogyakarta（日惹皇宮）、藝術博物館和其他特色咖啡館去坐坐，感受一下日惹的文化藝術氛圍和美食珍饌。

▲ 日惹皇宮

IA032-27-01.MP3 Pelajaran **27**

在飯店 Di Hotel

Karyawan:

Apa yang bisa saya bantu?

Budi:

Saya harus mengajukan keluhan tentang kamar saya.

Karyawan:

Ya, ada masalah apa?

Budi:

Saya mau mandi tapi tidak ada air hangat di kamar mandi.

Karyawan:

Saya benar-benar minta maaf. Izinkan saya memanggil petugas untuk memperbaikinya. Apakah ada hal lain yang diperlukan?

Budi:

Tolong bereskan kamar saya saat saya keluar.

Karyawan:

Oke, tidak masalah, nomor kamarnya berapa?

Budi:

Kamar nomor lima ratus empat.

Karyawan:

Ada hal lain yang dibutuhkan?

Budi:

Besok pagi bisa bangunkan saya?

Karyawan:

Jam berapa?

Budi:

Jam tujuh.

Karyawan:

Ok, siap.

櫃檯人員：

您好，有什麼需要幫忙嗎？

布迪：

我要反應一下，我的房間有問題。

櫃檯人員：

是的，請問有什麼問題呢？

布迪：

我要洗澡，但是浴室裡沒有熱水。

櫃檯人員：

真是不好意思，我請值班人員過去修理一下。請問還有其他的問題嗎？

布迪：

請在我外出時，幫我忙打掃房間。

櫃檯人員：

好的，沒問題，請問房間是幾號房呢？

布迪：

504號房。

櫃檯人員：

請問還有什麼能夠幫您的嗎？

布迪：

可以幫我設明天早上的 Morning call 嗎？

櫃檯人員：

請問是幾點呢？

布迪：

7點。

櫃檯人員：

好的，我知道了。

必學單字表現

IA032-27-02.MP3

mengajukan	提出
keluhan	投訴
tentang	關於
kamar	房間
masalah	問題
mandi	洗澡
kamar mandi	浴室
hangat	溫
izinkan	允許
memanggil	叫
petugas	值班人員
memperbaiki	修理
hal	事情
bereskan	打掃
keluar	外出
nomor kamar	房號
bangunkan	叫醒

會話重點

IA032-27-03.MP3

重點1　tentang

tentang 是介系詞，表示「關於」的意思。通常接在 membahas（討論）、berbicara（說）等動詞後。

例 1. **Saya mau membuat keluhan tentang kamar saya.**
我要反應（關於）我的房間。

2. **Kita ingin membahas tentang lingkungan kita.**
我們要討論（關於）我們的環境。

3. **Dia berbicara tentang kemajuan negara.**
他談到（關於）國家
進步的遠景。

重點2　lain

lain 表示「其他」之意。通常可以搭配一些名詞，例如 warna（顏色）、orang（人）等，變成「其他顏色」、「其他人」等。

例 1. **Masih ada warna lain?**
還有其他顏色嗎？

2. **Hormatilah agama orang lain.**
尊重別人的宗教吧！

3. **Lain kali saja.**　下次吧！

 ## 與潔淨程度相關的表現

IA032-27-04.MP3

bersih 乾淨　　kotor 骯髒

rapi 整齊　　berantakan 凌亂

文法焦點

動詞前綴 **ber-** 的用法

> ＊動詞前綴 ber-，通常是不及物動詞。它有三種形式，即 ber-、be-、bel-。

	ber-	be-	bel-
特性	1. 最常見、最普遍。 2. 搭配大部分的字首和字根。	1. 搭配字首為 **r** 的字，例如：**rencana**（計畫）。 2. 搭配某些字根內有 **r** 的字，例如：**kerja**（工作）。	1. 特殊用法，只搭配一個字，即 **ajar**（教）。
例子	wisata → berwisata 旅遊 sama → bersama 一起	rencana → berencana 計畫 kerja → bekerja 工作	ajar → belajar 學習

> ＊動詞前綴 ber- 所形成的動詞，通常是不及物動詞。ber- 有好幾個主要功能，其中一個是「有」的意思。

例 ❶ **harga** 價格→ **berharga** 有價值
Simpanlah barang yang berharga. 　　把有價值的東西收起來吧！

❷ **nama** 名字→ **bernama** 有名字
Ayah saya bernama Budi. 　　我爸爸的名字是布迪。

❸ **rambut** 頭髮 → **berambut** 有頭髮
Ibu saya berambut panjang.
我媽媽有長頭髮。

■ 短會話練習A

IA032-27-06.MP3

可否上網

Apakah di dalam kamar bisa pakai internet?
請問房間裡可以上網嗎？

Asalkan ada laptop atau HP bisa pakai internet.
只要有筆記型電腦或手機就可以上網。

Maaf, tidak bisa pakai internet.
對不起，無法上網。

要毯子

Bisa bantu bawakan selimut kemari?
能多要一件毯子嗎？

Ya, saya bisa antarkan ke sana.
好的，我會幫您送過去。

Mau berapa?
請問需要幾條？

寄放行李

Apakah boleh titip koper sebentar?
可以暫時寄放一下行李嗎？

Boleh.
可以。

Tolong tuliskan nama Anda.
請簽上您的大名。

確認退房時間

Kapan waktu paling lambat untuk "check out"?
請問最晚得在幾點前退房？

Sebaiknya sebelum jam 11 pagi.
最好上午 11 點以前退房。

Sebelum siang.
中午以前。

單字

asalkan 只要	**selimut** 被單	**kemari** （口語）過來
titip 留下	**koper** 公事包、手拉式行李箱	**sebentar** 一陣子
tuliskan 寫下	**sebaiknya** 最好	**sebelum** 之前

短會話練習B

 IA032-27-07.MP3

入住

Apakah Anda mau menginap?
請問您要入住嗎？

Ya, tolong aturkan saya penginapan.
是的，請幫我安排入住。

Berapa biaya menginap semalam?
請問一晚住宿費是多少錢？

房間大小

Kamar berapa orang yang kamu mau?
請問你要幾人房？

Saya mau kamar satu orang.
我要單人房。

Saya mau kamar dua orang.
我要雙人房。

房間類型

Anda mau kamar yang seperti apa?
請問您要什麼樣的房間？

Saya mau kamar yang ada pemandangan.
我要有風景的房間。

Saya mau kamar yang jauh dari jalan.
我要遠離馬路的房間。

住宿時間

Berapa hari rencananya Anda akan menginap?
請問您預計要住幾天？

Rencananya menginap sehari.
我打算住一天。

Rencananya menginap tiga hari dua malam.
我打算住三天兩夜。

 單字

tolong 幫忙、請	**seperti** 好像	**menginap** 住宿

302

IA032-27-08.MP3

練習題

1. 選擇下面的詞語填充句子。

keluhan　　saat　　Besok pagi　　lain　　masalah

❶ **Saya harus mengajukan _____ tentang kamar saya.**

我要反應一下，我的房間有問題。

❷ **Ada _____ apa?**　　　　　　　　請問有什麼問題嗎？

❸ **Tolong bereskan kamar saya _____ saya keluar.**

請在我外出時，幫我打掃房間。

❹ **Ada hal _____ yang dibutuhkan?**　　　請問還有其他的問題嗎？

❺ **_____ bisa bangunkan saya?**

可以幫我設定明天早上的晨喚服務嗎？

2. 請聽音檔，並依下列的中文用印尼語做回答練習。

❶ 只要有筆記型電腦或手機就可以上網。　❷ 我要雙人房。

❸ 我打算住三天兩夜。　　　　　　　　❹ 是的，請幫我安排入住。

❺ 我要有風景的房間。

3. 請將下列中文翻譯成印尼文。

❶ 有什麼需要幫忙的？

➡ _____

❷ 幾點？

➡ _____

❸ 晚上 7 點。

➡ _____

❹ 下次吧！

➡ _____

IA032-27-09.MP3

❶ **hotel bintang satu** 一星級飯店

❷ **hotel bintang dua** 二星級飯店

❸ **hotel bintang tiga** 三星級飯店

❹ **hotel bintang empat** 四星級飯店

❺ **hotel bintang lima** 五星級飯店

❻ **losmen** 賓館、民宿

❼ **hotel** 飯店、旅館

❽ **hostel** 青年旅館

❶ **lobi hotel** 飯店大廳

❷ **ruang penitipan bagasi** 行李間

❸ **resepsionis** 飯店櫃檯
- ➥ **manajer** 經理
- ➥ **pegawai hotel** 飯店人員
- ➥ **check-in** 入住
- ➥ **prosedur periksa keluar (check out)** 退房

❹ **troli bagasi** 行李推車

❺ **portir** 行李員

❻ **pramupintu** 門僮

❼ **kamar hotel** 客房
- ➥ **kamar satu orang / kamar single** 單人房
- ➥ **kamar dua orang** 雙人房
- ➥ **kamar dobel** （一大床）雙人房
- ➥ **kamar dengan dua tempat tidur** 雙床房
- ➥ **kamar keluarga** 家庭房
- ➥ **kamar suite** 套房

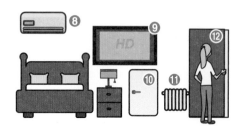

❽ **AC** 空調

❾ **televisi** 電視

❿ **kulkas kecil** 小冰箱

⓫ **penghangat** 暖氣

⓬ **tamu** 房客

⓭ **kolam renang** 游泳池

⓮ **pusat kebugaran** 健身中心

⓯ **restoran** 餐廳

⓰ **layanan cuci baju** 洗衣服務

⑳ **nomor kamar** 房間號碼

㉑ **kartu akses kamar** 房卡

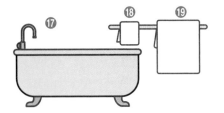

⑰ **bak mandi** 浴缸

⑱ **handuk** 毛巾

⑲ **handuk** 浴巾

㉒ **layanan membangunkan**
晨喚服務（Morning call 服務）

㉓ **layanan membersihkan kamar**
客房清潔服務

㉔ **ranjang** 床

㉕ **selimut** 棉被、毯子

㉖ **bantal** 枕頭

㉗ **sabun** 肥皂

㉘ **sabun cair** 沐浴乳

㉙ **sampo** 洗髮精

㉚ **sikat gigi** 牙刷

㉛ **odol** 牙膏

㉜ **cermin** 鏡子

㉝ **bak cuci tangan** 洗手台

㉞ **jamban** 馬桶

㉟ **kertas toilet** 衛生紙

㊱ **kepala pancuran** 蓮蓬頭

㊲ **tirai kamar mandi** 浴簾

㊳ **tempat sampah (tong sampah)** 垃圾桶

【飯店服務】

❶ **layanan kamar** 客房服務

❷ **layanan makan dan minum** 餐飲服務

❸ **layanan internet** 網路提供服務

❹ **layanan penitipan bagasi** 飯店寄放行李服務

❺ **layanan cuci baju** 洗衣服務

❻ **fasilitas kantor** 辦公室服務

❼ **fasilitas antar jemput ke bandara** 機場接送服務

❽ **layanan** 服務

❾ **tempat kebugaran** 健身房

❿ **fasilitas ruang rapat** 會議服務

⓫ **kolam renang** 游泳池

⓬ **fasilitas karaoke** 服務

⓭ **layanan pemesanan tiket pesawat / kereta / kapal** 訂購飛機／車／船票服務

加強表現

❶ **AC tidak dingin** 冷氣不冷

❷ **tidak ada air panas** 沒有熱水

❸ **pipa bocor** 水管破了

❹ **saluran tersumbat** 管子堵塞

❺ **kartu kamar tidak bisa dipakai** 感應卡不能用

❻ **hotel ini memiliki kolam renang** 飯店有提供游泳池

❼ **tolong bantu saya belikan tiket pesawat ke Hong Kong** 幫我訂購到香港的機票

❽ **silakan gunakan layanan karaoke** 可以使用 KTV 服務

❾ **tolong bereskan ruangan saya** 請幫我整理房間

❿ **pusat kebugaran terletak di lantai delapan** 健身房在 8 樓

⓫ **ruang rapat** 會議室

⓬ **sarapan** 早餐

文化專欄：印尼的飯店類型及特色

▲ 峇里島渡假飯店水天一色的場景

印尼旅遊業最發達的地方，莫屬峇里島了。在峇里島有全印尼最高級的飯店，不僅有海天一色的美景，還有美味的異國料理，讓旅客能享受最美好的時光。西元 2020 年票選最受歡迎的峇里島飯店有：Ayana Resort（阿雅娜水療渡假飯店），雙人房一晚約台幣 10,000 元；Bulgari Resort（寶格麗渡假飯店），一晚約台幣 20,000 元等。當然，除了頂級飯店之外，峇里島還有其他別墅型度假飯店、一般飯店或民宿，基本上價格和品質都可以接受，有多種等級滿足不同旅客的需求。

除了峇里島之外，另一個熱門的旅遊地點就是 Yogyakarta（日惹）了。承前課對日惹的描述，在日惹因為具有兩處世界文化遺產的遺址，以及日惹王國的悠久歷史和文化保存，使得日惹一直被視為是爪哇文化起源以及爪哇歷史文化中心。除了有形的文化資產，日惹的蠟染、甘美朗樂隊、wayang kulit（皮影戲）等傳統藝術亦保存至今，使得每年造訪日惹的國際旅客絡繹不絕。因此日惹的飯店也有好多種，包括五星級飯店到月租型、家庭式經營的民宿都有。

▲ 日惹的大型飯店

在印尼訂飯店時，基本上只要一定規模的飯店、有受過訓練的飯店人員大致上都能通曉英文。如果您的印尼語還不太流利，當然可以嘗試用英文溝通。一般飯店可以透過各種訂房網訂購。如果是一般商務型飯店，價格基本上不會太貴，雙人房大約台幣 1,000 元左右，品質和服務都還不錯。因為印尼有高達 87% 的人信仰伊斯蘭教，所以飯店內會有一種標記，可能會使初來乍到的人一頭霧水，那就是貼在天花板上的「Kiblat」貼紙，那個便是用來指引聖城麥加的方向，便於穆斯林朝聖及祈禱時使用。

▲ 指引穆斯林朝聖方向的 Kiblat 貼紙

近期以來，在印尼也有一種穆斯林飯店的崛起，名為「Hotel Syariah」，意思是「遵循伊斯蘭條規的飯店」。如果入住這類型的飯店，要特別注意的是，男女除非是夫妻才能入住同一房間，也可能會被飯店方要求提出合法的夫妻相關證明文件，才會被核准入住。旅客也不可以帶非清真的食品入住，當然一般就是指酒類、豬肉等等。既然是符合穆斯林清規，真的有需要且住到時，請記得入境隨俗遵守人家的規定喔！

Pelajaran **28**

在醫院 Di Rumah Sakit

Chi-Wei:

Saya mau ke dokter.

Perawat:

Silakan daftar di sini. Pertama kali datang ke sini?

Chi-Wei:

Ya, pertama kali.

Perawat:

Silakan isi nama, umur, dan alamat di sini.

(setelah masuk ke ruang periksa)

Dokter:

Mana bagian yang tidak nyaman?

Chi-Wei:

Tenggorokan saya sakit.

Dokter:

Yang lainnya masih baik?

Chi-Wei:

Demam dan pilek juga.

Dokter:

Dari kapan mulainya gejala ini?

Chi-Wei:

Dari tiga hari yang lalu.

Dokter:

Saya periksa dulu... Radang tenggorokannya sangat parah, apakah akhir-akhir ini merasa lelah?

Chi-Wei:

Ya, terasa lelah dan tidak bertenaga.

Dokter:

Saya beri obat untuk dua hari. Setelah dua hari silakan datang untuk diperiksa lagi.

志偉：

我要掛號（看診）。

護士：

請在這裡登記。您是初診嗎？

志偉：

對，我是初診。

護士：

初診請幫我在表格裡填上名字、年齡和地址。

（進入門診室之後）

醫生：

您哪裡不舒服嗎？

志偉：

我的喉嚨會痛。

醫生：

有其他的問題嗎？

志偉：

有發燒，而且還流鼻涕。

醫生：

請問有這些症狀是從何時開始的？

志偉：

從3天前開始的。

醫生：

我先檢查一下…喉嚨腫得很厲害，最近有經常感覺到疲倦是嗎？

志偉：

有，會感覺疲倦也全身無力。

醫生：

那我先開兩天的藥，兩天後請再來複診。

說明 本文中的內容屬印尼當地的就診流程。

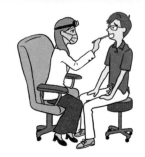

必學單字表現

IA032-28-02.MP3

daftar	登記、註冊
isi	填寫
umur	年齡
alamat	地址
ruang	空間
periksa	檢查
bagian	部分
nyaman	舒適
sakit	痛
tenggorakan	喉嚨
demam	發燒
pilek	流鼻涕
gejala	症狀
radang	發炎
parah	嚴重
lelah	累
bertenaga	有力量
obat	藥

 會話重點

IA032-28-03.MP3

重點1 yang lalu

表示過去的時間，有時可省略 yang，以不同的相關日期、時間詞彙直接接續 lalu。

例 1. **Dua jam** yang lalu.　兩個小時前。

2. **Tiga hari** yang lalu.
　三天前。

3. **Minggu** lalu.
　上禮拜。

4. **Bulan** lalu.
　上個月。

Bulan lalu.

Kapan lahir?（什麼時候生的？）

重點2 akhir-akhir ini

主要表示「最近」，字根是 akhir，「最後」的意思。另外還有同義詞，即 baru-baru ini（最近）。

例 1. **Saya akan pergi ke Indonesia** akhir-akhir ini.
　我最近會去印尼。

2. **Bagaimana kabarnya** akhir-akhir ini?
　最近好嗎？

重點3 sakit

這個詞有「痛」和「病」的意思。若後接身體部位，就形成某個部位疼痛的意思。

例 1. sakit **tenggorokan**　喉嚨痛
2. sakit **kepala**　頭痛
3. sakit **perut**　肚子痛

 與疼痛相關的表現

IA032-28-04.MP3

sakit 疼痛　　tidak enak badan （身體）不舒服　　nyaman 舒服、暢快

IA032-28-05.MP3

dengan 的用法

> ＊介詞 dengan 的意思是「跟、和」，用法上如同英文的 with 和 by。主要功能有三個：用於人、名詞之前，表示「跟」的意思；用於物品或工具之前，表示使用的工具；用在形容詞的前面，表示帶有其性質。

1 用在人、名詞等前面，表示「跟」的意思。

例 **Saya pergi ke Indonesia bersama dengan ibu saya.**

我跟我媽媽一起去印尼。

Lina pergi berwisata dengan pacarnya.

麗娜跟她的情人去旅遊。

2 用在物品或工具之前，表示使用的工具。

例 **Saya pergi ke sekolah dengan menaiki kereta api.**

我搭火車去學校。

Saya suka memasak ayam dengan cabai.

我喜歡用辣椒煮雞。

3 用在形容詞前，表示其性質。

例 **Pahlawan menyerang dengan gagah berani.**

英雄很英勇地展開進攻。

Kakek saya dijaga dengan baik.

我的爺爺被照顧得很好。

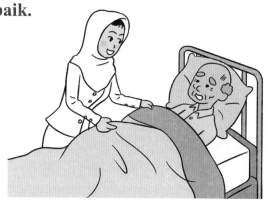

短會話練習A

IA032-28-06.MP3

疾病名稱

Sakit apa?
請問是有什麼病症？

Flu.
罹患了流行性感冒。

Gangguan pencernaan.
有消化不良的狀況。

打針

Apakah boleh tidak disuntik?
可以不要打針嗎？

Boleh, cuma makan obat saja.
可以，只吃藥就行。

Tidak, harus disuntik.
不行，一定要打針。

保險

Saya orang asing, bisakah saya menggunakan asuransi?
我是外國人，請問可以使用保險嗎？

Ya, bisa.
可以的。

Ini tidak bisa menggunakan asuransi.
這個不能使用保險。

預約複診

Hari itu tidak bisa, ada waktu lain?
那天不行，有其他的時間嗎？

Silakan datang dua hari lagi.
那麼請 2 天後再來。

Silakan datang empat hari lagi.
那麼請 4 天後再來。

單字

gangguan 干擾	**pencernaan** 消化系統	**disuntik** 打針
cuma （口語）只要	**orang asing** 外國人	**asuransi** 保險

短會話練習B

IA032-28-07.MP3

主要症狀

Bagian mana yang tidak nyaman?
請問您哪裡不舒服？

Nyeri pinggang.
我有腰痛。

Batuk.
我有咳嗽。

其他症狀

Ada keluhan lainnya?
請問還有其他不舒服的地方嗎？

Pencernaannya juga tidak baik.
消化也不好。

Tidak ada bagian yang tidak nyaman.
沒有什麼特別不適之處。

睡眠如何

Apakah tidurnya nyenyak?
請問睡得還好嗎？

Ya, sangat nyenyak.
是的，睡得很好。

Tidak, tidurnya tidak nyenyak.
不好，睡不著。

複診時間

Silakan kembali dua hari lagi untuk diperiksa.
請 2 天後再來複診。

Ya, siap.
好的，我知道了。

Minggu ini tidak ada waktu.
我這週沒有空來。

單字

nyeri 痛	**pinggang** 腰	**keluhan** 投訴、陳述病痛
pencernaan 消化	**nyenyak** 熟睡	**kembali** 回來

IA032-28-08.MP3

練習題

1. 請聽音檔，並依下列的提示完成所有的句子。

daftar　　ke　　nyaman　　gejala　　periksa

❶ Saya mau _____ dokter.　　　　　　我要掛號（看診）。

❷ Silakan _____ di sini.　　　　　　請在這裡登記。

❸ Mana bagian yang tidak _____?　　您哪裡不舒服嗎？

❹ Dari kapan mulainya _____ ini?

　請問有這些症狀多久了（從什麼時候開始有這些症狀的）？

❺ Saya _____ dulu.　　　　　　　　　我先檢查一下。

2. 請聽音檔，並列下列的中文用印尼語做問答練習。

❶ 我有咳嗽。

❷ 沒有什麼特別不適之處。

❸ 不好，睡不著。

❹ 從 3 天前開始的。

3. 請將下列中文翻譯成印尼文。

❶ 要打針。

➡ _____

❷ 我是外國人。

➡ _____

❸ 有其他的時間嗎？

➡ _____

❹ 請再來複診。

➡ _____

❺ 睡不著（覺）。

➡ _____

IA032-28-09.MP3

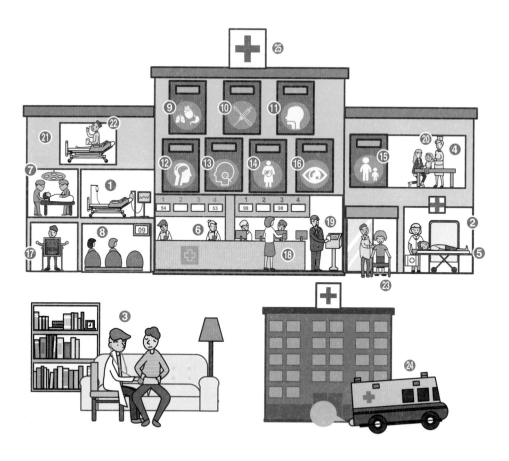

【醫院科室及病症】

❶ **kamar** 病房

❷ **UGD (unit gawat darurat)** 急診室

❸ **dokter** 醫師

❹ **perawat** 護士

❺ **pasien** 病人

❻ **apoteker** 藥劑師

❼ **ruang operasi** 手術室
　➥ **operasi** 動手術

❽ **ruang tunggu** 候診室（區）
　➥ **ICU** 加護病房

❾ **penyakit dalam** 內科

❿ **penyakit luar** 外科

⓫ **dokter THT (telinga, hidung, tenggorokan)** 耳鼻喉科

⓬ **neurologi** 腦科

⓭ **dermatologi** 皮膚科

⓮ **obstetri dan ginekologi** 婦產科

⓯ **pediatrik** 小兒科

⓰ **optamologis** 眼科

⓱ **foto sinar X** 照X光

⓲ **mendaftar** 掛號
　➥ **mengisi data** 填資料

⓳ **mengambil nomor antrean** 領號碼牌

⓴ **menyuntik** 打針

㉑ **rawat inap** 住院

㉒ **minum obat** 服藥

㉓ **keluar rumah sakit** 出院

㉔ **ambulans** 救護車

㉕ **rumah sakit** 醫院

㉖ **klinik** 診所

㉗ **asuransi kesehatan** 健保

㉘ **cek darah** 驗血

㉙ **tes urine** 驗尿

㉚ **fisioterapi** 復健

㉛ **resep** 處方箋

㉜ **menebus obat** 開處方箋

㉝ **memeriksa denyut nadi** 量脈博

㉞ **sakit** 生病

㉟ **demam** 發燒

㊱ **sakit kepala** 頭痛

㊲ **pusing** 頭暈

㊳ **batuk** 咳嗽

㊴ **hidung tersumbat** 鼻塞

㊵ **flu** 流行性感冒

㊶ **hidung meler** 流鼻水

㊷ **sakit tenggorokan** 喉嚨痛

㊸ **bersin** 打噴嚏

㊹ **demam** 發冷

㊺ **sakit perut** 拉肚子
　↳ **diare** 腹瀉

㊻ **pusing** 暈眩

㊼ **mau muntah** 想吐

㊽ **insomnia** 失眠

㊾ **bau mulut** 口臭

㊿ **lemah** 虛弱

(51) **lelah** 疲倦

㊿ **ruam** 起疹子

㊿ **pencernaan tidak baik** 消化不良

㊿ **alergi serbuk bunga** 花粉症

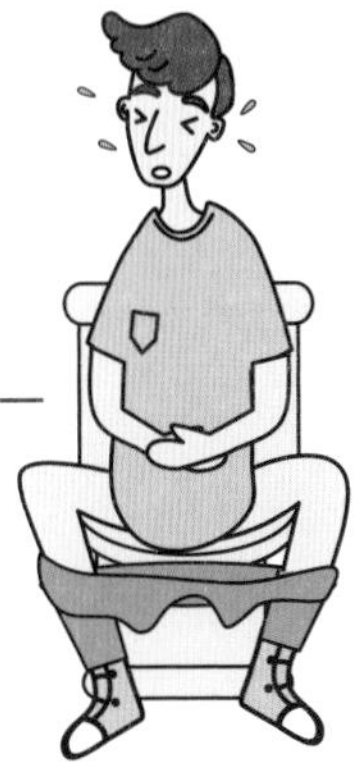

⑤ tidak nafsu makan 沒食慾

⑤ sakit punggung 背痛

⑤ sakit gigi 牙齒痛

⑤ flu perut 腸胃炎

⑤ sakit mata 眼睛痛

⑥ sakit perut 肚子痛

⑥ sakit telinga 耳朵痛

⑥ muntah 嘔吐

⑥ edema 浮腫

⑥ berdarah 流血

⑥ sakit tangan 手痛

⑥ sakit kaki 腳痛

⑥ nyeri otot seluruh badan 全身酸痛

⑥ gatal 癢

【基本人體構造】

❶ kepala 頭

❷ mulut 嘴巴

❸ lidah 舌頭

❹ gigi 牙齒

❺ mata 眼睛

❻ alis 眉毛

❼ bulu mata 睫毛

❽ telinga 耳朵

❾ hidung 鼻子

❿ bahu 肩膀

⓫ tangan 手

⓬ jari tangan 手指

⓭ ibu jari 拇指

⓮ jari telunjuk 食指

⓯ jari tengah 中指

⓰ jari manis 無名指

⓱ jari kelingking 小指

⓲ telapak tangan 手心

⓳ punggung tangan 手背

⓴ dada 胸口

㉑ perut 肚子

㉒ kaki 腳

㉓ paha 大腿

㉔ betis 小腿

㉕ lutut 膝蓋

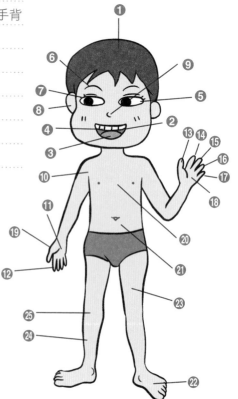

加強表現

❶ tangan berdarah 手流血了

❷ alergi obat 藥物過敏

❸ kaki membengkak 腳腫起來了

❹ tangan terluka bakar 手燙傷了

❺ nyeri seluruh badan, susah tidur
全身酸痛，睡不著

■ 文化專欄：印尼的醫療體系

▲ 印尼的 Puskemas（衛生所）

　　印尼的醫療情況如何？或許從相關研究數據和街頭走訪的結果中可以有個大致的了解。根據世界衛生組織（WHO）於西元 2018 年的統計，印尼人口約 2.6 億，政府在健康醫療的支出約占全國 GDP 的 2.9%，相較於美國的 17.7% 或台灣的 6.6%，可說是相當的低。

　　根據統計，印尼男女的壽命分別為 67 歲和 71 歲，一般來說印尼各鄉鎮都有類似公共衛生所的地方，稱作 Puskesmas（Pusat Kesehatan Masyarakat），不過由於各地方的醫療品質和服務也水準不一，使得很多人寧願選擇到私人診所或尋找傳統草藥的方式來醫治一般性的疾病。

　　在都市的醫療服務品質相當地良莠不齊，醫療器材、設備老舊以及專業醫護人員的缺乏，導致許多有經濟能力的病人，寧願赴國外就醫（特別是到新加坡和馬來西亞就診）。當然，這些國外的醫療行程都不便宜，並非每一個人都能夠負擔，更突顯了印尼醫療環境所面臨的問題。

▲ 傳統草藥至今仍有極大的市場需求

　　印尼政府也希望積極解決這個問題，因此印尼總統佐科威在西元 2014 年上任後，就率先推動健保計畫，由 BPJS（社會保險執行機構）進行 Jaminan Kesehatan Nasional（全民醫保卡，簡稱 JKN）的推廣普及，而健保的財源上，由政府、雇主和勞工三方共同來承擔。按照規定，雇主必須為勞工投保健保，勞工負擔收入的 1%，而雇主負擔 4%，其中再分等級。不同等級將獲得不同的免費醫療服務。

▲ JKN，印尼的全民醫保卡

　　雖然這個全民醫保卡在實施上還需要改進，但是的確已經大大改善社會底層的人所能獲得的醫療資源與服務。未來印尼政府若投入更多健保預算，肯定能夠再造福更多的人。

在郵局 Di Kantor Pos

Budi:

Saya ingin mengirimkan paket ini ke Taiwan.

Karyawan:

Anda mau kirim lewat jalur ekspres internasional atau jalur laut?

Budi:

Harganya masing-masing berapa?

Karyawan:

Saya harus timbang dulu. Kalau jalur ekspres internasional 250.000 Rupiah, jalur laut 100.000 Rupiah.

Budi:

Masing-masing berapa lama waktu yang dibutuhkan untuk sampai?

Karyawan:

Kalau jalur ekspres internasional butuh empat sampai lima hari, jalur laut butuh dua minggu.

Budi:

Kalau begitu saya mau pakai jalur ekspres internasional.

Karyawan:

Tolong tuliskan isi paketnya.

Budi:

Ngomong-ngomong, dulu saya pernah kirim paket dan harus tempel perangko. Apakah sekarang masih perlu perangko?

Karyawan:

Tidak usah, nanti langsung serahkan paket dan ongkos kirimnya kepada saya.

布迪：
您好，我想把這個包裹寄到台灣。

郵務員：
您想寄國際空運快遞還是海運？

布迪：
請問兩種的價格分別是多少錢？

郵務員：
我需要先秤重…。國際空運快遞是25萬印尼盾，海運則是10萬印尼盾。

布迪：
分別需要多久時間才會寄到呢？

郵務員：
空運的國際快遞是需要約4到5天，海運的話則需要2週的時間。

布迪：
那我要寄國際空運快遞。

郵務員：
好的，請您先在這張單子上填寫包裹的內容物。

布迪：
對了，我之前曾經寄過一次，當時是貼郵票的，現在還需要貼上郵票嗎？

郵務員：
不用，待會兒把包裹跟郵資都給我就行了。

必學單字表現

IA032-29-02.MP3

mengirimkan	郵寄
paket	包裹
jalur	路線
laut	海
harus	需要
timbang	秤
dulu	先
masing-masing	分別
butuh	需要
tuliskan	填寫
isi	內容物
ngomong-ngomong	對了
perangko	郵票
masih	仍然
ongkos kirim	郵資

會話重點

IA032-29-03.MP3

重點1 harus（副詞）、butuh（動詞）

harus 和 butuh 通常都翻譯成「需要」。但這兩個詞性不一樣，因此用法也不同。harus 是副詞，還有「必須」和「應該」等意思，通常接上動詞。而 butuh 是動詞，因此通常後接名詞。

Saya harus permisi dulu.

例 1. **Saya butuh lima hari untuk sampai di rumah.**
我需要五天才能到家。

2. **Saya harus permisi dulu.**
我要先告辭了。

重點2 pernah

這個詞主要表達過去行為的經驗，即「曾經（做過某事）」之意。另有一個亦表達過去經驗的相似詞彙則是 sudah，即「已經（做過某事）」之意。

例 1. **Saya pernah makan durian.**
我曾經吃過榴槤。

2. **Saya sudah makan.**　　我吃過了。

與物體外觀相關的表現

IA032-29-04.MP3

besar 大　　kecil 小

ringan 輕　　berat 重

tinggi 高　　rendah 低

tebal 粗　　tipis 細

IA032-29-05.MP3

被動詞前綴 **ter-** 的用法

＊印尼語常見的前綴 ter-，有很多功能，包括在第 11 課中學習過的，表達形容詞最高級。另一個主要的功能是「表示被動式狀態」，特別是指在其他人為或非人為的動作下形成的存在狀態。在這一課，我們要學習前綴 ter- 的「表示被動式狀態」的功能。

例 **❶ dapat** 得到、能夠 ➟ **terdapat** 有著

Terdapat banyak monyet di dalam hutan.

在森林裡有很多猴子。

❷ letak 放 ➟ **terletak** 位於

Rumah saya terletak di desa.

我的家位於鄉下。

❸ sedia 準備 ➟ **tersedia**（被準備好＝）具備、備齊

Bermacam-macam makanan tersedia di sini.

（各種各樣的美食被準備在這裡＝）在這裡備齊了各式各樣的美食。

❹ buka 開 ➟ **terbuka**（被打開＝）開著的

Pintu itu terbuka saat saya masuk.

（當我進來時，那扇門是被打開的＝）當我進來的時候，那扇門是開著的。

❺ tutup 關 ➟ **tertutup**（被關上＝）關著的、閉門

Jokowi gelar pertemuan tertutup dengan Zulkifli.

佐科威跟祖可菲舉行了閉門會面。

注意 本文法中的例句中譯裡（　）的部分將印尼語語性在表達時的思考模式忠實呈現出來，藉此使讀者可以得知印尼人表達時是這樣想的，並熟悉以中文理解印尼語時該如何轉換角度思考。

短會話練習A

IA032-29-06.MP3

郵件

Mana jenis yang paling cepat?
請問哪一種最快？

Pos ekspres internasional.
國際快捷郵件。

Surat ekspres.
快遞郵件。

追蹤郵件

Bagaimana saya bisa cek pengiriman surat?
請問怎樣能夠查詢郵件寄送狀況呢？

Mohon bawakan bon ini ke loket untuk mengecek.
請帶著這張收據臨櫃查詢。

Mohon dicek di laman kantor pos.
請進入郵局網站確認。

信封

Saya mau kirim lewat jalur ekspres internasional, ada amplop?
我要寄國際快遞，請問有信封嗎？

Ada, ini.
有的，在這裡。

Seberapa besar yang Anda mau?
請問您要多大的？

填表

Apakah sudah benar kalau ditulis seperti ini?
請問這樣填寫就可以嗎？

Ya, kasih saya.
是的，請交給我。

Tolong tuliskan alamat Anda.
請填上您的地址。

單字

surat 信件	**cek** 確認	**loket** 櫃檯
laman 網頁封面	**amplop** 信封	**alamat** 地址

IA032-29-07.MP3

目的地

Anda mau mengirim ke mana?
請問您要寄到哪裡呢？

Ke Taiwan.
寄到台灣。

Ke Tiongkok.
寄到中國。

選擇郵件類型

Jalur pos apa yang Anda pilih?
請問您要選擇哪一種郵寄方式呢？

Pos biasa.
普通郵件。

Ada apa saja jalur yang disediakan?
請問有哪些郵寄方式呢？

郵寄物品

Apakah ini dokumen?
請問這是文件嗎？

Ya, ini dokumen.
對，是文件。

Bukan, ini buku.
不是，這是書本。

包裹

Tolong bungkus sekali lagi paket Anda.
請重新包裝您的包裹。

Bungkus paketnya di mana ya?
在哪裡有包裹的包裝紙呢？

Boleh membeli kardus di sini?
可以在這裡買箱子嗎？

單字

pilih 選擇	**biasa** 普通	**dokumen** 文件
buku 書	**bungkus** 包裝	**kardus** 瓦愣紙箱

IA032-29-08.MP3

練習題

1. 請聽音檔，並依下列的提示完成所有的句子。

timbang　　mengirimkan　　kirim　　perangko　　waktu

❶ Saya ingin _____ paket ini ke Taiwan.　　　我想把這個包裹寄到台灣。

❷ Bapak mau _____ lewat jalur ekspres internasional atau jalur laut?

　　您想寄國際空運快遞還是海運？

❸ Saya harus _____ dulu.　　　　　　我需要先秤重。

❹ Berapa lama _____ yang dibutuhkan?　　需要多久時間？

❺ Apakah sekarang masih perlukan _____?　　現在還需要貼上郵票嗎？

2. 請聽音檔，並依下列的中文用印尼語做回答練習。

❶ 快遞郵件。　　　　　　　　❷ 寄到台灣。

❸ 不是，這是本書。　　　　　❹ 普通郵件。

❺ 我要寄國際空運快遞。

3. 請將下列中文翻譯成印尼文。

❶ 這是文件。

➡ _____

❷ 這是本書。

➡ _____

❸ 寄到台灣。

➡ _____

❹ 有箱子嗎？

➡ _____

❺ 普通郵件。

➡ _____

IA032-29-09.MP3

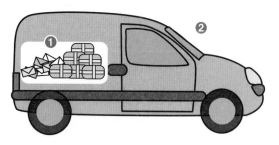

❶ surat ekspres 快捷郵件
❷ pengiriman ekspres 快遞

❸ tukang pos 郵差
❹ kotak surat 信箱
　↳ **kotak pos** 郵政信箱
❺ kotak pos 郵筒
❻ timbangan 磅秤
　↳ **berat** 重量
　↳ **letakkan paket di atas timbangan**
　　把包裹放在磅秤上
　↳ **ambil paket** 領取包裹
　↳ **cek pos tercatat** 追蹤掛號信
　↳ **paket hilang** 郵件寄丟了
　↳ **tulis alamat lengkap** 填寫地址
　↳ **paket sudah diterima** 簽收包裹
　↳ **resi** 收據
　↳ **gunting** 剪刀
　↳ **tali** 繩子
　↳ **lem** 膠水
　↳ **selotip** 膠帶

Postal Services

【關於寄與送】
❶ kirim
　寄送（郵件、包裹、貨品、祝福、訊息、錢等）
❷ antar 載送（某人或物品去某地）
❸ menyampaikan 傳送（訊息、祝福等）
❹ memberikan 給（送東西）
❺ menghadiahkan 送禮
❻ mengutus 派送（使者、外派人員等）

❶ pos biasa 一般信件
➥ **telegram** 電報

❷ paket 包裹
❸ paket kecil 小包裹

❹ kartu pos 明信片

❺ barang mudah pecah 易碎物品

❻ buku 書籍

❼ hadiah 禮物

❽ barang ukuran besar 大件物品

❾ dokumen 文件

❿ struk 繳費單

⓫ barang diantar sampai ke rumah 送貨到府
➥ **servis antar** 宅配
➥ **bayar setelah barang sampai** 貨到付款

⓬ pos biasa 平信

⓭ pos kilat 限時信

⓮ pos tercatat 掛號信

⓯ pengiriman laut 海運

⓰ pengiriman udara 空運

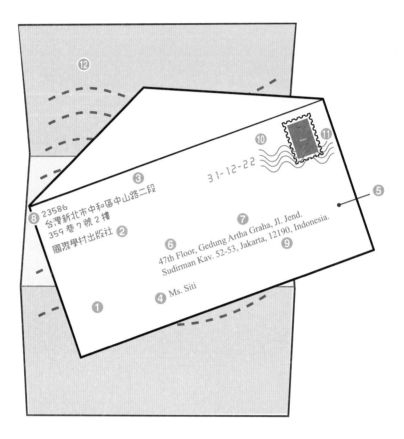

① **amplop** 信封

② **pengirim** 寄件人

③ **alamat pengirim** 寄件人地址

④ **penerima** 收件人

⑤ **alamat penerima** 收件人地址

⑥ **nomor rumah** 門牌號碼

⑦ **nama jalan** 路名

⑧ **kode pos** 郵遞區號

⑨ **nama kota atau daerah** 城市或地區名稱

⑩ **stempel pos** 郵戳

⑪ **perangko** 郵票

⑫ **kertas surat** 信紙

加強表現

❶ **alamat penerima** 收件人地址

❷ **hati-hati barang mudah pecah**
小心易碎品

❸ **mengirim melalui udara lebih cepat**
（寄）空運比較快

❹ **kirimkan kartu pos ini ke jepang**
寄明信片到日本

❺ **nomor telepon pengirim** 寄件人電話

文化專欄：印尼的郵局及宅配服務

▲ 印尼的郵局

　　說到印尼郵局的歷史沿革，最早可以追溯到荷蘭的殖民時代。印尼史上的第一間郵局由當時的荷蘭總督 G.W Baron van Imhoff 於西元 1746 年 8 月 26 日設立於 Batavia（如 P.294 所述，歷史上雅加達曾有過許多的名稱，而這是在荷蘭殖民時代時的舊稱）。當初也立的目的是為了保障居民（特別是往返印尼與荷蘭之間的人士）的證件、文件安全為目的而設立的，從那之後印尼的郵政系統便儼然成形並進步發展至今。印尼的郵局標誌是「PT Pos Indonesia」，在各大小城鎮只要看到橘色的標誌或招牌，十之八九就是印尼的郵局。印尼郵局提供的郵寄服務不外乎信件、掛號、包裹、海外包裹等等。但是如果要寄包裹到印尼，還是需要特別注意幾個事項。

　　目前透過中華郵政已經可以直接把包裹寄到印尼。空運的話可能一個禮拜到十天之內便可以抵達，但是通常需要再加收一些稅金，如果你寄送的物品看起來像商品，可能會被課更高的稅金。所以這一點要特別注意了。

▲ 橘色是印尼郵政的代表色

▲ Gojek 自載客發跡，發展至更多元的配送服務

　　由於在台的印尼移工很多，因此台灣目前也已經有包括 Index、Global Tk 等評價優質的貨運公司不斷往來台灣印尼兩地進行包裹配送服務。這些貨運公司大部分提供海運服務，如果是寄到爪哇島，大約一個月左右的時間可以寄達，價格則是依照箱子的尺寸計價，從最小的尺寸約台幣 600 元到最大箱子台幣 3,000 不等都有。這些貨運公司在台灣各大城鎮都有駐點，只要到店家去購買箱子，再填寫表單，寄發後都可以透過手機 APP 追蹤郵寄進度，相當方便。

　　在印尼境內要寄包裹，目前有更多的選擇，例如 kargo、J&T express、Go-send 等貨運服務。其中 Go-send 是印尼新興運輸產業 Go-jek 的其中一項服務，它是從網路叫車的服務開始發跡，逐漸延伸到其他領域的服務，當然就包括包裹配送的服務等等。印尼幅員遼闊，宅配服務還有許多發展空間，大家敬請期待！

在警察局 Di Kantor Polisi

Siti:

Permisi, Pak Polisi. Saya kehilangan dompet. Saya ingin melaporkan pencurian.

Polisi:

Di dalam dompetnya ada apa?

Siti:

Ada sejumlah uang, KTP, dan SIM saya di dalamnya.

Polisi:

Hilangnya di mana?

Siti:

Kurang tahu, sepertinya di jalan.

Polisi:

Kapan Anda menyadari bahwa Anda kehilangan dompet?

Siti:

Saat saya ingin membayar makan siang di restoran.

Polisi:

Anda sudah memeriksa restorannya? Mungkin saja dompet Anda terjatuh di sana.

Siti:

Saya sudah tanya dan dompet saya tidak ada di sana.

Polisi:

Baiklah, Bu. Kami akan membuat laporannya. Setelah ini kami akan coba mencari dompet Anda. Kami akan menghubungi Anda kalau menemukannya.

西蒂：

警察先生，不好意思，我的錢包不見了，我想要報案。

警察：

錢包裡面有什麼呢？

西蒂：

有身分證、駕照和一些現金在裡面。

警察：

在哪裡不見的？

西蒂：

不知道，好像是在路上不見的。

警察：

您什麼時候發現您的錢包不見了？

西蒂：

當我在餐廳準備支付午餐錢的時候。

警察：

您已經跟餐廳確認過了嗎？也許您的錢包是掉在那裡了。

西蒂：

我已經去問過了，我的錢包沒掉在那裡。

警察：

好的，女士，那我們來做筆錄。做完筆錄後我們就會試著幫您找錢包。如果找到了，我們就會跟您聯絡。

必學單字表現

IA032-30-02.MP3

dompet	錢包
melaporkan	報告、報案
pencurian	偷竊
dalam	裡面
sejumlah	一些
hilang	不見、遺失
sepertinya	好像是
jalan	道路、街道
menyadari	察覺、意識到
bahwa	（說）到
membayar	支付
memeriksa	檢查
mungkin	可能
terjatuh	掉落
membuat	做
laporan	筆錄

會話重點

IA032-30-03.MP3

重點1 bahwa

這個詞是「（說）到」之意，用於引導關係子句，與英文的 that 很類似，通常前接 berkata（說到）、mengatakan（說）、ingat（記得）、berpikir（想）、berpendapat（認為）等動詞。印尼語的文法中，上述這些動詞當需要連接另一個句子時，都需要用 bahwa 來連接。

例 **Saya berpendapat bahwa kita harus menghormati agama orang lain.**
我覺得（說）我們應該尊重別人的宗教。

重點2 mungkin

為「也許、可能」之意，主要用於敘述，由於印尼文化中對事物習慣了不確定性，因此這個詞很常被使用。由於敘述的是事物不一定的前提，未來仍有發生的可能性，所以通常會連接 akan（將）。

例 1. **Saya akan hidup mungkin tiga bulan lagi.**
我可能會再活三個月。

2. **Mungkin memang takdir.**
可能真的是注定了。

一定要會的安危等狀況表現

IA032-30-04.MP3

berbahaya 危險　　panik 慌亂　　gugup 緊張

tenang / kalem 從容　　tenteram 放心、安心　　aman 安全

文法焦點

被動詞前綴 **ter-** 的用法

> ＊印尼語常見的前綴 ter-，有很多功能，包括第 11 課學習過的表達形容詞最高級，以及第 29 課學習過的被動狀態等等。在這一課，我們再來學習前綴 ter- 的其他功能，即表達「不經意的動作」和「被動完成式動作」。

（1）不經意的動作

印尼語中常將「不經意」、「不小心」、「不是故意的」的動作做重點表述。因此，當某些情況符合上述的狀況時，通常是用前綴 ter- 來表示。

例 ❶ **jatuh** 掉、跌、落 ➡ **terjatuh**（不小心）掉落、（不小心）跌倒
　　Saya terjatuh dan melukai kaki saya.

　　我不小心跌倒了並弄傷了我的腳。

　　❷ **lambat** 慢 ➡ **terlambat**（不小心慢了）遲到
　　Maaf, saya terlambat.　　　　　對不起，我遲到了。

（2）被動完成式動作

印尼語比較常見的被動式是前綴 di-，但有少數的被動式使用 ter-，有「被動完成式」的意思，主要表達某個動作已經完成了。

例 ❶ **buat** 做 ➡ **terbuat** 被做
　　Dompet saya terbuat dari kulit.

　　（我的錢包是被用皮製做好的＝）我的錢包是用皮做的。

　　❷ **jual** 賣 ➡ **terjual** 被賣
　　Telur sudah terjual habis.

　　（雞蛋已經被賣完了＝）雞蛋賣完了。

注意　本文法中的例句中譯裡（　）的部分將印尼語語性在表達時的思考模式忠實呈現出來，藉此使讀者可以得知印尼人表達時是這樣想的，並熟悉以中文理解印尼語時該如何轉換角度思考。

短會話練習A

IA032-30-06.MP3

失竊申報

Dompetnya dicopet.
我的錢包被扒走了。

Kapan dicopet?
是什麼時候被扒走的？

Dicopet di mana ?
在哪裡被扒走的？

借用電話

Apakah boleh pinjam telepon?
請問可以借用一下您的電話嗎？

Silakan.
請用。

Tolong gunakan telepon umum.
請使用公共電話。

詢問信用卡公司電話

Apakah Anda tahu nomor telepon perusahaan kartu kredit?
您知道信用卡公司的電話號碼嗎？

Kartu apa?
是哪家信用卡公司？

Kurang tahu.
不知道。

報警之後

Kalau sudah menemukan dompetnya, tolong hubungi saya.
找到錢包的話請務必聯絡我。

Ya, kalau ketemu saya hubungi Anda.
好，一旦找到錢包就會聯絡您。

Bagaimana cara menghubungi Anda?
要怎麼才能連絡到您呢？

單字

pinjam 借用	**umum** 公共	**perusahaan** 公司
menemukan 發現	**ketemu** （口語）見到	**hubungi** 聯絡

短會話練習B

錢包的顏色

Dompet warna apa?
請問是什麼顏色的錢包？

Dompet warna hitam.
是黑色的錢包。

Dompet warna cokelat.
是咖啡色的錢包。

描述失竊的物品

Anda kehilangan apa?
您遺失什麼了？

Sebuah HP yang casingnya putih.
一台白色手機殼的手機。

Seuntai kalung warna perak dengan bentuk hati.
一條有愛心形狀的銀色項鍊。

遺失現金

Berapa banyak uang di dalamnya?
裡面有多少現金？

Ada lima puluh juta Rupiah.
約有 5,000 萬印尼盾。

Tidak ada uang, tapi ada kartu kredit di dalamnya.
沒有現金，但是有信用卡。

其他物品

Apakah ada barang lain di dalam dompet?
錢包裡有其他物品嗎？

Di dalamnya ada KITAS.
裡面還有（外國人）居留證。

Hanya yang saya sebutkan tadi.
就只有上述的這些。

---

seuntai kalung 一條項鍊	**bentuk hati** 心型	**sebut (kan)** 提到、提及

練習題

1. 請聽音檔，並依下列的提示完成所有的句子。

Hilangnya　　memeriksa　　tahu　　warna　　melaporkan

❶ Saya ingin ＿＿＿＿＿＿ pencurian.　　　　我想要報案。

❷ ＿＿＿＿＿＿ di mana?　　　　　　　　在哪裡不見的？

❸ Kurang ＿＿＿＿＿＿, sepertinya di jalan.　　不知道，好像是在路上不見的。

❹ Anda sudah ＿＿＿＿＿＿ restorannya?　　您已經跟餐廳確認過了嗎？

❺ Apa ＿＿＿＿＿＿ dompet Anda?　　　　您的錢包是什麼顏色？

2. 請聽音檔，並依下列的中文用印尼語做回答練習。

❶ 是咖啡色的錢包。

❷ 一條有愛心形狀的銀色項鍊。

❸ 約 5,000 萬印尼盾。

❹ 裡面還有（外國人）居留證。

❺ 就只有上述的這些。

3. 請將下列中文翻譯成印尼文。

❶ 信用卡

➡ ＿＿＿＿＿＿＿＿＿＿＿＿＿＿＿＿＿＿＿＿

❷ 居留簽證

➡ ＿＿＿＿＿＿＿＿＿＿＿＿＿＿＿＿＿＿＿＿

❸ 身分證

➡ ＿＿＿＿＿＿＿＿＿＿＿＿＿＿＿＿＿＿＿＿

❹ 錢包被偷了。

➡ ＿＿＿＿＿＿＿＿＿＿＿＿＿＿＿＿＿＿＿＿

❺ 錢包被扒走了。

➡ ＿＿＿＿＿＿＿＿＿＿＿＿＿＿＿＿＿＿＿＿

警察局相關的單字表現

【警方】

❶ **kantor polisi** 警察局

❷ **pos polisi** （印尼街頭的）小型駐警據點

❸ **kepala polisi** 警察局長

❹ **polisi** 警察

❺ **polisi lalu lintas (polantas)** 交通警察

❻ **patroli** 巡警

❼ **pasukan bersenjata** 武裝部隊

❽ **anjing polisi** 警犬

❾ **saksi** 證人、目擊者

【警用裝備】

❶ **seragam polisi** 警察制服

❷ **topi polisi** 警帽

❸ **lencana** 警徽

❹ **alat woki-toki** 無線電對講機

❺ **rompi anti-peluru** 防彈背心

❻ **pentungan polisi** 警棍

❼ **peluit** 哨子

❽ **borgol** 手銬

❾ **pistol** 手槍

❿ **senapan** 步槍

⓫ **peluru** 子彈

⓬ **helm** 頭盔

⓭ **motor polisi** 警用機車

⓮ **mobil polisi** 警車

⓯ **mobil patroli** 巡邏車

⓰ **sirene** 警笛

【警政業務】

❶ **lapor polisi** 報警

❷ **interogasi** 做筆錄

❸ **bukti** 證據

❹ **hilang** 走失

【不法人士】

❶ **tersangka** 嫌犯

❷ **pencuri** 小偷

❸ **pencopet** 扒手

❹ **pencurian** 竊盜

❺ **perampokan** 強盜

❻ **pedagang manusia** 人口販子

【犯行與狀況】

❶ **dicuri** 被偷

❷ **perampokan** 搶劫

❸ **dirampok** 被搶劫

❹ **jambret** 搶奪

❺ **dijambret** 被搶奪

❻ **penipuan** 詐騙

❼ **perdagangan manusia** 販賣人口

❽ **kecelakaan** 車禍

❾ **kejadian di luar dugaan** 意外事故

❿ **dicopet** 被扒

❼ **buku nota** 手冊、小筆記本

❽ **kunci** 鑰匙

❾ **KTP (Kartu Tanda Penduduk)** 身分證

❿ **uang** 錢

⓫ **uang tunai** 現金

⓬ **cek** 支票

⓭ **cendera mata** 紀念品

⓮ **payung** 雨傘

⓯ **bahan riasan wajah (make up)** 化妝品

【失物招領】

❶ **kantor layanan barang hilang**
失物招領中心

❷ **kehilangan** 失物

❸ **barang pribadi** 隨身物品

❹ **dompet** 錢包

❺ **tas** 包包

❻ **dokumen** 文件

【其他】

❶ **kantor satpam** 警衛室

❷ **satpam** 警衛

❸ **terjatuh** 跌倒

❹ **terluka** 受傷

加強表現

❶ **memborgol** 銬上手銬

❷ **polisi bersenjata** 警察配槍

❸ **memberi perintah melalui radio**
用無線電指揮

❹ **melatih anjing polisi** 訓練警犬

❺ **mengumpulkan bukti** 蒐集證據

❻ **polisi lalu lintas meniup peluit**
交通警察吹哨

❼ **polisi lalu lintas sedang berpatroli**
交通警察去巡邏

❽ **pemeriksaan mendadak / razia**
警察臨檢

❾ **menahan / menangkap pengendara mabuk** 抓酒駕

❿ **mobil patroli mengusir pedagang ilegal** 巡邏車驅趕非法小販

▲ 在印尼緊急報警時可撥110或112

在一些國外旅遊或出差時，因為人生地不熟，通常都需要提高警覺。在異地生活或行動時，也要隨時有備案，例如準備好暗袋，將自己的護照或部分的錢收好。此外，手機、相機等貴重物品平時不用時妥當收好，在街上或路邊使用時則需格外小心，隨時留意身邊是否有不法的宵小人士，減少被他人搶奪的可能性。另外，也可事先將護照資料頁面影印下來、及個人證件照準備個一兩張在身邊，以備不時之需。

在印尼，若是遇到任何緊急事件，需報警可以撥110或112，若是需要救護車服務，可以撥118或119，若是遇到消防事故可以撥113。在印尼，可以透過市內電話或是手機直接撥打110報警。若是要到警察局去報警，只要搜尋或詢問 kantor polisi（警察局）的方向，或是到一些 pos polisi（警察站崗地點）去請求協助。現在的科技發達，還可以透過下載 Polisiku（我的警察）這個手機 APP，尋找最靠近的警察局，或是進行相關的資料查詢。

在印尼，常見的警察制服是暗灰色或淺褐色的。外國人經常會與另一種職業的制服搞混，那就

▲ 印尼私人單位的保安人員

是 satpam（保全人員）。在印尼很多商場或住宅大樓，因為安全的考量，都會聘請大樓保安人員。保安人員的印尼文的全名為 satuan pengamanan。而他們也有制服，通常是藍色或白色外，也會有部分的制服顏色接近警察制服，因此導致許多人產生誤會。

▲ 印尼警察的制服，女警亦有警用頭巾

在名稱上，警察的印尼文是「polisi」，但是在很多時候，也會以「Polri」一詞書寫，這時候全稱是 Kepolisian Negara Republik Indonesia，就是「印尼警察」的意思。

Lampiran｜附錄文化專欄

文化專欄：印尼的國家象徵

▲ 印尼是由多元民族構成的國家

印尼是在二戰後才獨立的國家，在東南亞版圖當中，其地理位置、族群分布和語言應用上，與馬來西亞較為相近。然而，現在的印尼和馬來西亞之所以分成兩個不同的國家，皆因殖民勢力將其領土的分割及長達幾百年不同的殖民母國的影響所致。

西元 1945 年，印尼率先脫離荷蘭的殖民，宣布獨立，此時的印尼可說是承接了荷蘭勢力範圍下的領土，從蘇門答臘島、爪哇島、東努沙群島、馬魯谷島、蘇拉威西島、婆羅洲南部、以及巴布亞西部。這麼多分崩離析的島嶼，本來就住著不同的族群，講著不同的語言，彼此之間未必能夠溝通。

因此，獨立之後，國家最重要的議程是團結全國人民，灌輸大印尼主義。在官方語言上，選擇了蘇門答臘島上的少數族群馬來族的母語，即以馬來語作為國家的通用語言，並正名為「印尼語」。在族群政策上，不特別鼓吹誰才是「原住民族」的概念，而是希望做到一視同仁、異中求同、強調多元、尊重少數族群。在宗教政策上，也未訂定爪哇人主要信仰的伊斯蘭教為國家宗教，反而是承認世界五大宗教，即伊斯蘭教、基督教、天主教、佛教和印度教，到了西元 1998 年又多承認一個宗教─孔教。

在印尼獨立之初，率先頒布了建國五大原則，即 Pancasila，音譯「潘查希拉」。這五大原則為印尼憲法的主要依據，包括：❶ 信仰最高真主、❷ 正義和文明的人道主義、❸ 團結統一的印尼民族主義、❹ 在代議制和協商的明智思想指導下的民主和 ❺ 為全體印尼人實現社會正義。換句話說，這五大原則包含了印尼建國之初所採用的民族主義、民主主義和社會正義。此外，並不鼓勵無神論主義的發展。

▲ 印尼的國徽（Garuda）

而在國徽上則選擇了古神話中的神鷹作為象徵。神鷹名為 Garuda。因此，印尼很多國有企業，例如航空公司等，都用 Garuda 做為公司的名稱。印尼宣揚國族主義意識可以說是貫徹地相當成功，各級學校每週的週會時間，會朗讀 Pancasila 和唱國歌。因此，印尼的愛國主義也很強烈，在一些足球比賽、羽毛球比賽中更是可以感受到澎湃的愛國精神！

文化專欄：代表印尼的植物與動物

　　印尼在建國的過程中，不斷強調自己是一個多元性合而為一的國度。在許多建國口號中，要屬「Bhinneka Tunggal Ika（異中求同）」最為人們所傳頌。然而，不僅「人」是多元的，連植物、動物也呈現多元的面貌。

　　首先，來講印尼的國花。印尼的國花有三種，即 Melati Putih（雙瓣茉莉花）、Anggrek Bulan（蝴蝶蘭花）和 Rafflesia（萊佛士花），這些花在西元 1990 年的世界環境日被選為代表印尼的國花。其中茉莉花象徵著印尼人民的純白和潔淨，在生活上，大家都習慣用茉莉花來裝飾自家或是點綴在穿搭上。而蝴蝶蘭則是因開花時如同蝴蝶般色彩鮮豔繽紛的美麗樣貌，故在意義上具有迷人魅力的象徵，也是印尼常見的花種，故受到印尼人們的喜愛。接著是稀有珍貴的萊佛士花（又稱「大王花」），它是世界上最大的花，常見於印尼的山區中。萊佛士花很特別，它沒有根、莖、葉子，是一種寄生植物。在開花時會發出腐肉的味道，吸引甲蟲授粉。開花的時候，直徑可達 3 尺長，很多人一生的願望就是希望能夠一睹其風采，因其生長於印尼的特殊性，故也雀屏中選成為三種國花之一。

▲ Melati Putih

▲ Anggrek Bulan

▲ Rafflesia

　　印尼的生態多樣性也相當令人驚艷，其中 Komodo（科摩多龍）可說已經是世界上碩果僅存的巨蜥，印尼甚至規劃了一座 Pulau Komodo（科摩多龍島）。一整座島都是國家公園，而且沒有人居住，以便達到保育的作用。科摩多龍屬於巨蜥科巨蜥屬，是世界上最大的蜥蜴，平均體長可到 2 至 3 公尺。

▲ Komodo

▲ Orang Utan

　　而印尼還有一樣重要的生物是紅毛猩猩，而熱帶雨林是牠們的主要棲息地。紅毛猩猩在印尼語中是 Orang Utan，意思是「森林中的人」。其中大部分分布在蘇門答臘和婆羅洲。目前因為森林面積大量減少、非法焚燒與亂伐樹木，也嚴重危害到紅毛猩猩的棲息地。因此，印尼民間也有很多紅毛猩猩保育的團體，有機會的話要去支持一下喔！

▲ 可蘭經為穆斯林的生活作息的最高指導原則

Islam（伊斯蘭）在印尼是主要的宗教，約有 2 億的穆斯林人口，是世界上擁有最多穆斯林人口的國家。所以，學習印尼語的同時，了解穆斯林的生活習俗也是非常重要的。

首先，穆斯林的印尼語是 muslim，語源來自阿拉伯文，是「信仰伊斯蘭的信徒」的意思。通常大家使用 muslim 來指稱伊斯蘭信徒，其實如果要細分的話，「女性的穆斯林」在印尼語中被稱為 muslimah。但一般上，仍習慣以 muslim 泛稱所有的信徒。

Qur'an 或 Al Qur'an（可蘭經）是伊斯蘭的經典，可蘭經上的指示為穆斯林的生活作息的最高指導原則。穆斯林的生活上，有所謂的五功，即「唸、禮、齋、課、朝」，即「證信、禮拜、齋戒、天課和朝覲」。

其中，「禮拜」是指一日需要祈禱五次，而且祈禱的時間也是固定的。「禮拜」在印尼語的說法是 salat，由於是來自阿拉伯文的外來語，因此在過去有很多的寫法，包括 sholat 或 solat，基本上都是指「禮拜」的意思。這五個時間段因不同的地方而有些微不同，以台灣西元 2018 年 8 月的時間當作例子的話，就是：Subuh 或 Fajr（晨禮）大約在清晨 4 點、Zuhur（晌禮）大約在中午 12 點、Ashar（脯禮）大約下午 3 點半、Magrib（昏禮）大約在傍晚 6 點半，以及 Isya（宵禮）大約在晚上 7 點到 8 點之間。在祈禱時間要到之前，每座清真寺都會用喇叭提醒信徒們：「祈禱時間已到，準備開始祈禱」。

▲ 穆斯林們做禮拜

禮拜可以在家裡或是公共場合的 musala（祈禱室），或者在 masjid（清真寺）裡進行。但是大家會在每週五的中午聚集在清真寺做禮拜，而週五的祈禱儀式通常由 imam（伊瑪目）主持，而「伊瑪目」則是指穆斯林中德高望重的「教長」。

文化專欄：神聖肅穆的齋戒月

▲ 穆斯林在齋戒月時必須遵守在白天不能進食的戒律

　　Bulan Ramadan（齋戒月）可說是每一年全球穆斯林最神聖的一個月。齋戒月是指伊斯蘭曆的第九個月。依據可蘭經的指示，穆斯林在這一個月必須進行齋戒。齋戒的時間大約從清晨的 4 點到傍晚 6 點多，基本上是太陽升起到落下的時段內，都不能進食和喝水。

　　那麼，為什麼要進行齋戒呢？除了是可蘭經上的指示之外，穆斯林們相信這是上蒼為他們準備的功課，要求他們訓練自己、並要在自我約束中忍耐培養自己的定力及耐力。因為除了不能進食和喝水之外，實際上也要求穆斯林要在這時候特別注意自己的言行舉止，要多閱讀可蘭經、幫助弱勢等等。因此，這一個月對穆斯林們來說，可是重要而神聖的時刻。

　　很多人聽到齋戒這麼長的時間，都會為穆斯林朋友感到辛苦。實際上，穆斯林從小就開始進行這樣的齋戒，一開始先從半天開始，久而久之，身體也就習慣了。而如果是生病的人、懷孕、月經來潮或哺乳中的女性，是可以不用齋戒的，選擇在別的時間把齋戒補回來即可。

　　雖然印尼是世俗國家（指宗教上保持中立，並非政教合一國家），不過一旦進入齋戒月，大部分公司行號會調整上下班時間，讓穆斯林們可以提早下班去進行開齋的準備。下午開始，市區內或社區內特定地方仍會有聚集各式各樣的攤販，販賣一些傍晚開齋後大家需要補充的食品和飲料。

文化專欄：印尼最盛大的節日：開齋節

▲ 開齋節後一家人共享美食

在進行了一個月的齋戒之後，來到伊斯蘭曆的 Syawal（第十個月），就是印尼最盛大的節目 Idul fitri（開齋節）。全世界穆斯林都普天同慶這一天的到來，當然有兩億多穆斯林人口的印尼也不例外。因此，自開齋節起印尼通常會有大概 7 天的國定假日，好讓遊子可以返鄉團圓。

開齋節的第一天，一家大小會洗澡著裝，換上新衣。跟家裡長輩請安後，男性會到清真寺去做開齋禮拜。之後，就會回到家裡去和家人團聚。這時候，家裡的佳餚都已經準備好了，一家人團聚在一起，享用美食。

此外，親友之間也會在這時候互相拜訪，彼此之間會互道：「Mohon maaf lahir dan batin.」意思是「誠心誠意地道歉」。這是在東南亞的國家，包括馬來西亞、新加坡和印尼的穆斯林們特殊的過節方式。他們認為這是開齋節最大的意義，為著過去可能冒犯對方的地方道歉，請求對方的原諒。因此，開齋節除了是一個歡樂的節日之外，也多了感恩和包容的意味。

在過去，很多人會把開齋節比喻為是印尼的新年，但其實這說法是不正確的。雖然慶祝方式可能與華人農曆新年有相似的地方，例如：「與家人團聚、吃美食等」，但是開齋節落在伊斯蘭曆的十月，因此不能被稱作是新年喔！

▲ 開齋節東南亞的穆斯林親友之間會合十互表歉意

文化專欄：在印尼社會的稱呼

▲ 印尼社會中，人們之間較為容易熱絡

在印尼社會文化裡，人與人之間關係較為親近，不熟之間的人要開始接觸熱絡也不是難事，但交際時仍要合乎於禮。因此，身為外地人到達印尼之後，更要特別注意相關的禮儀細節，以便跟當地人相處得更加合諧融洽。初次到印尼的話，一般人肯定對於當地人的稱呼特別有印象。

在印尼，通常我們習慣以 Bapak（先生）和 Ibu（女士）來稱呼對方，例如：Bapak Jokowi（佐科威先生）或 Ibu Ariana（阿莉亞娜女士），尤其是在正式場合，這樣的稱呼是無可避免的。在一些致詞場合，則會聽到 bapak-bapak dan ibu-ibu，這就是對群眾尊敬的稱呼「先生、女士們」的意思。

另外也有可以用 Pak（先生）或 Bu（女士）來稱呼對方的狀況，例如：Pak Budi 是「布迪先生」，Bu Siti 是「西蒂女士」。一般而言，印尼人不會直接用名字來稱呼對方，請務必記得要先加上這些稱呼。此外，還有 om（先生），這是來自荷蘭文的「先生」，一般上用來稱呼外國籍男性，或者是比較沒那麼親近的關係，例如朋友的家長等等。

▲ 印尼語會因對象不同，而有許多不同的稱謂

▲ 印尼語會因對象不同，而有許多不同的稱謂

假設在其他的比較非正式的場合，則會用 mas（大哥）或 kak（大哥）來稱呼男性、mbak（姊姊）或 kak（姊姊）來稱呼對方。如果是小孩子或較年輕的小弟或小妹，通常就以 dik（弟弟、妹妹）來稱呼對方。

因為這樣的稱呼方式在印尼社會非常普遍，因此若需要在印尼社會生活，則要儘快熟悉這些稱呼。印尼社會中人們之間緊密的關係，是很多外國人儘早需要適應的部分。

文化專欄：印尼社會的閒聊與客套話

　　在印尼旅遊或是生活，一定會對印尼人的熱情及友善印象深刻。但印尼人如何展現友善與熱情呢？一般來說，最主要的方式就是透過聊天展現。這種聊天是可以在任何時刻、任何地點、與任何人進行的。印尼社會稱之為 basa-basi，來自 bahas sana, bahas sini（說那裡、談這裡），進一步便可以理解為「客套話」或「閒聊」。

　　既然是客套話，實際上就不用那麼嚴肅，聊的主題包羅萬象，通常會從對方的身家背景開始，例如：「叫什麼名字？來自哪裡？幾歲了？結婚了沒？有沒有小孩？」等等開始閒聊。印尼人之間通常會用 Mau ke mana?（（你）要去哪裡？）或 Lagi apa?（（你）在幹嘛？）來開啟話題。因此，如果聽到有人問你這些問題，也只需要粗略地簡單回答一下就可以了。因為這也是表達友善的其中一種方式。

　　很多外國人感覺這樣的閒聊方式，像是隱私被侵犯了。實際上，印尼人並非故意要刺探隱私，而是覺得就只是閒聊而已。因此，未來如果遇上有人跟您聊這些話題，記得只要保持微笑，保持著交朋友的心情，也來跟他們閒聊吧！

外國人剛到印尼時可能會有的反應

> **What!! Why you want to pry into my private life?**
> 什麼！為什麼要打探我的隱私？

> **Umur kamu berapa?**
> 妳幾歲了？

> **Sudah punya pacar belum?**
> 妳有男朋友嗎？

外國人住一陣子後應該會懂的適應

> **Well.. I guess they are just being kind to me.**
> 嗯嗯！那只是表達友善而已。

> **Mau ke mana?**
> （妳）要去哪？

> **Lagi apa?**
> （妳）在幹嘛？

文化專欄：印尼的消費文化

▲ 小包裝的印尼用品

印尼人喜歡什麼東西？印尼人喜歡吃什麼、用什麼？這些問題恐怕是商人們想要到印尼拓展業務的時候最想要知道的問題。隨著印尼的中產階級人數增加，如果想要在印尼創出一片天，勢必要對當地的內需市場、生活方式、消費習性有更深的認識。

若走在印尼的鄉間小路，或者城市的巷弄之間，會發現有很多路邊攤，賣著各式各樣的生活用品，從三合一咖啡包裝到洗髮水都有，但卻都是一小包一小包的，為什麼呢？因為印尼人都習慣有需要的時候再去買，假設傍晚要洗澡，可能就購買兩三包足夠家裡使用的量，用完之後，隔天再買。總之以洗髮水為例，就是沒有一次購買一大罐（瓶）的消費習慣。

我曾經詢問過印尼朋友為什麼不直接買大罐的或大瓶的，結果印尼朋友回答的也很妙，他認為說：「如果買太大罐，可能不小心就用多了，這樣就會造成浪費」。而另一個主要的原因也是過去人們手頭上可以支配的現金比較少，因此只能走一步算一步。久而久之，便形成了這種特殊的消費文化。

但是隨著印尼中產階級人數的上升，國內人民的儲蓄率也慢慢提高了。人民手邊可以支配的現金比較多之後，反而也喜歡購買奢侈品，或是可以增加人跟人之間交流互動的產品，都是印尼人心中喜愛的商品。例如，以前黑莓機因為能提供免費簡訊系統，完全能夠滿足印尼人喜歡聊天交流的本性，因此幾乎人手一台黑莓機。

此外，印尼人也很喜歡嘗鮮，一有新推出的手機，幾乎都會買。有時候一台手機沒用幾個月，又換新的，而需要把舊的手機用二手價賣掉。有些人無法了解這樣的消費行為，但我想這可說是印尼人的一種「活在當下」、「樂天知命」的天性使然。雖然進入後工業時代，當地人大部分還是保有這樣的個性。但是隨著經濟與科技的發展進步，未來的消費行為與生活方式可能會改變很大。

▲「手機」是印尼人們喜愛的話題之一！

【解答篇】

 Pelajaran 1   P.65

1.

❶ tiket pesawat　❷ pulang pergi　❸ kembali
❹ habis　　　　❺ berapa

2.

❶
錄音內容：**Jam berapa berangkat?**
　　　　幾點出發？
回答內容：**Jam sembilan tiga puluh pagi.**

❷
錄音內容：**Kamu mau pergi ke mana?**
　　　　您要去哪裡？
回答內容：**New York, Amerika Serikat.**

❸
錄音內容：**Perjalanan sekali jalan atau pulang pergi?**
　　　　單程還是來回？
回答內容：**Perjalanan pulang pergi.**

❹
錄音內容：**Rencananya kapan mau berangkat?**
　　　　打算什麼時候出發？
回答內容：**Sabtu ini.**

❺
錄音內容：**Berapa lama lagi masa berlakunya paspor?**　護照有效期限剩下多久？
回答內容：**Sisa tiga tahun.**

3.

❶ Saya mau memesan tiket.
❷ Sekali jalan atau pulang pergi?
❸ Mau tiket jam berapa?
❹ tiket pesawat
❺ masa berlaku paspor

 Pelajaran 2   P.73

1.

❶ Harus naik apa?
❷ Maaf, bisa bicara pelan sedikit?
❸ Pertama kali datang ke Jakarta?
❹ Ya, ini pertama kali.
❺ Stasiun kereta di mana?

2.

❶ sendirian　　　❷ Tidak　　　❸ Berapa
❹ berapa lama　　❺ jam

3.

❶
錄音內容：**Jam berapa ada bus?**
　　　　請問幾點有巴士？
回答內容：**Jam dua belas ada.**

❷
錄音內容：**Di mana beli tiket bus?**
　　　　請問要在哪裡買巴士的車票？
回答內容：**Silakan beli tiket di lantai satu.**

❸
錄音內容：**Berapa harga tiket bus?**
　　　　巴士票要多少錢？
回答內容：**Tiga ribu Rupiah.**

❹
錄音內容：**Dari sini ke Jalan Merdeka perlu waktu berapa lama?**
　　　　請問從這裡到獨立路需要多少時間？
回答內容：**Perlu waktu sekitar satu setengah jam.**

❺
錄音內容：**Mau pergi ke tempat apa?**
　　　　要去什麼地方？
回答內容：**Pusat perdagangan.**

Pelajaran 3 P.83

1.

❶ Apakah bus ini menuju ke taman kota?
❷ Apakah kamu orang luar negeri?
❸ Kapan kamu datang ke Indonesia?
❹ Mau pergi ke mana sekarang?
❺ Permisi, apakah sudah hampir sampai?

2.

❶ pulang ❷ sampai ❸ sangat
❹ taman ❺ Turun

3.

❶
發問內容：**Permisi, harus naik bus di mana?**
錄音內容：**Kamu bisa naik bus di Halte Kota.**
請您在 Kota 站搭車。

❷
發問內容：**Permisi, apakah bus ini menuju ke taman kota?**
錄音內容：**Tidak, bus nomor 2 tidak menuju ke taman kota.**
不是，2 號公車沒有到城市公園。

❸
發問內容：**Kalau mau ke Monas, harus turun di mana?**
錄音內容：**Turun di Halte Monas saja.**
妳在 Monas 站下車就行了。

❹
發問內容：**Permisi, kalau mau ke Halte Universitas Negeri Jakarta berapa halte lagi?**
錄音內容：**Masih ada tiga halte baru sampai.**
還有三站就到了。

❺
發問內容：**Kamu mabuk perjalanan gak?**
錄音內容：**Tidak.** 不會。

 Pelajaran 4 P.91

1.

❶ Kereta api ini ke Stasiun A?
❷ Harus naik kereta di peron 3.
❸ Harus ganti kereta atau bus?
❹ Silakan bertanya lagi di sana.
❺ Saya sudah mengerti.

2.

❶ tangga ini ❷ jurusan ❸ ganti kereta
❹ keberapa ❺ seberang

3.

❶
錄音內容：**Kamu mau pergi ke stasiun yang mana?** 你要去哪一站？
回答內容：**Saya mau ke Stasiun A.**

❷
錄音內容：**Kamu naik kereta di mana?** 你在哪裡上車的？
回答內容：**Saya naik kereta di Blok M.**

❸
錄音內容：**Kamu bisa mengerti nama stasiun dalam bahasa Indonesia?** 你看得懂印尼文的站名嗎？
回答內容：**Tidak, kurang bisa.**

❹
錄音內容：**Permisi, apakah kereta api ini menuju ke Stasiun Sudirman?** 不好意思，請問這一班火車有到蘇迪曼站嗎？
回答內容：**Tidak, kamu harus naik kereta di peron 3.**

❺
錄音內容：**Ini stasiun keberapa?** 請問這是第幾站？
回答內容：**Stasiun ketiga.**

Pelajaran 5　　P.101

1.

❶ Saya ingin mengurus KITAS.

❷ Sudahkah Anda mengisi formulir pendaftaran?

❸ Paspor dan pas foto bawa tidak?

❹ Mengapa Anda datang ke Indonesia?

❺ Saya akan menetap selama enam bulan.

2.

❶ pas foto　　　❷ lantai bawah　　❸ lewat

❹ jasa pengiriman　❺ formulir

3.

❶

錄音內容：**Mohon perlihatkan paspor.**
　　　　　請出示護照。

回答內容：**Ini.**

❷

錄音內容：**Bawa paspor dan pas foto tidak?**
　　　　　您的護照和證件照帶來了嗎？

回答內容：**Ya, di sini.**

❸

錄音內容：**Mengapa Anda datang ke Indonesia?**
　　　　　您來印尼的目的是什麼呢？

回答內容：**Untuk bekerja.**

❹

錄音內容：**Anda mau menetap di Indonesia berapa lama?**　您將在印尼停留多久呢？

回答內容：**Saya akan menetap selama setahun.**

Pelajaran 6　　P.109

1.

❶ Gedung Olahraga di sekitar sini?

❷ Bagaimana cara ke sana?

❸ Jalan lurus sepanjang jalan ini.

❹ Kira-kira berapa jauh?

❺ Gedung Olahraga di sebelah kiri.

2.

❶ ada　　　　❷ peta　　　　❸ nama

❹ jauh　　　　❺ dekat

3.

❶

錄音內容：**Apakah Anda tahu Balai Kota di mana?**　您知道市政廳在哪裡嗎？

回答內容：**Saya tahu.**

❷

錄音內容：**Apakah Anda tahu Balai Kota di mana?**　您知道市政廳在哪裡嗎？

回答內容：**Saya tidak tahu.**

❸

錄音內容：**Kamu melihat apotek yang ada di sebelah sana?**
　　　　　妳有看到那邊的藥局嗎？

回答內容：**Ya, saya lihat.**

❹

錄音內容：**Kamu melihat apotek yang ada di sebelah sana?**　妳有看到那邊的藥局嗎？

回答內容：**Tidak, saya tidak kelihatan.**

❺

錄音內容：**Apakah ada peta Jakarta?**
　　　　　妳有雅加達的地圖嗎？

回答內容：**Tidak, saya tidak ada.**

Pelajaran 7　　P.121

1.

❶ Saya mau sewa rumah.

❷ Anda mau rumah yang seperti apa?

❸ Kamar studio yang dekat stasiun kereta api.

❹ Uang jaminan dua juta Rupiah.

2.

❶ lantai　　　❷ kamar　　　❸ ruang tamu

❹ lemari pakaian　　❺ koneksi internet

3.

❶

錄音內容：**Anda mau kontrak kira-kira berapa tahun?** 請問您打算簽多久的約？

回答內容：**Kira-kira setahun.**

❷

錄音內容：**15 menit sampai MRT, bisa?** 15 分鐘到得了捷運站嗎？

回答內容：**Kira-kira 20 menit bisa sampai.**

❸

錄音內容：**Kapan mau mulai tinggal?** 請問您什麼時候要搬進去住？

回答內容：**Saya mau mulai tinggal bulan depan.**

❹

錄音內容：**Kapan mau mulai tinggal?** 請問您什麼時候要搬進去住？

回答內容：**Saya mau mulai tinggal akhir bulan ini.**

❺

錄音內容：**Anda mau mengontrak rumah ini?** 您要租下這間房子嗎？

回答內容：**Ya, saya ingin mengontrak.**

Pelajaran 8　　P.129

1.

❶ **Saya ingin membuka rekening bank.**
❷ **Dokumen apa yang dibutuhkan?**
❸ **Apakah Anda ingin mendaftarkan kartu debit?**
❹ **Perlu waktu berapa lama?**
❺ **Sebentar saja bisa selesai.**

2.

❶ **memiliki**　　❷ **baru boleh**　　❸ **rekening**
❹ **Paling sedikit**

3.

❶

發問內容：**Apakah ini rekening Dollar Amerika?**

錄音內容：**Ya, benar.** 是的，沒錯。

❷

發問內容：**Saya sekarang tidak punya uang, apakah bisa membuka rekening?**

錄音內容：**Ya, bisa membuka rekening.** 是的，可以開戶。

❸

發問內容：**Bagaimana cara mengurus buku rekening yang hilang?**

錄音內容：**Silakan mendaftar ulang di sini.** 請到這裡辦理補發。

❹

發問內容：**Saya hanya memiliki paspor, boleh membuka rekening?**

錄音內容：**Tidak bisa, harus memiliki KITAS.** 不行，必須有外國人簽證。

Pelajaran 9　　P.139

1.

❶ **siapa**　　　❷ **Nama**　　　❸ **berasal**
❹ **budaya**　　❺ **datang**

2.

❶

錄音內容：**Anda berasal dari mana?** 您從哪來的？（您來自哪裡？）

回答內容：**Saya berasal dari Taiwan.**

❷

錄音內容：**Anda orang mana?** 您是哪裡人？

回答內容：**Saya orang Taiwan.**

❸

錄音內容：**Sudah berapa lama Anda belajar bahasa Indonesia?** 您學印尼語已經多久了？

回答內容：**Saya baru belajar selama 3 bulan.**

❹

錄音內容：**Kamu datang ke Indonesia dalam rangka apa?** 你來印尼做什麼呢？

回答內容：**Saya ingin mempelajari bahasa Indonesia.**

❺

錄音內容：**Mau makan siang bareng?**
你要一起吃午餐嗎？

回答內容：**Ya, boleh.**

3.

❶ **Kamu belajar di jurusan apa?**
❷ **Mau makan siang bareng?**
❸ **Akhir pekan ini mau nonton filem bareng?**
❹ **Kamu datang ke Indonesia dalam rangka apa?**

Pelajaran **10**   P.149

1.

❶ **kamus**　　❷ **terbaru**　　❸ **mencari**
❹ **habis**　　❺ **pesan**

2.

❶

錄音內容：**Kamu ingin membeli edisi pertama atau edisi kedua?**
你要買第一冊還是第二冊？

回答內容：**Dua-duanya saya mau.**

❷

錄音內容：**Kamu sudah membaca novel itu?**
你看了那本小說嗎？

回答內容：**Tentu saja, aku bahkan sudah menonton filmnya.**

❸

錄音內容：**Mau cari buku apa?**　您要找什麼書？

回答內容：**Saya mencari majalah.**

❹

錄音內容：**Kalau buku novel ada di mana?**
請問小說放在哪裡？

回答內容：**Ada di ujung lorong.**

❺

錄音內容：**Apakah ada buku ini?**
請問有這本書嗎？

回答內容：**Maaf, stoknya sudah habis.**

3.

❶ **Apakah ada buku ini?**
❷ **Maaf, stoknya sudah habis.**
❸ **Apakah ada promosi?**
❹ **Sekarang semua buku diskon 30%.**

Pelajaran **11**   P.159

1.

❶ **awal**　　❷ **menghadiri**　　❸ **menyelesaikan**
❹ **baru**　　❺ **ruang rapat**

2.

❶

錄音內容：**Apakah kamu orang baru di sini?**
你是這裡的新人嗎？

回答內容：**Saya baru mulai bekerja kemarin.**

❷

錄音內容：**Kamu akan bekerja di bagian apa?**
你會在什麼部門工作？

回答內容：**Bagian pemasaran.**

❸

錄音內容：**Apakah kamu punya banyak kerjaan hari ini?**　你今天有很多工作嗎？

回答內容：**Ya, saya sangat sibuk hari ini.**

❹

錄音內容：**Kamu terlihat lelah.**　你看起來很累。

回答內容：**Soalnya saya harus lembur kemarin.**

❺

錄音內容：**Apakah kamu sudah menyelesaikan semuanya?**　你全部完成了嗎？

回答內容：**Ya, sudah.**

3.

❶ **Kamu kelihatan lelah.**
❷ **Soalnya saya harus lembur kemarin.**
❸ **Kapan tenggat waktunya?**
❹ **Besok.**

Pelajaran 12 P.167

1.

❶ Kemerdekaan ❷ seberang ❸ habis
❹ jelas ❺ belakang

2.

❶

錄音內容：**Kita bertemu di sebelah mananya Gedung Kemerdekaan?**
我們在獨立廣場的哪裡見面呢？

答句內容：**Kita bertemu di pintu depan saja.**

❷

錄音內容：**Di depan bisa kelihatan apa?**
前面能看到什麼呢？

答句內容：**Bisa terlihat bank Mandiri.**

❸

錄音內容：**Di depan bisa kelihatan apa?**
前面能看到什麼呢？

答句內容：**Bisa terlihat kantor pos.**

❹

錄音內容：**Apakah sekarang terdengar jelas?**
現在聽得清楚嗎？

答句內容：**Terdengar jelas.**

❺

錄音內容：**Aku mungkin sedikit terlambat.**
我可能會有點遲到。

答句內容：**Siap, saya tunggu kamu.**

3.

❶ Sudah siap?
❷ Masa sih?
❸ Baju ini sangat cantik.
❹ Saya kurang tahu.
❺ Pelan-pelan saja.

Pelajaran 13 P.175

1.

❶ Apakah besok ada waktu luang?

❷ Mau menonton film bersama?
❸ Kira-kira jam tiga.
❹ Kita bertemu di pintu depan Monumen Nasional.

2.

❶ duduk ❷ menemani ❸ main
❹ cari ❺ lihat

3.

❶

錄音內容：**Apakah besok ada waktu luang?**
妳明天有時間嗎？

回答內容：**Ada waktu luang, kenapa ya?**

❷

錄音內容：**Hari ini kamu mau ngapain?**
今天你想做什麼？

回答內容：**Saya mau nonton film.**

❸

錄音內容：**Bosan deh!** 好無聊喔！

回答內容：**Saya main sulap untuk kamu.**

❹

錄音內容：**Sedih banget deh!**
人家現在好難過啦！

回答內容：**Saya memeluk kamu. Jangan menangis.**

❺

錄音內容：**Saya mau cepat bertemu dengan kamu.** 人家想馬上看到你啦！

回答內容：**Saya masih di Bandung, masih butuh dua jam baru bisa kembali ke sisi kamu.**

Pelajaran 14 P.185

1.

❶ tiket film ❷ habis terjual ❸ di mana
❹ kartu diskon ❺ bayar

2.

❶

錄音內容：**Mau tiket film yang jam berapa?**
您要幾點的電影票？

回答內容：**Tiket film jam enam.**

❷

錄音內容：**Bisa pesan tiket untuk besok?**
明天的票可以預購嗎？

回答內容：**Bisa pesan lewat internet.**

❸

錄音內容：**Kartu ini ada diskon?**
這張卡有打折嗎？

回答內容：**Ya, ada.**

❹

錄音內容：**Bisa diskon berapa persen?**
可以打幾折？

回答內容：**Diskon dua puluh persen.**

❺

錄音內容：**Anda mau beli tiket bioskop yang jam berapa?** 您要買幾點的電影票？

回答內容：**Jam delapan.**

3.

❶ **Dia seharusnya hadir di rapat ini.**
❷ **Ada film yang pakai subtitle bahasa Inggris?**
❸ **Kalau film jam 3 ada.**
❹ **Tidak masalah.**
❺ **Sudah rusak.**

Pelajaran 15　　P.193

1.

❶ lagi　　　❷ panas　　　❸ gula
❹ pakai　　　❺ camilan

2.

❶

錄音內容：**Kamu mau pesan apa?** 你要點什麼？
回答內容：**Kopi susu panas satu.**

❷

錄音內容：**Kopi susu mau pakai gula tidak?**
咖啡牛奶要加糖嗎？

回答內容：**Tidak pakai gula.**

❸

錄音內容：**Es teh mau pakai susu tidak?**
冰茶要加牛奶嗎？

回答內容：**Tidak pakai susu.**

❹

錄音內容：**Kopinya mau yang besar atau yang kecil?** 您的咖啡要大杯的還是小杯的？

回答內容：**Mau yang besar.**

❺

錄音內容：**Ini rasanya manis atau asin?**
這味道是甜的還是鹹的？

回答內容：**Sedikit manis.**

3.

❶ **Saya sudah mandi tadi.**
❷ **Saya sedang makan sekarang.**
❸ **Saya akan tidur nanti.**
❹ **Saya akan pergi ke Indonesia minggu depan.**
❺ **Saya baru pulang dari Indonesia minggu lalu.**

Pelajaran 16　　P.201

1.

❶ reservasi　　❷ beritahu　　❸ datang
❹ nama　　　❺ nomor telepon

2.

❶

發問內容：**Apakah kalian menerima pembayaran kartu kredit?**

錄音內容：**Maaf, kebetulan mesin kartu kredit rusak.** 抱歉，刷卡機剛好壞了。

❷

發問內容：**Kalian buka sampai jam berapa?**

錄音內容：**Sampai jam sepuluh malam.**
到晚上10點。

❸

發問內容：**Apakah kalian punya menu khusus makan malam?**

錄音內容：**Ya, setiap malam ada.**
是的，每天晚上都有。

❹

發問內容：**Apa menu khusus makan malamnya?**

錄音內容：**Untuk menu A, ada ayam panggang, roti dan sup.**
A 菜單有烤雞、麵包和湯。

❺

發問內容：**Bisa kami mengubah pesanan kami?**

錄音內容：**Baik, saya sampaikan ke dapur.**
好的，我跟廚房講一下。

3.

❶ **Kebetulan rusak.**

❷ **Sampai jam berapa?**

❸ **Setiap malam ada.**

❹ **Ada ayam dan roti.**

❺ **Ada nasi dan ayam goreng.**

Pelajaran 17 P.211

1.

❶ **reservasi** ❷ **dua orang** ❸ **pedas**

❹ **pesan** ❺ **sama**

2.

❶

錄音內容：**Makanan apa yang paling enak di sini?**

答句內容：**Gado-gado paling enak.**
印尼蔬菜沙拉最好吃。

❷

錄音內容：**Ada apa saja masakan yang tidak pedas?**

答句內容：**Ada soto ayam.** 有雞湯。

❸

錄音內容：**Apakah ada hidangan yang lain?**

答句內容：**Ini menunya.** 這是菜單。

❹

錄音內容：**Permisi, toilet di mana ya?**

答句內容：**Lurus saja, di sebelah kanan.**
請直走，在右手邊。

❺

錄音內容：**Apakah Anda sudah mau pesan?**

答句內容：**Nanti baru pesan.** 我等一下再點。

3.

❶ **Mau makan apa?**

❷ **Soto ayam ini terlalu asin.**

❸ **Nasi goreng ini sedikit pedas.**

❹ **Permisi, toilet di mana ya?**

❺ **Lurus saja, di sebelah kanan.**

Pelajaran 18 P.219

1.

❶ **Tolong perlihatkan KITAS.**

❷ **Silakan pilih satu dari jenis HP berikut ini.**

❸ **Apakah yang ini ada kamera?**

❹ **Kalau hp yang ini bisa.**

❺ **Kartu yang mana koneksinya paling bagus?**

2.

❶ **berapa** ❷ **kira-kira** ❸ **perusahaan**

❹ **Ada** ❺ **merekam**

3.

❶

錄音內容：**Kapan bisa mulai digunakan?**

回答內容：**Sekarang sudah bisa digunakan.**
現在就可以使用。

❷

錄音內容：**Anda ingin HP yang mana?**

回答內容：**Saya mau yang ini.** 我要這一款。

❸

錄音內容：**Apakah mau berlangganan sekarang?**

回答內容：**Saya pertimbangkan dulu.**
我再考慮一下。

④

錄音內容：**Sinyal WiFinya bagaimana?**

回答內容：**Kalau di sini, agak lemah.**
在這裡比較弱。

Pelajaran 19　　P.229

1.

❶ **Celana**　　❷ **Kamar**　　❸ **biru**
❹ **hadiah**　　❺ **pilihan**

2.

①

錄音內容：**Baju seperti apa yang kamu mau?**
您要什麼樣的衣服？

回答內容：**Tolong kasih saya warna yang lebih cerah.**

②

錄音內容：**Maaf, barang ini tidak bisa dikembalikan.**
對不起，這件不能換貨。

回答內容：**Kenapa tidak boleh?**

③

錄音內容：**Ada masalah apa?**　請問有什麼問題呢？

回答內容：**Warnanya tidak cocok.**

④

錄音內容：**Sekarang tidak ada barangnya.**
現在沒有現貨。

回答內容：**Apakah bisa pesan dulu?**

⑤

錄音內容：**Kalau tidak ada nota, apakah bisa tukar barang?**
請問沒有發票的話，可以換貨嗎？

回答內容：**Boleh saya lihat barangnya dulu?**

3.

❶ **Merah dan putih.**
❷ **Di sebelah sana.**
❸ **Harganya berapa?**
❹ **Bayar di mana?**

---

❺ **Ada warna lain?**

Pelajaran 20　　P.239

1.

❶ **kangkung**　　❷ **lain**　　❸ **daging**
❹ **segar**　　❺ **kurang**

2.

①

發問內容：**Berapa harga sekilo kubis?**

錄音內容：**Kalau kubis, sekilo Rp. 9.000.**
高麗菜一公斤 9,000 印尼盾。

②

發問內容：**Harganya lima ribu lebih mahal dibanding bulan lalu ya?**

錄音內容：**Benar karena bulan ini hujan.**
是的，因為這個月有下雨。

③

發問內容：**Kenapa tidak pergi ke supermarket saja?**

錄音內容：**Pasar tradisional jauh lebih murah.**
因為傳統市場比較便宜。

④

發問內容：**Bisa enggak Rp. 120.000 saja?**

錄音內容：**Enggak bisa, nanti saya enggak dapat untung.**　不行，這樣子我就沒得賺了。

⑤

發問內容：**Kasih yang matang dan bagus-bagus ya.**

錄音內容：**Baik, semuanya baru datang dari ladang.**
放心！全都是才剛從農場運來的。

3.

❶ **Terima kasih banyak.**
❷ **Tolong beri saya satu tiket.**
❸ **Dilarang masuk.**
❹ **Bisa murah sedikit?**
❺ **Silakan makan.**

Pelajaran 21   P.247

1.

❶ masalah   ❷ rusak   ❸ diperbaiki
❹ membutuhkan   ❺ tersumbat

2.

❶
發問內容：**Kapan Anda bisa datang?**
錄音內容：**Paling lambat jam tiga sore ke sana.**
最晚今天下午 3 點過去。

❷
發問內容：**Biaya servisnya kira-kira berapa?**
錄音內容：**Gratis.**　免費。

❸
發問內容：**Apakah bisa langsung dipakai setelah diservis?**
錄音內容：**Setelah selesai diservis sudah boleh langsung digunakan.**
如果修理完後就可以馬上使用。

❹
發問內容：**Kapan rusak?**
錄音內容：**Sudah dua hari.**　兩天了。

❺
發問內容：**Bisa datang lebih cepat?**
錄音內容：**Saya akan coba.**　我會盡量。

3.

❶ tukang ledeng
❷ Jamban tersumbat.
❸ Keran air rusak.
❹ Pipa bocor.
❺ Tolong diperiksa.

Pelajaran 22   P.255

1.

❶ mengubah   ❷ menghadiri   ❸ memakai
❹ poni   ❺ puas

2.

❶
錄音內容：**Anda mau gaya rambut apa?**
您要做什麼樣的髮型？
回答內容：**Tolong dipotong pendek dan di-rebonding.**

❷
錄音內容：**Tolong rekomendasikan gaya rambut yang cocok untuk saya.**
請您推薦適合我的髮型。
回答內容：**Biarkan saya lihat dulu.**

❸
錄音內容：**Kamu mau disemir warna apa?**
你要染什麼顏色？
回答內容：**Tolong disemir warna cokelat terang.**

❹
錄音內容：**Bagaimana dengan potongan rambut samping?**
旁邊的頭髮要幫您怎麼處理？
回答內容：**Jangan potong rambut samping.**

❺
錄音內容：**Apakah Anda puas?**　您滿意嗎？
回答內容：**Ya, puas, terima kasih.**

3.

❶ Tolong dipotong sampai segini.
❷ Masih belum terpikir.
❸ Tolong rekomendasikan yang cocok untuk saya.
❹ Harus tunggu berapa lama?
❺ Tolong dipotong pendek.

Pelajaran 23   P.265

1.

❶ laptop   ❷ merek   ❸ murah
❹ ringan   ❺ kembali

2.

❶

發問內容：**Apakah ada model lain?**

錄音內容：**Di sini ada model lain.**
這邊還有別的款式。

❷

發問內容：**Apakah bisa dicoba?**

錄音內容：**Tentu saja boleh, silakan dicoba.**
當然可以，請試用。

❸

發問內容：**Apa bisa dibayar dengan kartu kredit?**

錄音內容：**Maaf, kami hanya menerima uang tunai.** 對不起，我們只收現金。

❹

發問內容：**Apakah mau saya perlihatkan produk lainnya?**

錄音內容：**Ya, mohon perlihatkan kepada saya.**
好，請給我看一下。

❺

發問內容：**Siapa yang mau menggunakannya?**

錄音內容：**Rencananya mau kasih teman.**
我打算送給朋友。

3.

❶ garansi satu tahun

❷ Mau laptop merek apa?

❸ Yang paling laris.

❹ Yang paling ringan.

❺ Ada produk lain?

Pelajaran 24　　P.273

1.

❶ bergabung　　**❷** berolahraga　　**❸** sampai

❹ libur　　**❺** motivasi

2.

❶

發問內容：**Ada fasilitas apa saja?**

錄音內容：**Lantai satu ada ruang ganti baju.**
一樓有更衣室。

❷

發問內容：**Ada kamar mandi?**

錄音內容：**Tentu saja ada, Anda mau lihat?**
當然有，您想要看一下嗎？

❸

發問內容：**Biaya lokernya berapa ya?**

錄音內容：**Setiap bulannya 50.000 Rupiah.**
每個月是5萬印尼盾。

❹

發問內容：**Dari jam berapa mulainya?**

錄音內容：**Kapanpun bisa mulai.**
隨時都可以開始。

❺

發問內容：**Kapan rencananya mau mulai?**

錄音內容：**Rencananya mulai bulan depan.**
我打算從下個月開始。

3.

❶ Biaya bulanannya berapa?

❷ Saya mau berolahraga.

❸ Setiap hari buka.

❹ Boleh lihat?

❺ Saya mau bergabung di pusat kebugaran.

Pelajaran 25　　P.281

1.

❶ menyewa　　**❷** Ukuran　　**❸** besar

❹ melihat　　**❺** mengembalikan

2.

❶

錄音內容：**Mau sewa untuk berapa lama?**
請問要租多久？

回答內容：**Untuk seminggu.**

❷

錄音內容：**Ini kartu nama saya.** 這是我的名片。

回答內容：**Terima kasih, saya akan menelepon kamu besok.**

❸

錄音內容： **Mobil ini pakai bensin atau diesel?**
請問這台車是加汽油的還是加柴油的？

回答內容：**Pakai diesel.**

❹

錄音內容：**Apakah Anda memiliki SIM internasional?** 請問您有國際駕照嗎？

回答內容：**Tidak ada, jadi saya juga memerlukan sopir.**

❺

錄音內容：**Mobil ini ada GPS?**
請問這台車有衛星導航嗎？

回答內容：**Maaf, tidak ada.**

3.

❶ **Saya mau menyewa mobil.**

❷ **Bagaimana membuka tangki bensin mobil?**

❸ **Pakai bensin atau diesel?**

❹ **Surat Izin Mengemudi (SIM)**

❺ **asuransi**

Pelajaran 26　P.289

1.

❶ **berwisata**　❷ **Paket wisata**　❸ **selama**
❹ **tersebut**　❺ **tidur**

2.

❶

發問內容：**Apakah ada brosur dengan dua bahasa?**

錄音內容：**Maaf, cuma ada bahasa Inggris.**
抱歉，只有英語的。

❷

發問內容：**Bagaimana dengan akomodasinya?**

錄音內容：**Kami bekerja sama dengan beberapa hotel.** 我們跟幾間飯店有合作。

❸

發問內容：**Apakah ada objek wisata di sekitar sini?**

錄音內容：**Candi Borobudur ada di sekitar sini.**
在這附近有婆羅浮屠寺廟。

❹

發問內容：**Apakah ada tiket terusan?**

錄音內容：**Ya, ada, harganya 800.000 Rupiah.**
有的，價格是 80 萬印尼盾。

❺

發問內容：**Jam berapa museum tutup hari ini?**

錄音內容：**Jam enam sore.** 傍晚 6 點。

3.

❶ **bahasa Inggris**

❷ **peta kota**

❸ **brosur informasi**

❹ **paket perjalanan**

Pelajaran 27　P.303

1.

❶ **keluhan**　❷ **masalah**　❸ **saat**
❹ **lain**　❺ **Besok pagi**

2.

❶

錄音內容：**Apakah di dalam kamar bisa pakai internet?** 房間裡可以上網嗎？

回答內容：**Asalkan ada laptop atau HP bisa pakai internet.**

❷

錄音內容：**Kamar berapa orang yang kamu mau?** 你要幾人房？

回答內容：**Saya mau kamar dua orang.**

❸

錄音內容：**Berapa hari rencananya Anda akan menginap?** 您預計要住幾天？

回答內容：**Rencananya menginap tiga hari dua malam.**

❹

錄音內容：**Apakah Anda mau menginap?**
請問您要入住嗎？

回答內容：**Ya, tolong aturkan saya untuk menginap.**

❺

錄音內容：**Anda mau kamar yang seperti apa?**
請問您要什麼樣的房間？

回答內容：**Saya mau kamar yang ada pemandangan.**

3.

❶ **Apa yang bisa saya bantu?**
❷ **Jam berapa?**
❸ **Jam tujuh malam.**
❹ **Lain kali saja.**

Pelajaran 28   P.313

1.

❶ ke　　　❷ daftar　　　❸ nyaman
❹ gejala　　❺ periksa

2.

❶

錄音內容：**Bagian mana yang tidak nyaman?**
請問您哪裡不舒服？

回答內容：**Batuk.**

❷

錄音內容：**Ada keluhan lainnya?**
請問還有其他不舒服的地方嗎？

回答內容：**Tidak ada bagian yang tidak nyaman.**

❸

錄音內容：**Apakah tidurnya nyenyak?**
請問睡得還好嗎？

回答內容：**Tidak, tidurnya tidak nyenyak.**

❹

錄音內容：**Dari kapan mulainya gejala ini?**
請問有這些症狀是從何時開始的？

回答內容：**Dari tiga hari yang lalu.**

3.

❶ **Harus disuntik.**
❷ **Saya orang asing.**
❸ **Ada waktu lain tidak?**
❹ **Silakan kembali lagi untuk diperiksa.**
❺ **Tidurnya tidak nyenyak.**

Pelajaran 29   P.323

1.

❶ mengirimkan　❷ kirim　　❸ timbang
❹ waktu　　　　❺ perangko

2.

❶

錄音內容：**Mana jenis yang paling cepat?**
請問哪一種最快？

回答內容：**Surat ekspres.**

❷

錄音內容：**Anda mau mengirim ke mana?**
請問您要寄到哪裡呢？

回答內容：**Ke Taiwan.**

❸

錄音內容：**Apakah ini dokumen?**
請問這是文件嗎？

回答內容：**Bukan, ini buku.**

❹

錄音內容：**Jalur pos apa yang Anda pilih?**
請問您要選擇哪一種郵寄方式呢？

回答內容：**Pos biasa.**

❺

錄音內容：**Anda mau kirim lewat jalur ekspres internasional atau jalur laut?**
您想寄國際空運快遞還是海運？

回答內容：**Saya mau pakai jalur ekspres internasional.**

3.

❶ Ini dokumen.

❷ Ini buku.

❸ Mengirim ke Taiwan.

❹ Ada kardus tidak?

❺ Pos biasa.

❹ Dompet dicuri.

❺ Dompet dicopet.

Pelajaran 30　　P.333

1.

❶ melaporkan　❷ Hilangnya　❸ tahu

❹ memeriksa　❺ warna

2.

❶

錄音內容：**Dompet warna apa?**

請問是什麼顏色的錢包？

回答內容：**Dompet warna cokelat.**

❷

錄音內容：**Anda kehilangan apa?**

您遺失什麼了？

回答內容：**Seuntai kalung warna perak dengan bentuk hati.**

❸

錄音內容：**Berapa banyak uang di dalamnya?**

裡面有多少現金？

回答內容：**Ada lima puluh juta Rupiah.**

❹

錄音內容：**Apakah ada barang lain di dalam dompet?**　錢包裡有其他物品嗎？

回答內容：**Di dalamnya ada KITAS.**

❺

錄音內容：**Apakah ada barang lain di dalam dompet?**　錢包裡有其他物品嗎？

回答內容：**Hanya yang saya sebutkan tadi.**

3.

❶ kartu kredit

❷ KITAS (Kartu Izin Tinggal Terbatas)

❸ KTP (Kartu Tanda Penduduk)

台灣廣廈 國際出版集團
Taiwan Mansion International Group

國家圖書館出版品預行編目（CIP）資料

我的第一本印尼會話課本 / 王麗蘭著. -- 初版. -- 新北市：國際
學村出版社, 2021.09
　面；　公分.
ISBN 978-986-454-154-6 (平裝)
1.印尼語　2.會話

803.91188　　　　　　　　　　　　　　　　110002769

 國際學村

我的第一本印尼會話課本

作　　　者／王麗蘭

編輯中心編輯長／伍峻宏・**編輯**／王文強
封面設計／曾詩涵・**內頁排版**／菩薩蠻數位文化有限公司
製版・印刷・裝訂／東豪・弼聖・秉成

行企研發中心總監／陳冠蒨

媒體公關組／陳柔彣
綜合業務組／何欣穎

發 行 人／江媛珍
法 律 顧 問／第一國際法律事務所 余淑杏律師・北辰著作權事務所 蕭雄淋律師
出　　版／國際學村
發　　　行／台灣廣廈有聲圖書有限公司
　　　　　　地址：新北市235中和區中山路二段359巷7號2樓
　　　　　　電話：（886）2-2225-5777・傳真：（886）2-2225-8052

代理印務・全球總經銷／知遠文化事業有限公司
　　　　　　地址：新北市222深坑區北深路三段155巷25號5樓
　　　　　　電話：（886）2-2664-8800・傳真：（886）2-2664-8801
郵 政 劃 撥／劃撥帳號：18836722
　　　　　　劃撥戶名：知遠文化事業有限公司（※單次購書金額未滿1000元需另付郵資70元。）

■出版日期：2021年09月
ISBN：978-986-454-154-6　　　版權所有，未經同意不得重製、轉載、翻印。